*lekker*

Cecily von Ziegesar bij Arena:

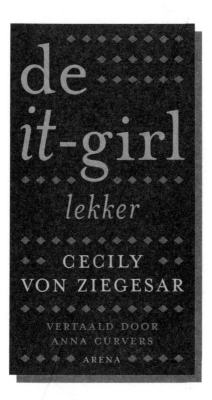

# de
# *it*-girl

*lekker*

## CECILY
## VON ZIEGESAR

VERTAALD DOOR
ANNA CURVERS

ARENA

Oorspronkelijke titel: *Tempted*
© Oorspronkelijke uitgave: 2008 by Alloy Entertainment
© Nederlandse uitgave: Arena Amsterdam, 2008
© Vertaling uit het Engels: Anna Curvers
Omslagontwerp: Roald Triebels, Amsterdam
Foto omslag: Getty Images
Typografie: Roald Triebels, Amsterdam
Zetwerk: CeevanWee, Amsterdam
ISBN 978-90-8990-020-3
NUR 285

*Ik kan alles weerstaan, behalve verleiding.*

Oscar Wilde

# I

## Een Waverly Owl weet dat er na regen altijd zonneschijn komt

Dapper liep Jenny Humphrey door de plassen op de oprijlaan van de school. Het water spatte tegen haar jagersgroene J.Crew-kaplaarzen van drie jaar geleden op. De afgelopen weken had het voortdurend geregend, en het grasveld bij de school lag vol met glimmende, natte bladeren. Ze vormden een schitterend mozaïek.

'Jenny!'

Meteen keek Jenny naar links. Drie joggende meisjes in heel korte bordeauxrode shorts over hun zwarte leggings, en met bijpassende waterdichte bordeauxrode Waverly-jacks aan, kwamen haar kant op. Jenny herkende het voorste meisje. Het was Celine Colista, de aanvoerder van het hockeyteam. Ze had haar zwarte haren in een paardenstaartje en zag er zoals altijd geweldig uit.

De meisjes bleven vlak voor Jenny staan en sprongen op en neer, waardoor de modder op hun witte gympen spatte.

'Hoe gaat het? Waar ga je zo snel naartoe?' Celine veegde een natte lok haar uit haar gezicht en lachte naar Jenny.

Nu Jenny de meisjes zo zag, vroeg ze zich af of ze misschien niet beter mee kon rennen. Het hockeyseizoen was bijna voorbij, en ze moest toch in vorm blijven. 'Ik ga de stad in,' zei ze. Een regen-druppel gleed langzaam over de sproetjes op haar neus. 'Ik heb veel te lang gewacht met het kopen van een goed kostuum voor Halloween.' Morgen zou het jaarlijkse Halloween-feest op het

Waverly plaatsvinden, en er werd over niets anders dan kostuums gepraat.

'Je kunt vast wel iets vinden in Next-to-New,' zei Emmy Rosenblum, het slanke meisje naast Celine. Ze bukte voorover om rekoefeningen te doen, waardoor haar donkere krullen voor haar gezicht kwamen te hangen.

Die winkel was precies waar Jenny naartoe wilde. Niet dat ze verder zoveel keus had. Ze kon kiezen tussen een dure jurk van Pimpernel, een plastic Transformers-kostuum van Rite Aid, of een tweedehandsje.

Emmy kwam weer overeind. Haar gezicht was knalrood van de inspanning, maar haar haren gleden meteen weer in model. Ze bekeek Jenny van top tot teen. 'Waarschijnlijk kun jij wel als elfje gaan. Je bent zo klein.'

'Als Tinkelbel misschien?' Het derde meisje, dat Jenny niet kende, zette haar handen in de zij en boog achterover om haar hamstring te stretchen. Ze was lang en had rood haar.

'Dat is best een leuk idee,' reageerde Jenny. Ze verschoof haar LeSportsac-schoudertas, zodat die niet meer zo vervelend tegen haar grote boezem drukte, en trok meteen haar H&M-maar-lijkt-op-een-Michael-Kors-regenjas goed. 'Maar ik geloof niet dat elfjes, zeg maar, zo'n voorgevel hebben.'

Celine, Emmy en het onbekende meisje barstten in lachen uit, en renden vervolgens verder. 'Veel succes nog met je outfit. En je moet echt eens met ons mee komen hardlopen,' riep Celine nog achterom. 'Het is heel zwaar, maar ook best leuk.'

'Dank jullie wel!' riep Jenny terug. Ze keek naar de lange benen van de drie meisjes. Waarschijnlijk zou ze hen nooit kunnen bijhouden, maar toch was het aardig van hen om haar uit te nodigen.

Jenny liep verder over de zompige oprijlaan. Het was toch bijna niet te geloven dat ze hier twee weken geleden nog had gelopen met een weekendtas vol met onhandig ingepakte spulletjes, onderweg naar het appartement in New York. Nu was alles anders, zeker nu Celine Colista haar had uitgenodigd met haar mee te komen joggen.

En het enige wat ze had hoeven doen, was toegeven dat ze brand had gesticht. Terwijl ze eigenlijk onschuldig was, en haar plaatsje op het Waverly met die valse bekentenis had geriskeerd. Eigenlijk wist ze nog steeds niet precies waarom ze het had gedaan, waarom ze had opgebiecht dat zíj de schuur van Miller in vlammen had doen opgaan. De druk was gewoon te groot geweest, toen in het kantoor van rector Marymount. Het leek wel alsof alle andere verdachten, en dus niet alleen Tinsley en Callie, haar de schuld in de schoenen hadden willen schuiven. Toen Jenny eenmaal had bekend, kreeg ze het idee dat het Waverly wel de laatste plaats was waar ze thuishoorde. Ze wilde weg van al die rijkeluiskinderen, weg van al die beeldschone, populaire meisjes die haar duidelijk niet mochten.

Maar nu was alles anders. Hoewel Jenny nog steeds het kleine, sportieve meisje met de grote tieten was, en er ook vanbinnen niets was veranderd, was het alsof alle andere leerlingen haar in een heel ander licht zagen. Alsof ze op magische wijze onder een schorsing vandaan had weten te komen. Nu wist ze hoe een bijna-doodervaring voelde. Ze was door de lange, donkere tunnel gekropen, en vlak voordat ze bij het licht was gekomen, had iemand haar terug het leven in geduwd.

En dit leven beviel haar een stuk beter dan haar vorige.

Ze liep de hoek om naar de hoofdstraat van Rhinecliff, en moest opzij springen om niet door een gehaaste kinderjuf met een kinderwagen vol troep te worden geschept. Toen ze opkeek, zag ze een knappe, donkerharige jongen op een barkruk voor het raam van CoffeeRoasters zitten. Hij grijnsde naar haar terwijl hij een slokje koffie uit de grote mok nam, alsof hij iets over haar wist.

Jenny's hart ging sneller kloppen. Was híj het? Zou hij haar geheime aanbidder zijn? Iémand had mevrouw Miller zover gekregen dat ze Marymount had verteld dat de brand niet door een van de leerlingen was veroorzaakt, maar door een koe, en de afgelopen paar weken had Jenny zich voortdurend afgevraagd wie zoiets voor haar had willen doen. Diezelfde dag nog was mevrouw Miller naar de bank van Rhinecliff gegaan, waar ze vrolijk had verteld over haar nieuwe plannetjes. Jenny had gehoord dat ze van plan was om een fonkelnieuw gastenverblijf te bouwen op de plaats waar de oude schuur had gestaan. Geen verzekering kon zo snel uitkeren, dus waarschijnlijk had iemand haar omgekocht.

Maar wie dan? Wie had er zoveel voor over om Jenny op het Waverly te laten blijven? Ze moest en zou het weten. Ook al was het kinderachtig, ze kon het niet laten om giechelend met Brett te raden wie haar 'redder in nood' kon zijn.

Nu ze zo door Rhinecliff slenterde, dacht ze terug aan die keer dat ze hier met Julian had gelopen en in alle etalages gekeken. Even kwam er verdriet in haar op, of misschien iets van spijt. De laatste tijd had ze haar best gedaan zo min mogelijk aan hem te denken, en omdat ze het zo druk had gehad, lukte dat aardig. Het leek wel eeuwen geleden dat hij haar... wat hij ook van haar was geweest. Als ze samen al ooit iets hadden gehad. Snel zette ze hem uit haar hoofd, zodat ze zich op het winkelen kon concentreren. Ze moest toch ergens een betaalbare outfit vandaan kunnen halen die haar niet op een dwerg met een enorme boezem deed lijken?

Toen ze Next-to-New binnen ging, klonk er een eindeloos gerinkel van belletjes. Achter de kassa zat een jonge vrouw een beduimeld boek te lezen. Ze was gekleed in een wit topje met spaghettibandjes en had een rode bandana om haar hoofd gewikkeld. Ongeïnteresseerd keek ze op van haar boekje en knikte naar Jenny, die haar bemodderde laarzen veegde op de bruine kokosmat. Deze winkel leek van geen kanten op Pimpernel's, de boutique waar de chique kleren op kleur waren gesorteerd, en waar ze nooit meer dan één versie van elk model hadden. Meestal alleen in maatje 30. Next-to-New daarentegen was volgepropt met genoeg kleren om wel duizend kledingkasten te vullen. Het deed Jenny denken aan de marktkraampjes in Greenwich Village. Vol met goedkope troep, maar als je goed zocht, vond je altijd wel iets.

In het midden van de winkel hing een groot kippenpak met enorme gele veren en een fel oranje snavel. Jenny vroeg zich af wat haar geheime aanbidder daarvan zou vinden. *Toktoktok.* Zacht giechelde ze.

Tegen de muur stonden rekken vol met tweedehands jurken die, na een keer door een Waverly Owl te zijn gedragen, hier voor een klein prijsje waren achtergelaten. Jenny dook erop af. Ze liet haar handen over de zachte stof glijden terwijl ze zocht naar prijskaartjes. Een lichtroze charleston-jurkje met een lage hals trok haar aandacht, en ze trok het langzaam uit het rek om te zien of het paste. Toen ze het voorzichtig tegen zich aan hield, vroeg ze zich af of het haar boezem niet nog groter zou doen lijken.

'Dat is sexy,' riep Rifat Jones, die ineens uit de paskamer tevoorschijn kwam. Ze droeg een broek van bruine suède met uitlopende pijpen, en een goudkleurig haltertopje dat eruitzag alsof het zo uit Studio 54 kwam. 'Doe je dat aan naar het feest?'

Jenny keek weer naar de roze jurk. Eigenlijk leek hij behoorlijk op een enorme suikerspin. 'Misschien is hij een beetje te... opvallend voor me.' Snel propte ze het jurkje terug tussen alle andere jurken en zocht verder.

'Ik ga als Disco Queen,' zei Rifat. Ze zette haar handen in haar zij en keek naar het stukje platte buik dat niet door het haltertopje werd bedekt. 'Niet dat ik hoop te winnen of zo.'

'Wat wil je winnen?' vroeg Jenny. Dit keer vond ze een witte jurk met een blote schouder. Waarschijnlijk was het zo'n jurk die er perfect uitzag in de winkel, maar totaal niet leuk stond zodra je hem paste. Jenny zag zichzelf al voor zich in Cleopatra-kostuum. Deze jurk leek wel een beetje op een toga, en ze kon zich best voorstellen dat de Egyptische koningin ook wel met de mode wilde meegaan. Lang geleden, toen ze *Antony and Cleopatra* behandelden, had mevrouw Rose haar Cleopatra laten spelen. En aangezien alle andere meisjes dienstmeisje of opdringerige echtgenote moesten spelen, was het helemaal niet gek om als stoeipoes te worden gekozen. Snel dook Jenny de tweede paskamer in, schoof het gordijntje dicht en mikte haar vochtige LeSportsac-tas in de hoek.

'Ik wil de prijs voor het beste kostuum,' legde Rifat uit. 'Die reiken ze elk jaar uit aan het eind van het feest. Het is best een belangrijke verkiezing, en de winnaar krijgt een kroon en zo.'

'Grappig,' zei Jenny. Ze trok snel haar kleren uit en gooide ze over de stoel. Ze hoopte maar dat het geluk haar nog steeds toelachte, en dat de jurk haar perfect zou passen. Met blote voeten stapte ze in de jurk en liet haar rechterarm door het armgat glijden. Daarna trok ze de jurk omhoog, ritste hem voorzichtig dicht en zette het haakje onder de oksel vast. Er stond geen spiegel in de paskamer, dus moest ze wel het rode gordijn opzijschuiven en de winkel in stappen.

Ondertussen had Rifat alweer haar donkere spijkerbroek en coltrui van dikke wol aangetrokken. Ze staarde Jenny met grote ogen aan. 'Jezus, Jenny.'

'Wat een sexy meid!' Alison Quentin kwam van achter een kledingrek vandaan. Met armen volgeladen met galajurken liep ze naar de paskamers. 'Je ziet eruit als een filmster.'

Maar Jenny was te druk bezig zichzelf te bekijken in de grote passpiegel om op Rifat en Alison te letten. De jurk zat als gegoten. Er zat een smal gouden bandje precies onder haar borsten, waardoor ze een klein stukje naar boven werden geduwd. Het decolleté was niet overdreven, en bijna haar hele rug was bloot. Ze draaide zich om voor de spiegel om te zien of zij wel het soort meisje was dat een jurk met blote rug kon hebben. Met haar hand in de zij zwierde ze rond, waardoor de stof mooi om haar heen viel. Ze moest toegeven dat ze er best goed uitzag, zelfs al had ze een erg bleke huid met overal sproetjes. 'Denk je dat ik hierin een soort Cleopatra kan zijn?'

'O zeker,' antwoordde Rifat. 'Weet je, ik heb ergens nog een gouden slangenarmband liggen die hier heel goed bij zou staan.'

'Echt waar?' Jenny grijnsde. Ze hield haar haren bijeen zodat de omgekrulde uiteinden net haar blote schouders raakten. Het was gewoon te makkelijk. Na al die stress van de afgelopen weken was het alsof de goden van het Waverly haar eindelijk eens een pleziertje gunden.

'Dit keer gaat Tinsley het nog moeilijk krijgen.'

Jenny draaide zich om naar Rifat. 'Hoe bedoel je?' Alleen al het horen van die naam maakte een einde aan Jenny's goede humeur. De afgelopen twee weken was haar enige probleem geweest dat Tinsley haar niet kon uitstaan, en zelfs zo erg de pest aan haar had dat ze er alles voor over leek te hebben om haar van school gestuurd te krijgen. En het idee dat Julian met Tinsley Carmichael had staan zoenen nam Jenny nou niet bepaald voor Tinsley in. Jenny's kamergenoot Callie had ook meegewerkt aan het plannetje. Vorige week had Easy Walsh haar na de les portrettekenen verteld dat hij had gehoord dat Callie er samen met Tinsley voor had gezorgd dat Jenny de schuld van de brand zou krijgen. Jenny kon best leven met het idee dat Tinsley haar niet mocht, maar ze vond het vreselijk om te horen dat Callie zich ook tegen haar had gekeerd. Zelfs al waren ze niet altijd even goede vriendinnen geweest.

Alison trok het gordijn opzij van de paskamer waar Rifat eerder uit was gekomen, en gooide haar verzameling jurken naar binnen. 'Tinsley heeft vorig jaar gewonnen. En het jaar daarvoor ook al. En onderbouwers winnen nóóit,' zei ze terwijl ze haar dunne, gebloemde sjaaltje lostrok.

Rifat knikte. 'Wie populair genoeg is, wint de wedstrijd. Dus heeft Tinsley het altijd makkelijk gehad.'

Alison grijnsde terwijl ze met haar sjaaltje tegen Jenny's buik sloeg. 'Tot nu toe.'

Voor de laatste keer keek Jenny naar zichzelf in de spiegel.

Normaal gesproken zou ze hebben gedacht dat het een flatterende spiegel was en dat ze er in het echt nooit zo goed kon uitzien. Maar dit keer lukte het haar om haar onzekerheid te onderdrukken. Ze zag er goed uit. Ze voelde zich geweldig.

En ze zou zich nog veel beter voelen als ze Tinsley van haar troon kon stoten.

## Owlnet instant message inbox

**AlisonQuentin:** Wordt het gangster of Nixon?

**AlanStGirard:** Goeie vraag. Voor wie zou jij uit de kleren gaan?

**AlisonQuentin:** Nou, Nixon heeft meer macht...

**AlanStGirard:** Dan ben ik je president.

**AlisonQuentin:** Zag net Jenny's kostuum. Echt sexy.

**AlanStGirard:** Arme Julian. Hij heeft het goed verpest.

**AlisonQuentin:** Heb je gehoord wat hij heeft gedaan? Jenny laat niets los.

**AlanStGirard:** Nee, hij doet alsof hij van niets weet.

**AlisonQuentin:** Misschien is dat wel de reden.

## Owlnet instant message inbox

**JennyHumphrey:** Ik ga als Cleopatra. Of is dat overdreven?

**BrettMesserschmitt:** Als je het hebt, moet je het laten zien! Je geheime aanbidder hoeft maar naar je te kijken en hij zal zich bekendmaken!

**JennyHumphrey:** Nou, ik hoop het...

# 2

# Een Waverly adviseur denkt altijd aan het welzijn van haar Owls

Brett Messerschmittt schopte met de punt van haar zwarte Sigerson Morrison-laarsje tegen de poot van mevrouw Hornimans bureau aan. Haar adviseur had haar naar dit kamertje laten komen, maar was zelf natuurlijk helemaal niet komen opdagen. Het enige teken van leven in dit kleine vertrek was de kop koffie die op het bureau stond. Zuchtend ging Brett op een van de oncomfortabele houten stoelen zitten wachten.

Vanaf de gang klonk het geklikklak van hoge hakken, en even later stond de peervormige mevrouw Horniman in de deuropening. Haar grijze haar zwaaide nog heen en weer. 'Goedemiddag,' zei ze beleefd. De stoel maakte een onheilspellend geluid toen ze met haar volle gewicht achter haar bureau neerplofte. 'Het spijt me dat ik zo laat ben. Ik had een probleempje met mijn drankje.' Ze wees op haar witsatijnen blouse, waar een grote koffievlek op zat.

'Geen probleem,' zei Brett meteen. Ze ging wat rechter zitten. Veel leerlingen van het Waverly konden het niet laten grapjes te maken over mevrouw Hornimans naam. Ze vroegen zich af wat haar meisjesnaam zou kunnen zijn geweest, bijvoorbeeld Fuckmeister of Screwsalot. Maar toch was ze een van de beste adviseurs op de hele school. Ze gaf ook de nodige voorlichtingen, en leek precies te weten hoe ze haar leerlingen in de beste Colleges moest krijgen. Bijna alle leerlingen vonden het fijn dat ze nooit ergens omheen draaide. Zelfs diegenen die altijd de meeste grapjes maakten over haar achternaam, en die zich hardop afvroegen of haar man die naam in bed wel verdiende, moesten toegeven dat ze wel wist wat ze deed.

'Hoe gaat het nou met je?' vroeg mevrouw Horniman geïnteresseerd. Ze trok het rolgordijn open waardoor het rozige avondlicht de kamer verlichtte, en keek Brett aan over haar ronde brilletje met het rode montuur dat eruitzag alsof het nog uit de jaren tachtig stamde.

Brett moest moeite doen om haar niet alles te vertellen. Mevrouw Horniman was natuurlijk geen therapeut, en ze was hier niet gekomen om over haar ingewikkelde privéleven te praten. 'Alles gaat prima, dank u,' zei ze. Haar blik viel op de teakhouten boekenplank, die vol stond met gidsen over verschillende Colleges, die dankzij de komst van het internet bijna nooit meer werden gebruikt. Naast de kristallen boekensteunen in de vorm van tortelduifjes stond mevrouw Hornimans wereldbol. Die gebruikte ze vaak als ze haar de wereld-ligt-voor-je-open-preek afstak, en liet hem dan vol passie ronddraaien.

'Ik weet dat je de laatste tijd een beetje, eh... pech hebt gehad,' zei mevrouw Horniman. Ze leunde achterover en drukte haar rode brilletje stevig op haar neus.

Pech? Zo kon je het ook noemen. Eigenlijk was Bretts hele schooljaar tot nu toe één grote puinhoop geweest. Eerst was ze verliefd geworden op Eric Dalton, leraar en sekssymbool van het Waverly, voor wie ze haar lieve vriendje Jeremiah Mortimer in de steek had gelaten. Daarna was ze naar veel te veel geheime feestjes gegaan, en had ze de reputatie gekregen de enige biseksuele klassenprefect ooit op het Waverly te zijn. Ook was ze een van de verdachten van de brand op de boerderij geweest... Mijn god. Nu ze er zo aan terugdacht, voelde ze de paniek weer opborrelen. Wat nou als mevrouw Horniman zou zeggen dat ze al haar kansen al had verspeeld, en nooit meer naar Brown zou kunnen gaan?

'Dat heeft u goed gezien,' zei ze zacht. Ze durfde mevrouw

Horniman niet aan te kijken, dus staarde ze naar haar vingerna-gels, die ze een tijdje geleden met lichtblauwe Hard Candy-lak had versierd.

'Maar behalve dat…' De telefoon op haar bureau ging over, en mevrouw Horniman drukte op een knopje om het gerinkel uit te zetten. 'Hoe gaat het verder, dit schooljaar?'

Brett haalde haar schouders op. 'Wel goed, geloof ik.' Even was ze vergeten dat ze zich dit jaar op proefwerken en bijvakken zou moeten concentreren. Als ze echt naar Brown wilde, of anders Berkeley of Swarthmore of een van de andere Colleges die ze wel zag zitten, zou ze uit de problemen moeten blijven en zich op haar schoolwerk concentreren. En ze moest ervoor zorgen dat mevrouw Horniman haar zou helpen.

'Je moet weten dat je nog steeds een van de beste leerlingen van het Waverly bent,' zei mevrouw Horniman met een moederlijke blik op Brett. Een lok grijs haar viel over haar schouders toen ze haar hoofd schuin hield. 'Zelfs na al je… probleempjes. Het schoolbestuur is altijd weer verrast dat je zo vaak betrokken bent bij de kleinschalige criminele daden, die nou eenmaal vaak voorko-men in kleine gemeenschappen waarin veel tieners samenleven.'

Brett moest glimlachen om deze samenvatting van alle streken op het Waverly. Blozend streek ze haar flanellen Theory-broek met krijtstreep glad. Ze vond het een eng idee dat er blijkbaar door de leraren over haar werd gepraat.

'Kijk, ik kan me nog best herinneren hoe de dingen hier gaan voor de leerlingen. Hoewel we op het Waverly iets minder achter-baks waren toen ik zo oud was als jij.' Mevrouw Horniman leun-de achterover in haar stoel en keek glimlachend naar een foto op haar bureau. Het fotolijstje stond met de rug naar Brett toe. 'Wat ik probeer te zeggen, iedereen hier heeft veel vertrouwen in je.'

Opgelucht haalde Brett adem. Dus ze had alles nog niet hele-maal verpest. De afgelopen twee weken waren zenuwslopend geweest. Eerst was er die brand, en de heksenjacht die erop volgde, met als gevolg dat Jenny bijna van school was getrapt. Dat was Brett niet in de kouwe kleren gaan zitten. Bovendien kon ze maar niet wennen aan de enorme hoeveelheid jongens die met haar wilden praten, alleen maar omdat ze met een meisje had gezoend. Maar nu voelde Brett zich eindelijk veilig. Misschien zou alles dan toch nog goed komen.

'Dank u wel,' zei Brett. 'Ik ben blij dat te horen.'

Mevrouw Horniman lachte naar haar. Er zat een beetje lippenstift op haar tanden. 'Onthoud goed dat ik er altijd voor je zal zijn, en je kunt over alles met me praten. Of het nou met school te maken heeft of met iets anders.'

'Zal ik doen,' beloofde Brett. Ze wilde net opstaan om naar de bibliotheek te rennen en voor haar proefwerken te gaan leren.

'En om te bewijzen dat ik niet alleen maar probeer je gerust te stellen, zal ik je om een gunst vragen,' ging mevrouw Horniman verder.

Brett zakte weer achterover, en deed net alsof ze alleen maar had bewogen om haar zwart met roze L.A.M.B.-coltruitje met pofmouwtjes glad te strijken. 'Prima,' zei ze enthousiast. Het idee een speciale opdracht voor mevrouw Horniman te mogen uitvoeren, stond haar wel aan. Zoiets zou haar reputatie zeker ten goede komen. Helpen met de voorbereidingen van de voorlichtingsmiddag? Geen probleem. Helpen met een nieuw voorlichtingsgidsje? Geen probleem.

'Een van mijn oudere leerlingen zal misschien niet slagen voor het examen.' Mevrouw Horniman opende een van de mappen die op haar bureau lagen, en Brett begon zich af te vragen of dit misschien de enige reden was dat mevrouw Horniman haar bij zich had laten komen. 'Hij is een... Hoe zeg je dat? Hij is een beetje in de war, zeg maar. Laten we zeggen dat hij iemand nodig heeft om hem weer op het juiste pad te krijgen. Denk je dat je het aankunt?'

Lesgeven? Wat een enorme teleurstelling. Brett was altijd een van de slimste leerlingen van de klas geweest, dus was ze het wel gewend om af en toe de anderen te moeten helpen. Maar ze had nooit begrepen waarom nou juist zíj hun de onregelmatige Franse werkwoorden moest bijbrengen. Dat was háár werk toch niet? En nu moest ze er weer voor zorgen dat een of andere luie jongen niet zakte? Brett had het vermoeden dat het hier niet alleen maar om het welzijn van deze leerling ging. Meestal wilde het Waverly voornamelijk een goede indruk maken op de ouders. Rijke leerlingen zakten nooit. Soms werden ze van school getrapt, en af en toe werden ze geschorst. Maar ze zakten nooit. Daar zorgde de school wel voor. Haar nieuwe privéleerling moest wel heel erg rijk zijn dat het Waverly zoveel moeite voor hem wilde doen.

Maar een blik op de Collegegidsjes was voldoende om haar te overtuigen mee te werken. Een beetje slijmen kon geen kwaad.

'Zeker weten,' zei ze. 'Wat moet ik precies doen?'

'Ik denk dat hij je wel zal mogen. Jullie hebben veel met elkaar gemeen,' zei mevrouw Horniman. Ze frutselde wat met de papieren in de map voordat ze Brett doordringend aankeek.

Ze hadden veel met elkaar gemeen? Brett hoopte dat mevrouw Horniman hier wat meer over zou vertellen, want ze had geen idee wat ze zich hierbij moest voorstellen. Was zijn vader ook een stinkend rijke plastisch chirurg? Of misschien verzamelde zijn moeder ook chihuahua's?

Maar mevrouw Horniman ging er verder niet op in. Ze gaf Brett een blauw kaartje. SEBASTIAN VALENTI stond erop, met eronder zijn e-mailadres. Het was met potlood geschreven. Alsof de hele Sebastian kon worden uitgegumd, indien nodig.

Toen Brett opstond, kon ze de foto op mevrouw Hornimans bureau bekijken. Het was een foto van meneer Horniman op de golfbaan, met veel groen gras en palmbomen, gekleed in een poloshirt en een kaki broek. Brett wist bijna zeker dat mevrouw Horniman de foto zelf had gemaakt. Hoe anders kon ze de uitdrukking op meneer Hornimans gezicht verklaren? Was dat nou ware liefde?

De foto deed Brett denken aan Jeremiah, en meteen voelde ze zich heel schuldig. Eerst had ze Jeremiah bedrogen met meneer Dalton, daarna had ze hem gedumpt omdat hij het met Elizabeth had gedaan, hoewel ze op dat moment eigenlijk niet eens bij elkaar waren. En dan al dat gedoe met Kara. Terwijl ze haar Prada-rugzak over haar schouder sloeg, dacht ze dat zij zichzelf nooit zou kunnen vergeven als ze in Jeremiahs schoenen zou staan. Hij zou wel gek zijn om haar nu nog terug te nemen.

'Bovendien,' begon mevrouw Horniman, en haar groene ogen fonkelden, 'zal deze ervaring goed staan op je cv.'

Brett knikte en probeerde te glimlachen. Haastig liep ze mevrouw Hornimans kantoortje uit. Nu had ze in elk geval iets te doen waardoor ze niet steeds aan Jeremiah zou hoeven denken.

Iets wat Sebastian Valenti heette.

# Owlnet email inbox

**Van:** NancyHorniman@waverly.edu

**Aan:** AnitaAndrews@waverly.edu;
BrandonBuchanan@waverly.edu;
MayurDeshmukh@waverly.edu;
HeathFerro@waverly.edu;
SageFrancis@waverly.edu;
JasonGreenberg@waverly.edu;
EmilyJenkins@waverly.edu;
MatthewSpeiser@waverly.edu;
KaraWhalen@waverly.edu

**Datum:** woensdag 30 oktober, 16:45

**Onderwerp:** College voorlichting

Aan de leerlingen van het Waverly,

Zoals jullie weten, hebben jullie een aanbeveling van jullie adviseur nodig om naar College te kunnen gaan. Maar voordat ik jullie mijn zegen kan geven, moeten jullie vier weken lang mijn voorlichtingsmiddagen volgen. Geloof me, jullie hebben het hard nodig. Ik zal jullie klaarstomen en in de goede richting sturen, bijvoorbeeld naar Princeton, Harvard, de Sorbonne of een ander College naar keuze.

Morgenmiddag drie uur in mijn kamertje in Hopkins Hall. Kom met een leergierige geest.

Groet,

N.H.

# Owlnet email inbox

| | |
|---:|:---|
| **Van:** | BrettMesserschmitt@waverly.edu |
| **Aan:** | SebastianValenti@waverly.edu |
| **Datum:** | woensdag 30 oktober, 17:15 |
| **Onderwerp:** | Ontmoeting |

Sebastian,

Zoals je misschien al weet, ben ik de klassenprefect van de onderbouw en heeft mevrouw Horniman mij jouw e-mailadres gegeven omdat ze hoopte dat ik je zou kunnen helpen met leren. Ik zal mijn best doen je goed van dienst te zijn.

Zou je misschien morgenmiddag na de les naar de bibliotheek kunnen komen? Mevrouw Horniman vertelde dat je volgende week een proefwerk Latijn hebt, en misschien kan ik je daarmee helpen. Als je niet kunt komen, kunnen we elkaar dan tijdens het Halloween-feest ontmoeten? Ik ga als Daphne van Scooby Doo. Spreek me maar aan, en dan spreken we iets af.

Groet,

Brett

# 3

*Je kunt de prinses wel van het feest halen,*
*maar vanbinnen blijft ze een prinses.*

In Dumbarton liep Callie Vernon de marmeren traptreden af. Met haar handen in teerblauwe handschoentjes gestoken hield ze haar tafzijden rok in dezelfde teerblauwe kleur op om maar niet op de zoom te trappen. Ze moest langzaam lopen, zodat ze niet viel. Haar glazen schoentjes waren beeldschoon, maar het was moeilijk om niet te struikelen. Op driejarige leeftijd had ze *Assepoester* voor het eerst gezien, en sindsdien was ze er helemaal van ondersteboven. Op een dag had ze haar moeder gesmeekt om de vloeren te mogen dweilen of kleren te verstellen op de zolder, maar haar moeder had gezegd dat ze daar de huishoudster voor hadden. Toch was Callie altijd blijven dromen van het meisje dat al die kwellingen doorstond en uiteindelijk als prinses tevoorschijn kwam. Maar nu begon ze zich toch af te vragen hoe Assepoester ooit de trap af had kunnen rennen zonder op haar achterwerk te vallen.

Haar tafzijden, strapless jurk had een strak lichtblauw lijfje en een wijd uitstaande rok. Een tijdje geleden had ze hem zien hangen in het winkelcentrum van Poughkeepsie. Ze had gespijbeld om daar te kunnen winkelen, omdat ze dacht dat ze daar eerder een mooi kostuum zou kunnen vinden dan in een van de winkeltjes in de buurt van het Waverly. Het had haar heel wat gekost om de jurk zo te laten veranderen dat hij echt op de jurk van Assepoester leek, maar het resultaat was het waard. Verrassend genoeg was het een makkie geweest om goede schoentjes te vinden op internet. Blijkbaar was er een bedrijf gespecialiseerd in het waarmaken van de dromen van jonge meisjes die op Assepoester wilden lijken. Hoewel ze de blaren al voelde opkomen, was ze toch blij dat ze de schoentjes had gekocht. Zonder glazen muiltjes zou haar outfit niet compleet zijn.

Callie streek met haar hand door haar rossigblonde haren. Het zag ernaar uit dat haar Assepoester-kapsel goed in model bleef zitten. Alles moest perfect zijn. Niet voor niets had ze op alle details gelet. Ze had zelfs een zwartfluwelen bandje om haar hals, en een blauw lint in haar haren. En dit alles had ze niet eens gedaan om de wedstrijd te winnen. Eigenlijk had ze geen moment aan die hele wedstrijd gedacht, ze deed het allemaal voor Easy.

Misschien zou hij weer met haar willen praten.

De afgelopen twee weken, toen Jenny's lot was beslist, had Easy nauwelijks een woord met haar gewisseld. Nadat hij in haar telefoon een nogal opruiend sms'je van Tinsley had gezien, waaruit bleek dat Tinsley en zij hadden samengespannen om Jenny van school getrapt te krijgen, had Easy haar totaal genegeerd. Geen telefoontjes, geen e-mails, geen sms'jes, helemaal niets. Callie vond het vreselijk dat hij na twee weken nog steeds woedend op haar was.

Maar het kon nu niet lang meer duren. Hopelijk zou hij vanavond weer van haar gaan houden. Eerst had ze willen wachten totdat hij zelf met hangende pootjes bij haar terugkwam, maar waarschijnlijk zou dat pas rond de kerst gebeuren. Zo lang kon ze niet wachten. Ze moest hem uitleggen hoe alles echt in elkaar stak, en dan zou hij inzien dat ze geen slecht mens was. Bovendien, wat is nou het nut van een goede daad als niemand weet wat je hebt gedaan?

Na haar uitleg zou Easy bij haar terugkomen. Of juist niet. En dan was het voorgoed voorbij. Maar daar moest ze nu niet aan denken. In plaats daarvan dacht ze aan hoe het zou zijn om samen met Easy van het feest weg te glippen naar een van de donkere kamers in Prescott. Het was al veel te lang geleden sinds ze voor het laatst met Easy alleen was geweest.

Ineens klonk het geluid van haar mobiele telefoon uit haar lichtblauwe handtasje. Het was de ringtone die Callie alleen voor haar moeder gebruikte. Misschien kon haar moeder haar gedachten lezen, en wilde ze haar dochter even flink de les lezen.

'Hoi mam, wat is er?' vroeg Callie. Ze hield haar telefoon met haar schouder tegen haar wang geklemd terwijl ze in de lobby naar haar lange zwarte Ralph Lauren-jas en Jeffrey Campbell-regenhoedje zocht. Ze vond het jammer dat ze haar kostuum onder al die kleding moest verstoppen, maar het hield verdomme maar niet op met regenen. Waarschijnlijk kon ze haar regenkleding wel uittrekken voordat ze de feestzaal zou binnen gaan. Ze stapte over de met Snickers gevulde pompoen die de huismeester Angelica Pardee daar had neergezet, opende de deur en stapte de kou in. Een eindje verderop renden een paar onderbouwmeisjes zonder jas en met hun hooggehakte schoentjes in de hand over het met herfstbladeren bezaaide gazon naar Prescott. Ze hadden allemaal korte, blote jurkjes aan. Waarom konden meisjes alleen maar hoerige kostuums bedenken voor een Halloween-feest?

'Wie zegt dat er iets mis moet zijn?' zei Callies moeder. Ze klonk zachter en rustiger dan normaal, alsof ze haar best deed zo liefjes mogelijk te klinken. Of misschien had ze een glaasje pinot grigio te veel gedronken. 'Ik wilde gewoon even weten hoe het met mijn kleine meid gaat.'

Een glaasje te veel dus. 'Eh, dank je,' zei Callie. Voorzichtig liep ze de trap af. De zolen van haar muiltjes waren spiegelglad, zelfs al had ze geprobeerd ze wat ruwer te maken.

'Ik heb gehoord dat alles één grote puinhoop is op het Waverly,' zei haar moeder. 'Hoe gaat het met jou, ondanks alles?'

'Best,' antwoordde Callie. Bijna gleed ze uit over een berg natte bladeren, maar ze wist zich staande te houden. Een ander meisje met een grote zwarte heksenhoed dat ook naar Prescott rende, had niet zoveel geluk. Ze gleed uit en belandde midden in de modder. 'Het valt allemaal best mee, hoor.' Behalve dan haar problemen met Easy. Die vielen helemaal niet mee. Maar dat ging ze natuurlijk niet aan haar moeder vertellen.

'Luister, snoesje,' zei haar moeder liefjes.

Callie zuchtte. Nu zou de ware reden van het telefoontje wel duidelijk worden. Natuurlijk had haar moeder haar niet gebeld om gewoon even bij te praten. Er zat altijd iets achter.

'Ik weet dat je eigenlijk behoefte hebt aan vakantie, zelfs al denk je van niet. Ik heb een vakantiehuisje bij een kuuroord voor je geregeld, in Maine. Mijn personeel heeft het voor je geregeld. Het zal een heuse metamorfose voor je worden.'

Callie fronste. 'Een vakantiehuisje?'

'Ja, snoesje. Bij een kuuroord. Het zal je zoveel goed doen.' Er volgde een korte pauze. Callie kon horen dat haar moeder op haar nagels beet. Dat deed ze altijd alleen vlak voor belangrijke gala-diners. 'Ik weet dat je vandaag naar een Halloween-feest gaat, dus heb ik geregeld dat je daarna kunt worden opgehaald bij de poort. Middernacht?'

Eigenlijk leek het Callie wel wat. Ze had echt behoefte aan een schoonheidsbehandeling, een massage, een manicure en een heleboel ontspanning. Maar toch kon ze op dit moment alleen maar aan Easy denken. Ze moest hier blijven, bij hem. Dan zou alles wel weer goed komen. 'Dank je, mam. Dat is erg lief van je. Maar ik heb het nu niet nodig. Misschien vlak voor de proefwerken of zo.' Ze was nu vlak bij het feest, ze kon de lichtjes al zien branden. Haar hart ging sneller kloppen.

Haar moeder maakte een afkeurend geluidje. 'Goed dan, snoes. Maar als je je bedenkt, hoef je alleen maar te bellen. Ik kan je binnen een kwartier laten ophalen.'

Na afscheid genomen te hebben van haar moeder, propte Callie haar telefoon weer in haar handtas. Langzaam liep ze de trappen van Prescott op, en trok ze haar jurk goed. Na al die trappen vroeg ze zich af of het misschien niet handig zou zijn als het Waverly roltrappen zou laten installeren.

Ze haalde diep adem en opende de deur. Prescott was alleen voor speciale gelegenheden geopend, zoals deze Monster Mash. Eigenlijk had Callie geen flauw idee waarom ze het jaarlijkse Halloween-feest zo'n belachelijke naam hadden gegeven. Tot nu toe was ze hier nog maar twee keer geweest. De eerste keer was toen ze twaalf was en met haar moeder meeging naar een of ander liefdadigheidsbal. Daarna toen ze zelf op het Waverly zat en het Winterbal hier werd gegeven.

Terwijl ze haar lange jas en regenhoed aan een hanger in de garderobe hing, zag ze de zwartwitfoto's van belangrijke leraren en bestuursleden. Ze kon zich nog goed herinneren dat ze hier met Brandon Buchanan was langsgelopen. Samen hadden ze voor iedere persoon op de foto's verzonnen wat hun favoriete standje was (de een deed het alleen met het licht uit, een ander had altijd twee verschillende sokken aan). Hoewel ze behoorlijk onder de indruk was toen ze hoorde dat Brandon nu met Sage Francis was, vond ze het ook jammer dat dit betekende dat Brandon zich over haar had heen gezet. Niet dat ze nou voor de rest van haar leven door haar wanhopige ex wilde worden gestalkt, maar toch was het een fijn idee geweest dat ten minste iémand in haar was geïnteresseerd. Zeker nu Easy haar niet meer zag staan.

Toen ze eenmaal langs de nep-spinnenwebben — die ze maar smerig vond — was gelopen, kwam ze aan bij de balzaal. Daar viel haar mond open van verbazing. De balzaal, die bekend stond omdat Teddy Roosevelt er ooit een groot liefdadigheidsbal had gegeven, was nu van top tot teen veranderd in een levensecht *Nightmare Before Christmas*-tafereel. Er stond niet één lelijk oranje kartonnen prul dat op een pompoen leek, zoals ze had verwacht. In plaats daarvan was de donkere balzaal versierd met lange zilveren lichtsnoeren, en enorme glimmende spinnenwebben die er helemaal niet smerig uitzagen. Met een filmprojector werden oude horror-klassiekers afgespeeld op een enorm scherm tegen de muur: *Psycho, Dracula, Frankenstein*. Boven de deur aan de andere kant van de ruimte hing een groot bord. SPOOKHUIS stond erop, in grote witte letters.

Callie zocht de zaal af, maar Easy was nergens te bekennen. De meeste mensen hadden maskers op, of zaten zo onder de schmink dat het moeilijk te zien was wie er eigenlijk onder zat. De jongen met het Nixon-masker zou best eens haar Easy kunnen zijn. Hij was zo iemand die best eens zo'n simpel kostuum kon hebben uitgekozen. Maar toen ze naar hem toe wilde lopen, draaide de jongen zich om en zag Callie blond haar uit het masker steken.

Ineens zag ze Benny Cunningham. Ze had een donkerroze Ginger and Java-mini-jurkje van zijde aan, en een bandje met glitters om haar hals. Uit haar grote witleren Fendi-tas met een enorme gouden gesp stak het kopje van een klein hondje.

'Ik hoop dat het geen echte is,' zei Callie. Ze wees met haar hand in de lichtblauwe handschoen naar het hondje. De zwarte kraaloogjes van het dier zagen er veel te levensecht uit.

Benny schudde haar hoofd, waardoor de haren van haar licht-blonde pruik over haar schouders streken. 'Het beste hondje dat ik in de speelgoedafdeling van CVS kon vinden,' zei ze, met een Paris Hilton-achtige pruillip. Ze draaide een lok haar om haar vinger en keek de zaal rond. 'Vanavond ga ik uitzoeken of jullie blondjes het echt beter doen.'

Callie knikte. 'Kijk maar uit. Volgens mij is Emily Jenkins ook als Paris gekomen.' Aan de andere kant van de zaal zagen ze de bovenbouwer in een kort, geruit rokje en witte doorzichtige blouse, waardoor haar vuurrode beha zichtbaar was. Ze stond in de rij om een drankje te halen aan haar blonde vlechtjes te frutselen.

'Ben je soms op je achterhoofd gevallen?' vroeg Benny, terwijl ze haar grote tas doorzocht. 'Ze is Britney Spears uit 1999.' Schichtig keek ze om zich heen, en overhandigde Callie toen een klein parfumflesje. 'Er zit wodka in, we kunnen het wel delen.'

Nog één keer keek Callie of ze Easy ergens zag, en nam daarna een slok van de geurige wodka.

Ze hoopte maar dat haar prins op het witte paard op tijd zou komen, anders zou ze misschien haar glazen muiltje al verloren zijn. Samen met de inhoud van haar maag.

## 4

*Een Waverly Owl is altijd zichzelf,*
*zelfs al is hij een volslagen idioot*

'Ben jij Tommy Lee Jones uit *Men in Black*?'

'Huh?' Brandons mond viel open toen hij Sage Francis Prescott binnen zag stappen. Ze droeg een bruine trenchcoat met een grote riem. Verward wreef hij langs zijn zijden kraag. 'Ik ben James Bond, weet je nog?' Hij had het er pas geleden nog met Sage over gehad. Was het dan echt zo moeilijk om een spectaculaire internationale spion te onderscheiden van een oude vent als Tommy Lee Jones?

'Ik pest je gewoon een beetje,' zei Sage. Ze glimlachte naar hem. Het plezier stond in haar groenblauwe ogen te lezen, en haar lange diamanten oorbellen fonkelden in het licht van de kaarsen.

'O, natuurlijk,' stamelde Brandon. De buitendeur vloog open en een koude wind kwam hen tegemoet, samen met een groepje bovenbouwers in knullige kleren in de stijl van de jaren zeventig en blauwe T-shirts waarop stond: THE BRADY BUNCH. Brandon ging Sage voor naar de garderobe aan de andere kant van de lobby.

'Maar een Bond zonder Bondgirl? Dat kan toch niet?' Sage maakte langzaam haar riem los.

Brandon kon zijn ogen niet van haar af houden. Ze grijnsde naar hem met haar prachtig rood gestifte mond. Haar blonde haar zat in een hoge paardenstaart. Brandon hielp haar uit haar jas, waaronder ze een beeldschone smaragdgroene avondjurk met een lage halslijn droeg. Wanhopig probeerde Brandon een gevatte Bond-achtige opmerking te bedenken waarmee hij Sage duidelijk kon maken dat hij haar heel mooi vond. Maar in plaats daarvan keek hij naar de diamanten ketting bij haar decolleté. Hij kuchte. 'Je ziet er... prachtig uit, lieverd.'

'Dank u wel, meneer Bond,' zei Sage hees. Ze keek hem doordringend aan, waardoor Brandons knieën knikten.

'Ik dacht dat je als Roodkapje zou komen,' zei Brandon, nadat hij haar jas had weggehangen tussen alle andere jassen. Hij legde zijn hand op Sage' rug, zoals Bond dat zou doen, en bracht haar naar de balzaal.

De hoge hakken van Sage klikklakten over de glanzende houten vloeren, hoorbaar boven de bonkende muziek uit. 'Ik dacht dat Vesper Lynd sexyer zou klinken.'

'Nou, hier heb je iets te drinken, Vesper,' zei Brandon. Hij overhandigde haar een plastic bekertje met een nogal plakkerige oranje punch die uit een heksenketel kwam onder een bordje met HEKSEDRANKJE erop. Eigenlijk wilde Brandon Sage op de foute spelling wijzen, maar hij dacht niet dat de echte James Bond zoiets zou doen.

'Dank je wel, James.' Sage nam het bekertje aan en keek hem weer heel verleidelijk aan. Nerveus frunnikte Brandon aan zijn vlinderdasje. Het knoopje voelde net iets te strak toen hij een slok nam van die vreselijke punch.

Om de een of andere reden was hij dit keer echt vastbesloten Sage voorgoed voor zich te winnen. Misschien lag het aan het feit dat hij van tevoren helemaal niet had verwacht dat hij ooit iets met Sage zou krijgen, en misschien lag het ook aan het feit dat hij eindelijk over Callie heen was, maar elke keer dat hij aan Sage dacht, werd hij helemaal warm vanbinnen. Ze was heel erg mooi, en sinds ze hadden gezoend en hij haar lange wimpers en de kleine bruine vlekjes in haar ogen had gezien, had ze alleen maar nog mooier geleken.

'Man, waarom heb je niet gezegd dat je als butler wilde komen?'

Langzaam, als een echte James Bond, draaide Brandon zich om. Achter hem stonden Heath en Kara, allebei in dezelfde soort outfit met cape. Batman en Batgirl? Of was het Batwoman? Kara zag er behoorlijk sexy uit in dat strakke zwarte pakje. Het gele logo van een vleermuis stond uitgestrekt over haar borsten. Ook had ze bijpassende hoge gele laarzen en lange handschoenen aangetrokken. Ze had zelfs voor geelsatijnen vleugels gezorgd. Heath' outfit was precies hetzelfde, maar hij had dan weer geen laarzen of boezem. Het zag ernaar uit dat het strakke pak een ingebouwd wasbordje had, want zo gespierd was Heath nou ook weer niet. Het strakke masker met vleermuisoortjes verborg de bovenste helft van zijn gezicht.

'De naam is Bond. James Bond,' zei Brandon. Het was vervelend dat Heath zijn kostuum belachelijk had gemaakt, maar nu had hij eindelijk de kans om zich als een echte Bond voor te stellen.

'Als jij het zegt. En dan ben jij dus…' Heath stak zijn arm uit naar Sage, waardoor zijn cape theatraal in het rond vloog. '*Pussy Galore?*'

'Vesper Lynd. Vergeet dat niet,' zei Sage. Ze richtte haar hoofd op, waardoor haar paardenstaart op en neer danste, en keek Heath met haar hand in de zij hooghartig aan.

Kara grijnsde. 'Volgens mij wilde je dat dolgraag zeggen.'

'Het is nou eenmaal een van mijn grote favorieten,' antwoordde Heath. Hij nam een slok uit de zilveren flacon met de afbeelding van een pony erop. Brandon wist dat hij die steeds weer bijvulde met de Skyy-wodka die hij met tape onder zijn bed had geplakt. 'Proost, jongens.'

Bij het zien van Heath' flacon dronk Sage haar bekertje leeg en hield het voor Heath' neus. 'Ik ook, graag.'

Brandon probeerde niet kwaad te worden toen Heath haar bekertje volgoot. Hij had zelf een flacon met Absolut meegenomen omdat hij dacht dat James Bond zulk soort dingen wel bij zich zou hebben. Maar hij had willen wachten op het juiste moment, later op de avond.

'Leuke pakjes,' zei Sage. Ze liep om Heath en Kara heen en liet haar vingers over Kara's cape glijden.

'*Gracias,*' reageerde Kara. Ze leek nu al een beetje aangeschoten. 'Een of ander kreng vroeg of ik als Harry Potter was gekomen. Stom, hè? Wat voor sukkels zitten hier wel niet op school?'

Heath gaf haar een natte zoen op haar wang. 'Allerlei soorten, liefje,' zei hij. Kara giechelde.

Geërgerd keek Brandon naar Sage. Misschien vond zij het net zo lachwekkend als hij dat Heath iemand 'liefje' had genoemd. Maar Sage zag er niet uit alsof ze het grappig vond. Ze glimlachte naar het verliefde stelletje en leek zelfs onder de indruk te zijn. Onder de indruk van Héáth? Brandon werd misselijk. Toch kon hij het niet laten om Sage' hand te grijpen en haar naar zich toe te trekken, om zijn kamergenoot te laten zien dat hij ook een meisje had. Ineens werd er een ander nummer ingezet, en de grote discoballen, die stil aan het plafond hadden gehangen, kwamen tot leven. Vlekjes licht zweefden draaiend over het plafond.

Heath gaf Brandon zijn flacon. 'Hou dit even bij je,' zei hij, net toen Brandon hem wilde bedanken.

Brandon zuchtte diep en goot de helft van de flacon over in zijn eigen bekertje, gewoon om Heath te pesten.

'Naar achteren, dames,' zei Heath, terwijl hij zijn iPhone uit een geheim zakje in zijn kostuum toverde, en hem omhooghield om een foto te maken. 'Oeps. Wacht eens. Volgens mij heb ik die foto's toch niet weggehaald,' zei hij veelbetekenend, en hij schoof zijn masker omhoog.

Verbaasd ging Kara dicht bij hem staan. 'Je bent dus toch een leugenaar,' merkte ze plagend op.

'Laat eens zien?' zei Sage nieuwsgierig.

Brandon streek geërgerd door zijn haar. Waarom was Sage zo

geïnteresseerd in wat die Heath allemaal met Kara uitspookte? Uit zijn ooghoeken zag hij iemand langslopen die als rol toiletpapier verkleed was en een spoor van velletjes achterliet.

Toch kon Brandon het niet laten ook even naar het beeldschermpje van Heath' iPhone te gluren. Hij zag een hele rits foto's van Heath en Kara op de uitkijktoren van het Waverly, het gammele torentje helemaal in het noorden van het schoolterrein dat nodig moest worden gerestaureerd. Elk jaar weer herinnerde Marymount de leerlingen eraan dat het torentje verboden terrein was, en dat iedereen die het wankele gebouw toch beklom, meteen van school zou worden gestuurd. En toch waren er elk jaar weer dronken leerlingen die probeerden naar boven te klimmen om er hun naam, of de naam van hun geliefde, op te zetten.

Maar op deze foto's zaten Kara en Heath gezellig naast elkaar op het torentje. Hun benen hingen buitenboord, en hier leken ze bijna... schattig. Kara wees omhoog naar de lucht, en achter hen was de zilverkleurige maan te zien.

'O, wat romantisch!' riep Sage uit, terwijl ze aan het diamanten hangertje voelde.

'Eerlijk gezegd vond ik het wel een beetje eng,' gaf Kara toe. Ze legde haar hand op Heath' arm. 'Ik wist bijna zeker dat we eraf zouden vallen en onze benen breken, of zoiets.'

'En van school getrapt worden,' voegde Brandon eraan toe. Op het doekvlak achter Heath werd nu het begin van *Scream* afgespeeld, waarin Drew Barrymore met een pruik op wild rondrende.

'Het was vast heel spannend,' zei Sage. Ze nam nog een slok. Het glitterpoeder rond haar hals schitterde in het licht van de discoballen. Brandon probeerde haar langzaam mee te trekken naar de dansvloer, opdat ze eventjes alleen konden zijn.

'Ik had gezegd dat ik de komeet goed wilde zien, en Heath overreedde me op de toren te klimmen. We hadden inderdaad een heel goed zicht.' Zachtjes kneep Kara in een van de nepspieren van

Heath. 'Alleen waren al die trappen doodeng.'

Brandon zocht in zijn zak naar het zilveren pennetje dat inkt kon schieten. Het was het beste Bond-achtige gadget dat hij op het internet had kunnen vinden, toen hij eenmaal had besloten dat een aansteker annex vlammenwerper misschien een beetje te veel van het goede was. Maar nu leek zijn pen ineens erg knullig. Heath Ferro durfde alle regels te overtreden om met zijn vriendinnetje naar de komeet te kijken, en hij had alleen maar een pennetje dat inkt kon spuiten?

Heath haalde zijn schouders op. 'Ik heb het altijd al willen doen onder de heldere sterrenhemel, maar helaas was daar niet genoeg plek voor.'

Even zag Kara er geschokt uit, maar sloeg Heath toen glimlachend tegen zijn borst.

'Weet je deze nog?' vroeg hij terwijl hij met zijn hand het scherm afdekte, zodat alleen Kara het kon zien. Meteen begon ze te blozen.

'Wissen!' Kara probeerde de iPhone uit Heath' hand te grissen, maar hij hield hem hoog boven zijn hoofd zodat ze er niet bij kon.

'Voor jou doe ik alles,' zei Heath beleefd. Hij stopte zijn iPhone weer weg onder zijn cape. 'Zo meteen.'

'Wil je nog een beetje punch?' vroeg Brandon aan Sage. Het ergerde hem dat het zo onderdanig klonk.

Maar Sage schudde haar hoofd. 'Volgens mij word ik niet goed van dat spul.' Ze zag inderdaad een beetje bleek.

'Misschien zal de buitenlucht je goed doen,' opperde Brandon. Hij pakte Sage' hand en trok haar mee naar de lobby, zonder afscheid te nemen van Heath en Kara.

'Je wilt gewoon alleen met me zijn, hè?' Sage sloeg haar arm om Brandon heen toen ze bij de lobby waren en keek hem ondeugend aan.

Brandon trok zachtjes aan haar paardenstaart. Wanhopig probeerde hij een gevat, Bond-achtig antwoord te bedenken, maar voordat hij ook maar iets kon zeggen, ging Sage op haar tenen staan en kuste hem. Het was een lange, intense kus, waardoor Brandon zich afvroeg waarom hij zich zo'n zorgen maakte om zijn eigen sufheid, Heath Ferro, of ook maar iets anders wat niets met deze prachtige Bondgirl te maken had.

# 5

## _Soms is het voor een Owl makkelijker om zich als iemand anders voor te doen_

Jenny en Brett liepen samen door de gewelfde ingang de balzaal van Prescott in. De warmte was een stuk fijner dan die koude wind, maar toch voelde Jenny zich ongemakkelijk. Alle ogen waren op haar gericht.

'Wat is het hier mooi,' fluisterde ze. Door de lichtsnoeren en glinsterende spinnenwebben zou de balzaal zo uit een scène van _Phantom of the Opera_ kunnen komen. Die musical had ze nu al drie keer gezien, en stiekem was ze een beetje verliefd geworden op het geheimzinnige, gemaskerde spook. Op het toneel aan de andere kant van de zaal werden oude films afgebeeld. Dat deed Jenny denken aan het Cinephiles-feest op de boerderij van Miller. Daar werd _It Happened One Night_ vertoond op de wand van een van de schuren. Die nacht had ze voor het eerst met Julian gezoend. Maar daar wilde ze nu niet aan denken. In plaats daarvan keek ze de zaal rond, waar groepen leerlingen van het Waverly in allerlei kostuums stonden. Het leek echt alsof ze allemaal naar haar keken.

'Weet je zeker dat ik er goed uitzie?' vroeg ze verlegen aan Brett. Ze keek naar haar gouden sandaaltjes, om er zeker van te zijn dat er geen enorme sliert wc-papier aan vast zat. 'Iedereen kijkt me zo aan...'

'Dat betekent juist dat je er prachtig uitziet,' reageerde Brett, die er zelf geweldig uitzag als Daphne van _Scooby Doo_. Ze had een paars American Apparel-jurkje aan, en een gifgroene shawl om haar hals geknoopt. Ze wond een lok rood haar om haar vinger. Vorig weekend nog was ze met Jenny naar Bergdorf's gegaan om het bij te laten kleuren. Daarna waren ze gaan shoppen in de Upper East Side om vervolgens te gaan lunchen in een Thaise tent met Jenny's vader Rufus. Rufus bleek dol te zijn op Brett, en had haar beloofd om haar zijn ultrageheime recept voor zijn beroemde brownies met zonnebloemzaad en karamel te mailen.

'Misschien heb je wel gelijk,' zei Jenny toen een jongen in een gestreepte pyjama, compleet met satijnen slaapmaskertje boven op zijn hoofd, met een doordringende blik naar haar keek. Haar hart sloeg over. Zou dat haar geheime aanbidder zijn? Maar de jongen liep door en schreef iets op het stembiljet dat iedereen bij binnenkomst aangereikt had gekregen.

In totaal hadden Jenny en Brett er twee uur over gedaan om zich klaar te maken voor het feest. Omdat Callie zich in de kamer van Tinsley en Brett optutte, hadden Brett en Jenny kamer 303 voor zich alleen gehad. Brett had Jenny's make-up zo zorgvuldig aangebracht dat Jenny zichzelf niet eens meer herkende. Op haar oogleden had Brett gouden en donkerturquoise Urban Decay-oogschaduw aangebracht, en de lijntjes rondom haar meestal zo onschuldige ogen helden naar boven bij haar ooghoeken. Samen hadden ze Jenny's lange, gekrulde haar opgestoken, en van een nepgouden goedkope ketting en een paar veiligheidsspelden hadden ze een haarband weten te maken. Op haar lippen zat nu donkerrode Benefit's Ms. Behavin'-lippenstift. Ze had zelfs een gouden glans op haar wangen en halslijn. Met Rifats gouden slangenarmband om haar arm gewikkeld voelde ze zich echt een Egyptische koningin.

'Die Marc Anthony van je zal hier toch wel ergens zijn?' Brett gaf Jenny een vriendschappelijk duwtje, terwijl ze samen de schemerig verlichte balzaal in liepen. Brett had tenminste hoge lavendelkleurige go-go laarzen die haar benen onderweg een beetje warm hadden gehouden. In haar sandaaltjes had Jenny het natte gras op het schoolterrein tegen haar blote tenen en enkels kunnen voelen, en zelfs al was het een stuk warmer nu ze binnen waren, voelden haar voeten nog steeds aan als ijsklompjes.

'Over jongens gesproken, waar is jouw Scooby?' vroeg Jenny. Ze veegde een plukje haar uit haar gezicht en keek naar de lange rij voor de drankjes.

Aan de andere kant van de zaal zag ze Callie staan, in een lange lichtblauwe jurk. Ze was niet meer echt kwaad op haar, maar toch kon ze zich niet voorstellen dat ze ooit weer vriendinnen zouden zijn. Niet nu ze wist dat Callie haar van school had proberen te krijgen door haar van brandstichting te beschuldigen.

'Die bestaat niet,' zei Brett. Haar gezicht betrok, en Jenny had het idee dat Brett aan Jeremiah dacht.

'Je ziet er fantastisch uit, Jenny! Ik ga zeker op je stemmen!' riep een gemaskerd meisje met een waaier van pauwenveren op haar rug. Ze slaakte een gilletje voordat ze weer verdween in de massa leerlingen bij het soundsystem die verzoeknummers wilden aanvragen.

'Wie was dat nou weer?' vroeg Jenny verrast.

'Volgens mij was het die Emmy.' Brett haalde haar schouders op. 'Weet je, ik denk dat ik even naar Callie toe ga. Sinds het uit is met Easy gaat het niet erg goed met haar, geloof ik.'

'Oké. Natuurlijk,' mompelde Jenny. Ze beet op haar lip. Ze wist dat Brett probeerde aardiger tegen Callie te zijn, en natuurlijk mocht ze doen wat ze wilde, maar toch vond ze het niet helemaal eerlijk.

'Ben zo terug!' riep Brett. Ze kneep eventjes in Jenny's blote arm en rende weg.

'Ik wil wel een Scooby Snack!' riep een jongen net toen Brett uit het zicht was. Hij was verkleed als maffioso, in een slobberig zwart pak en met gel naar achteren gekamd haar. Jenny moest erom giechelen.

Een eindje verderop stonden Brandon en Sage Francis. Ze

zagen eruit alsof ze net van de rode loper af gestapt waren. Jenny wilde naar hen toe gaan, en omzeilde een groepje van enorme American Footballspelers die zich als cheerleaders hadden verkleed, en een stel mummies die eruit zagen alsof iemand een reusachtige hoeveelheid wc-papier over hen had uitgestort. Een paar onderbouwers in Trekkie-pakjes deden alsof ze flauwvielen toen Jenny voorbij kwam. Ze hoopte maar dat haar geheime aanbidder niet bij dat groepje hoorde.

'Hoi Jenny. Dansen?' Jenny draaide zich om, en zag Spider Man met uitgestoken hand naar haar kijken. Even zweeg ze, waardoor Spidey zijn masker afdeed. Het was Ryan Reynolds, en hij keek naar haar decolleté.

'Misschien zo meteen,' zei Jenny snel. 'Ik ben nog niet echt in de stemming om te dansen.'

Ryan knikte. 'Oké. Nou ja, als je wel in de stemming bent, zeg je het maar.' Hij trok zijn masker weer over zijn hoofd en deed net alsof hij spinnenwebben schoot terwijl hij wegliep.

Jenny grinnikte. Ze vroeg zich af wanneer Tinsley op het feest zou verschijnen, en wat ze zou hebben aangetrokken. Op de dansvloer stonden Brandon en Sage nu te schuifelen, en zo te zien fluisterden ze van alles in elkaars oor, dus maakte Jenny rechtsomkeert naar de drankjes.

De witte letter H op het bord boven de punch was door een inventieve leerling veranderd in een S, waardoor er nu SEKSE-DRANKJE op het bord stond. De leraren hadden het nog niet veranderd. Waarschijnlijk waren ze gewoon niet zo streng als anders tijdens het Halloween-feest. De enige twee volwassenen die Jenny zag, stonden te dansen op de dansvloer. Meneer Wilde, de sexy geschiedenisleraar, zag eruit als een of andere rockstar uit de jaren tachtig, met een gescheurde spijkerbroek en een lange, blonde pruik. Mevrouw Rose, Jenny's lerares Engels, was als Minnie Mouse verkleed.

Een of andere onderbouwer die eruitzag alsof hij regelrecht

uit *Tales from the Crypt* was gekomen, stapte op Jenny af en hield een bekertje punch voor haar neus. 'Wil je wat drinken?' vroeg hij. Blijkbaar was hij behoorlijk zenuwachtig, want hij stootte tegen Jenny's arm en morste punch over de vloer. Het scheelde niet veel of de inhoud van het bekertje was over Jenny's spierwitte jurk geklotst. 'O shit... Sorry,' stamelde hij.

'Eh... Nee dank je,' zei Jenny blozend. Zelfs al vond ze het zielig dat het plannetje van de jongen was misgelopen, toch wilde ze liever niet de hele avond met hem opgescheept zitten. Weer keek ze de zaal rond om te zien hoe ze zich het beste uit deze situatie zou kunnen redden, maar zag dat Brett nog steeds met Callie stond te praten. Heath en Kara, of Batman en Batwoman, waren druk bezig foto's van elkaar te nemen met Heath' iPhone, vlak naast Brandon en Sage. Iedereen leek al iemand te hebben.

'Wil je dan met me dansen?' probeerde de stuntelige onderbouwer. Zijn Crypt-Keeper-pruik zat goed in de war.

Jenny stapte naar achter en mompelde dat ze naar de wc moest. Op dat moment hoorde ze vlak achter zich iemand met zware stem zeggen: 'Ik heb overal naar je gezocht.'

Meteen draaide Jenny zich om, maar ze herkende de jongen die onder het zwarte maskertje verstopt zat helemaal niet. Ook zag het plukje blond haar dat net onder de brede rand van zijn zwarte hoed uit piepte er niet bekend uit. En het gespierde lichaam dat goed uitkwam in de strakke zwarte kleding die de jongen droeg, herkende ze ook al niet. Maar wie hij ook was, hij zag er best leuk uit. Toen hij dichterbij kwam, kon Jenny de geur van Armani's Aqua di Gio opsnuiven.

'Pardon?' vroeg Jenny. Ze probeerde cool over te komen, hoewel ze bloednerveus van hem werd. Uit haar ooghoek kon ze de onderbouwer zien wegschuifelen. Hij had zeker door dat hij geen kans meer bij haar maakte.

'Je ziet er beeldschoon uit, Cleopatra,' zei de mysterieuze onbekende. Hij overhandigde haar een plastic bekertje met oranje punch, en achter het masker lichtten zijn groene ogen op. 'Ik beloof dat ik het niet over je heen zal gooien.'

'Normaal gesproken neem ik geen drankjes aan van onbekenden,' zei Jenny. 'Maar voor jou zal ik een uitzondering maken.' Toen Jenny het bekertje aanpakte, streek haar hand zachtjes langs die van hem. Het viel haar op dat ze net zo koeltjes overkwam als Tinsley. Lag dat soms aan haar outfit? Ze vond het wel een grappig idee om ook eens zo ijzig te zijn als Tinsley Carmichael.

'Iedereen heeft het over je,' zei de gemaskerde zacht. Hij liet zijn blik door de feestzaal dwalen, waar bijna iedereen druk bezig was namen op de witte stembiljetten te schrijven. 'Volgens mij ga je gewoon winnen.'

'Wie ben je eigenlijk?' vroeg Jenny. Eigenlijk doelde ze op zijn kostuum, maar ze wist natuurlijk ook niet wie hij daaronder was. Waarschijnlijk was hij als een van die figuren uit zo'n horrorfilm gekomen. Freddy of Jason, bijvoorbeeld. Zulk soort films had ze zelf nooit kunnen zien omdat ze er veel te bang van werd. Haar broer Dan had daar vaak misbruik van gemaakt. Elke keer dat hij haar de kamer uit wilde hebben, ging hij *The Exorcist* kijken.

'Zorro,' antwoordde de vreemdeling met een buiging. Hij trok zijn zilveren degen en tekende een grote Z in de lucht.

'Dat ziet er gevaarlijk uit,' zei Jenny glimlachend.

Geheimzinnig leunde Zorro naar voren en fluisterde in haar oor: 'Hij is van plastic.'

Jenny moest haar best doen niet te giechelen en zich weer als de ijzige Tinsley te gedragen. Ze wist zeker dat Cleopatra ook niet zou giechelen. Ze nam een slokje punch en keek om zich heen.

'Ik ben trouwens Jenny,' zei ze. Ze hoopte dat de onbekende zich ook zou voorstellen. De geur van zijn eau de cologne maakte haar op een prettige manier duizelig, en ze wilde dolgraag graag weten wie hij was. Een onderbouwer? Een bovenbouwer? Ze wist bijna zeker dat hij er leuk uitzag onder zijn masker. Alleen leuke jongens durfden zich zo brutaal te gedragen. Toch?

'Vandaag ben je Cleopatra,' zei de onbekende grijnzend. 'En ik ben Zorro.' Er zat een klein littekentje op zijn lip. Misschien was hij ooit in een echt gevecht verwikkeld geraakt?

'Maar wie ben je dan de rest van het jaar?' probeerde Jenny. Ze keek hem vol verwachting aan, in de hoop dat hij eindelijk zijn identiteit vrij zou geven. Maar hij gaf geen kik. Hij wendde niet eens zijn smaragdgroene ogen af. 'Oké. Leuk je te leren kennen, Zorro.' Het leek haar echt iets voor Tinsley om midden in een gesprek weg te lopen. Zodra Jenny zich had omgedraaid, voelde ze zich heel machtig.

Ineens greep Zorro haar arm. 'Ik vertel het je morgen wel, oké?' zei hij.

Jenny deed alsof ze daar even over moest nadenken. Eigenlijk vond ze het gewoon prettig om zijn gehandschoende hand op haar arm te voelen. 'Hoe weet ik dan zeker dat ik je zal zien?'

'Ik zorg er wel voor dat het gebeurt.' Zorro lachte geheimzinnig. Zijn tanden waren parelwit. 'Tenminste, als jij ervoor zorgt dat je morgen niet weer bijna van school wordt gestuurd.'

'Ja nou, ik ben er nog steeds,' zei Jenny. Ze nam nog een slokje. 'Voorlopig.'

Zorro pakte haar bekertje en vulde het zonder te vragen opnieuw met punch. Eigenlijk was Jenny een beetje misselijk geworden van het zoete drankje, maar ze nam het toch graag van hem aan.

'Ik ben blij dat het allemaal... is goedgekomen.' Hij knipoogde en tikte tegen de rand van zijn hoed. 'Tot ziens!'

Jenny wilde iets terugzeggen, maar ze wist niet goed wat. Blij dat het allemaal is goedgekomen... Om de een of andere reden had ze kippenvel gekregen toen Zorro dat zei. Zou híj soms haar geheime aanbidder zijn?

Ze keek hem na toen hij wegliep. Zodra hij bijna in de massa was verdwenen, draaide hij zich om en lachte naar haar van onder zijn sexy zwarte masker. Blozend wendde Jenny zich af. Ze wist helemaal niets van deze jongen, en nu begon ze zich af te vragen of de gemaskerde onbekende goede of slechte bedoelingen had.

Hoe dan ook, hij was in elk geval interessant.

## 6

*Een verstandige Owl houdt zich altijd aan haar beloftes... Vooral als ze daar iets voor terugkrijgt*

De eerste klanken van 'Thriller' van Michael Jackson kwamen uit de luidsprekers, waardoor er een luide kreet van een weerwolf door de zaal galmde. Een machine maakte met stikstof een wolkendamp die zich over de dansvloer verspreidde. Met flinke snelheid stormde Brett over de dansvloer. Haar voeten begonnen behoorlijk pijn te doen in haar paarse go-go laarzen. Daarnet had ze haar best gedaan een gesprek te voeren met Callie, maar dat bleek onmogelijk. Hoewel ze eruitzag als een Disney-prinses, gedroeg ze zich heel anders. Ze bleef maar slokjes nemen uit een of ander tot goedkope flacon omgedoopt parfumflesje, en de hele tijd leek ze afgeleid. Waarschijnlijk vroeg ze zich af waar Easy bleef. Al snel had Brett het opgegeven en keek ze of ze Jenny ergens zag.

Of Sebastian Valenti. Maar omdat ze nog niet wist hoe hij eruitzag, vond ze dat ze nog wel een avondje vrij van haar plichten mocht zijn, en hij haar maar zou moeten vinden. Wel zag Brett Ruby Edmonds, een bovenbouwer die in haar Latijn voor gevorderden-klas zat. Ze was verkleed als verpleegster, en Brett hoopte maar dat ze haar nooit aan haar ziekbed zou hebben. Ze had een kort wit jurkje aan, spierwitte kniekousen en een kapje met een groot rood kruis boven op haar hoofd vol bruine krullen.

Eindelijk zag ze Jenny. Ze stond samen met Brandon en Sage bij het soundsystem. Zo te zien waren ze druk bezig met hun stembiljetjes. Angelica Pardee, in haar sullige Dorothy uit *The Wizard of Oz*-kostuum, verzamelde alle stembiljetten in haar grote, plastic pompoen. Brett liep naar hen toe en werd bijna geplet door een jongen die zo nodig de macarena moest dansen. Hij droeg een zwart masker, en een feloranje T-shirt waarop stond: DIT IS MIJN KOSTUUM. GEEF ME NU MIJN SNOEP, VERDOMME!

'Kijk uit!' riep ze toen ze achteruit deinsde en tegen iemand op botste. Meteen draaide ze zich om.

Het was Jeremiah, gekleed als Fred, Daphne's wederhelft in de *Scooby-Doo*-tekenfilms. De koning en koningin van het tekenfilm-bal. Ze bestudeerde zijn outfit, die alleen maar bestond uit een strakzittend wit T-shirt over een oud blauw overhemd, een blauwe spijkerbroek en Freds eeuwige oranje halsdoek, die verdacht veel op een oranje servetje leek. Ook al zag hij er misschien een beetje knullig uit, Brett kon haar grijns niet meer van haar gezicht krijgen. 'Leuke outfit,' bracht ze ademloos uit.

'Die van jou is veel beter,' reageerde Jeremiah. Hij deed een stapje terug om Bretts kleding eens goed te bekijken. 'Je ziet er nog beter uit dan ik me had voorgesteld.'

Brett huiverde. Ze kon Jeremiahs blik bijna over zich heen voelen glijden. Blozend dacht ze terug aan die keer dat ze een weekend bij Jeremiah en zijn familie in het strandhuis in Nantucket was blijven logeren. Jeremiah had bijna het hele weekend in zijn blauw en oranje Abercrombie & Fitch-zwembroek doorgebracht. Het beeld van Jeremiahs gebruinde borst waar de waterdruppeltjes vanaf liepen na een duik in de Atlantische Oceaan stond nog op haar netvlies gebrand. Ze werd weer helemaal warm vanbinnen, gewoon omdat ze naast hem stond.

'Hoe wist jij dat nou? Ik bedoel, wat je aan moest trekken?' vroeg ze, nadat ze uit de weg was gegaan voor de Village People die de dansvloer op stormden om op 'YMCA' te dansen.

Jeremiah legde zijn hand op Bretts arm en stuurde haar naar de kant van de feestzaal om niet door nog meer idiote YMCA-ers te worden vertrapt. 'Heath zei in een sms dat hij je zag rondlopen in paarse go-go laarzen. De rest kon ik wel raden.'

'Heath?' vroeg Brett verbaasd. Ze keek naar het filmdoek, waarop een scène uit *Scream II* te zien was. Een figuur in een zwarte cape en een wit masker op rende achter iemand aan. Waarom hielp Heath haar ineens? Misschien was hij zo gelukkig met Kara dat hij anderen net zo gelukkig wilde maken? Of was hij bang dat de alleenstaande Brett zich met hun relatie zou gaan bemoeien? Nou ja, wat maakte het eigenlijk uit?

'Och, hij wist dat ik je niet uit mijn hoofd kon zetten,' zei Jeremiah. Met bonzend hart keek Brett naar de grond. Een sliert mist vloog over hen heen, waardoor zijn gezicht even onzichtbaar was. 'Ik bedoel, ik heb heus wel geprobeerd om niet steeds aan je te denken. Want elke keer dat ik aan je dacht, vroeg ik me af of je nu bij Kara zou zijn, en dan begon ik me af te vragen of er elke keer dat je zei dat je bij je vriendinnen was, eigenlijk meer aan de hand was, en...' stamelde Jeremiah. Hij moest even rustig op adem komen. 'Nou ja, ik werd er een beetje gek van.'

Hij streek een lok rood haar uit zijn blauwgroene ogen en keek Brett aan. 'Maar het ergste was dat ik gewoon bij je wilde zijn. En dat gedoe met die Kara...' Hij schraapte zijn keel. 'Al die dingen die ik over jullie twee heb gehoord... Zijn die echt waar?'

Nu kon Brett wel wat van die kleverige oranje punch gebruiken. Ze wilde niet tegen Jeremiah liegen, maar het was slechts een kleinigheidje geweest tussen Kara en haar. Alleen maar een paar kusjes. Ze kon ze op één hand tellen. Of misschien op twee, maar toch, het zou niet weer gebeuren.

Ze voelde Jeremiah verstijven, wachtend op haar antwoord. Ze wilde hem tegen zich aan voelen, zijn warme huid tegen de hare, en ze wist precies hoe ze haar wens zou moeten doen uitkomen.

'Nee,' zei ze, en ze schudde haar hoofd. 'Er is nooit iets gebeurd.'

Meteen leek Jeremiah zich te ontspannen. Hij legde zijn sterke handen op Bretts heupen en trok haar naar zich toe. Het voel-de weer net zoals vroeger, op het strand van Nantucket, bloots-voets, gebruind en halfnaakt. Zijn lippen maakten Brett duizelig op een manier die ze al veel te lang had moeten missen.

# 7

# Een Waverly Owl weet dat de waarheid pijnlijk kan zijn, zelfs als je te veel hebt gedronken

Benny's parfumflesje was allang leeg, en nog steeds was Callie niet dronken genoeg om het nog langer te kunnen uithouden tussen al die feestende mensen. Easy was nergens te zien, haar kapsel begon uit te zakken, en ze voelde zich misselijk van teleurstelling. Ze gluurde over een groepje mensen heen die een drietal bovenbouwers verkleed als Powerpuff Girls bewonderden, en keek of Benny toevallig in de buurt was. Die had beloofd nog meer alcohol voor haar te halen. Veel van de feestgangers hadden de accessoires van hun kostuums al uitgetrokken, waardoor het leek alsof er een gewoon Hamptons-feest werd gehouden, in plaats van een heuse Monster Mash. Callie zelf had haar ketting in haar zak gestopt toen die begon te kriebelen, en haar handschoenen hield ze in haar linkerhand. Ze zag eruit alsof ze net van een Hilton Head-feest was weggelopen. Daar droegen de meisjes mooie strakke kleding en werden door de jongens bewonderd.

Angelica Pardee klom op het toneel. Haar enorme Dorothyrokken fladderden om haar heen terwijl ze naar de microfoon liep. Ze tikte erop, waardoor een enorm lawaai door de zaal klonk. Even moest ze wachten totdat het gegrinnik en gegrom was weggestorven. 'Over een halfuur gaan we de stemmen tellen, dus lever je biljet snel in als je dat tenminste nog niet hebt gedaan!'

Callie zuchtte. Ze had al genoeg mensen horen zwijmelen over

Jenny en haar Cleopatra-pakje, en bijna iedereen scheen te denken dat zij wel zou winnen. Eindelijk zag Callie haar ook. Ze stond bij de deejay in haar witte jurkje met een heel blote rug, dat haar inderdaad erg goed stond. Maar Callie had nu even geen behoefte om haar kleine kamergenootje haar moment van glorie te zien beleven. Zeker niet nu haar eigen plannetjes in het water waren gevallen. Nu moest ze elke keer dat ze Jenny zag, denken aan hoe stom ze was geweest om Easy kwijt te raken. Elke avond, wanneer ze haar kamergenootje in bed hoorde kruipen, kon Callie alleen maar denken dat er nu al twee mensen op het Waverly waren die niet meer met haar wilden praten.

Ze schudde haar hoofd. Misschien was het beter om terug te gaan naar Dumbarton. Maar net toen ze naar de garderobe wilde lopen, verstijfde ze. Een eindje verderop zag ze Easy's bos donkere krullen boven iedereen uit steken. Meteen liep ze zo snel ze op die glazen muiltjes maar kon richting de krullen. Het zag er dan wel niet erg elegant uit, maar zolang ze niet struikelde, vond ze alles best.

Maar zo te zien had Easy niet zoveel geluk als zij. Net toen hij de zaal binnen was gekomen, struikelde hij over een rondslingerende bezemsteel die bij een heksenkostuum hoorde. Het lukte hem zijn evenwicht te bewaren, maar veel scheelde het niet.

Toen Callie dichterbij kwam, zag ze dat het struikelen niet alleen de schuld van de bezem was. Easy had zo'n glazige blik in zijn ogen dat het wel duidelijk was dat hij stomdronken was, en dat zijn ogen nog niet aan het weinige licht in de feestzaal waren gewend.

Callie voelde of haar kapsel nog een beetje in orde was, en probeerde ondertussen Easy's blik te vangen. Misschien kon ze voor hem een lichtpuntje zijn. Maar helaas zag hij haar niet, totdat hij bijna over haar struikelde.

'Hoi,' zei Callie zacht. Ze moest echt haar best doen om hem niet te omhelzen, zodat ze zijn warme lichaam tegen het hare kon voelen. Net zoals vroeger. Easy zag eruit als een soort slonzige cowboy. Hij had zijn oude Levi's gecombineerd met zijn Doc Martens, en zijn oudste, meest kapotte flanellen shirt. Maar toch wilde ze niets liever dan haar wang tegen de oude, vergane stof aan drukken.

'Leuke outfit,' zei Easy onduidelijk. Hij keek Callie niet eens aan, maar staarde in plaats daarvan naar de spinnenwebben boven de deur.

Callie maakte een buiginkje. 'Dank je wel.'

'Wat stel je eigenlijk voor?' vroeg hij, nog steeds zonder haar aan te kijken.

'Assepoester, gekkie,' antwoordde Callie plagerig. Ze vermoedde dat Easy weer een pesthumeur had, en eigenlijk wilde ze daar zo snel mogelijk een einde aan maken. Maar hoe dan ook, hij praatte met haar. Dat was al een hele vooruitgang.

'Nou ja, je bent zelf ook een prinsesje,' zei Easy, terwijl hij de zaal rondkeek. Hij zuchtte diep, waardoor een walm van alcohol om hem heen kwam te hangen.

'Assepoester is niet echt een prinses,' verbeterde Callie hem. Maar dat had ze beter niet kunnen doen. Easy lachte zelfgenoegzaam en minachtend naar haar, en dat had hij nog nooit eerder gedaan. Niet tegen haar, in elk geval. Callie voelde zich nu wel heel ongemakkelijk en kleintjes. Alle leerlingen om haar heen leken haar nu aan te staren. 'Kunnen we misschien even ergens anders praten?' stelde ze zachtjes voor. Ze trok zachtjes aan zijn mouw, maar Easy ging niet mee.

'Ik ben hier net.'

'Easy,' zei Callie. 'Je moet me een kans gegeven om alles uit te leggen.' Uit haar ooghoeken zag ze dat Benny en Celine naar haar keken terwijl ze deden alsof ze druk bezig waren met hun plastic bekertjes.

'Ik moet helemaal niets.' Easy keek op haar neer.

Voor het eerst sinds weken kon Callie weer in zijn donkerblauwe ogen kijken. Maar in plaats van de liefdevolle blik die ze zo goed kende, zag ze nu alleen maar een kille.

'Je kunt niet altijd alles krijgen wat je wilt, prinsesje.'

'Je hebt veel te veel gedronken,' zei Callie beschuldigend. Misschien had het beter iets minder kattig kunnen klinken, maar Easy hoorde haar niet eens. Hij was druk bezig zich een weg te banen door de drukte en liet haar zomaar staan.

'Het vervelende aan jou is dat je alleen maar doet wat je zelf wilt, en het maakt je niets uit of andere mensen daardoor worden gekwetst,' riep Easy nog achterom. 'Zolang jíj maar gelukkig bent.'

'Kun je niet… Wacht eens even!' riep Callie, waardoor ze door nog meer mensen werd aangestaard. Publiekelijk met Easy ruziën was wel het laatste wat ze wilde, maar ze kon Easy toch niet zomaar weg laten lopen? Dacht hij nou echt dat ze gelukkig was? Op dat moment viel een van de lichtsnoeren van de muur, maar niemand lette erop.

Easy draaide zich om, en het leek eindelijk tot hem door te dringen dat hij in het middelpunt van de belangstelling stond. Hij keek verlegen om zich heen, waardoor Callie hem het liefst verte-derd had willen omhelzen.

Met zijn handen in zijn zakken keek hij naar Callie. Ze leek de wanhoop nabij. Hij wist heel zeker dat hij later op de avond zou moeten kotsen, maar nu kon hij het alcoholhoudende braaksel nog wegslikken. Hij had zichzelf voor de gek gehouden met de gedachte dat hij Callie op het Halloween-feest liever niet tegen het lijf wilde lopen, maar eigenlijk was hij juist vanwege haar uit zijn kamer gekomen, weg van de fles Jack Daniels onder zijn bed. De afgelopen twee weken had hij vaak gespijbeld en was dan op Credo gaan rijden totdat hij de zon in het westen kon zien ondergaan. Hij was niet op school blijven eten, maar had in het stadje een hapje gegeten. Daar had hij een kwartliterfles Jack Daniels inge-slagen en zich verschanst op zijn kamer. Hij was zo kwaad dat Jenny bijna van school was getrapt, en dat Callie daar de hand in had gehad, dat hij zijn haar wel uit zijn kop kon trekken. Wie deed nou zoiets? Wie haalde nou alles uit de kast om je onschuldige kamergenote van school te laten sturen, alleen maar omdat je stikjaloers op haar was?

Callie zag er mooi uit in haar sprookjesprinsessenpakje. Als je van zulk soort dingen hield, tenminste. Ergens wilde hij haar wel in zijn armen nemen en weg van het feest sleuren, waar ze dan ook heen wilde. Zolang het maar niet zijn naar alcohol stinkende kamer was. Maar zo werkte het natuurlijk niet. Ze kon niet zomaar met haar sprookjesmagie alles weer goed toveren. Hoewel zij blijkbaar wel dacht dat zulk soort dingen konden gebeuren. Ze was nog geen steek veranderd. Waarom moest ze zich toch overal mee bemoeien? Hij liep weer naar haar toe. 'Ik snap niet waarom je me niet gewoon met rust kunt laten.'

'Waarom zou ik?' vroeg Callie. Ze sloeg haar magere armen over elkaar.

'Snap je dan niet dat ik van je...' Easy kon het niet over zijn lippen krijgen. Het deed pijn om van iemand te houden die je eigenlijk wilde haten.

'Wat? Wat snap ik niet?'

'Doe me geen pijn meer,' smeekte Easy.

'Ik hou wel van pijn,' Een jongen met een laken over zijn hoofd stapte naar voren. Nadat hij luid had gemiauwd en deed alsof hij uithaalde met een klauw, verdween hij weer tussen de andere feestgangers.

'Maar ik doe helemaal niets!' gilde Callie. Ze wuifde theatraal met het blauwe handschoentje in haar hand.

'Je snapt het gewoon niet, hè?' Easy kwam nog dichterbij. Hoewel hij eerst de stroom van woede nog had kunnen tegenhouden, kwam alles nu naar buiten. 'Je bent een bitch, Callie. Een verwend kreng, en daar kan ik niets aan veranderen.'

Callies mond viel open van verbazing. Dat de hele school toekeek terwijl haar grote liefde haar uitschold was één ding. Maar het zag er echt naar uit dat Easy Walsh, haar prins op het witte paard, echt zo over haar scheen te denken. Hij wilde niet eens naar haar kant van het verhaal luisteren. Het leek hem niets uit te maken wat zij te vertellen had.

Ze drukte haar handen tegen haar oren en rende weg, dwars door de mensenmassa heen. Ze merkte het niet eens toen haar kapsel het opgaf en aan een kant inzakte. Het rossigblonde haar viel voor haar ogen toen ze haar jas uit de volle garderobe trok, waardoor ze bijna niets meer kon zien. Voordat ze de deur uit stormde, smakte ze haar glazen muiltjes tegen de muur. Maar ze voelde de koude trap niet eens. Het enige wat ze kon voelen, waren de tranen die over haar wangen biggelden.

Onder aan de trap bleef ze staan en zocht in haar jaszak naar haar mobieltje, en met bevende handen lukte het haar het juiste nummer in te toetsen.

'Mam?' Callie hield haar adem in, zodat haar moeder niet zou horen dat ze huilde. 'Ik ben van gedachten veranderd. Wanneer kun je me laten ophalen?'

## OwlNet Instant Message Inbox

**TinsleyCarmichael:** Hé, Assepoester, hoe is het feest? Ben je klaar voor mijn grandioze entree?

**TinsleyCarmichael:** Hallo?

# 8

# Een Owl weet dat het goed is om te laat te komen, tenzij ze daardoor alle pret misloopt

Langzaam liep Tinsley over het schoolterrein. Ze keek omhoog naar de vrijwel kale takken van de bomen, die mooi afstaken tegen de inktzwarte hemel. Terwijl ze door de koude oktoberavond liep, vroeg ze zich af wat er toch met haar vertrouwde en geliefde Waverly was gebeurd. De afgelopen twee weken was alles doodsaai geweest, en dat was ze hier niet gewend. Nou ja, na deze avond zou alles weer zijn zoals het hoorde. Het Halloween-feest was háár feest. De vorige twee keer was ze gekroond tot koningin van het bal, en het was nog nooit eerder voorgekomen dat een onderbouwer die wedstrijd won. Maar Tinsley had in haar Scarlett O'Hara-outfit, waarin ze er zowel sexy als conservatief uitzag, iedereen betoverd. Dat was het geheim van een goed Halloween-kostuum, niet te sexy en niet te saai. Maar de meeste leerlingen leken dat maar niet te begrijpen.

Zodra Tinsley de bassen hoorde die uit Prescott kwamen, versnelde ze haar pas. Haar wollen marineblauwe stola hield in elk geval haar bovenlichaam nog een beetje warm, maar de koude wind waaide gemeen langs haar benen. Toch was het vooruitzicht op een zaal vol mensen die allemaal met open mond naar haar zouden kijken voldoende om door te zetten. Ze had zich expres heel erg langzaam voorbereid, en daarna nog een halfuurtje in haar kamer gezeten om naar de nieuwe cd van de Black Eyed Peas te luisteren. Desondanks had het klokje op haar iPhone heel erg traag getikt. Iedereen weet toch dat alleen losers en strebertjes op tijd op een feest komen? Sommige mensen denken dat alleen losers helemaal alleen naar het feest gaan, maar Tinsley wist dat dat onzin was. En zij had altijd gelijk. Bovendien wilde ze niet samen met hordes andere mensen op het feest verschijnen. Dat verpest je entree.

Toen ze de trap van Prescott op liep, herinnerde ze zich de laatste keer dat ze hier naar boven was gegaan. Dat was alweer een hele tijd geleden, toen ze zelf nog een onderbouwertje was en met Johnny Pak naar het winterbal was gegaan. Dat was een bovenbouwer van Aziatische afkomst met een prachtig gespierd lichaam. Samen waren ze van het feest weggeglipt en hadden ze in de wijnkelder van het gebouw, in het gezelschap van de duurste fles wijn die ze maar konden vinden, over Franse films gepraat en een beetje gezoend.

Tinsley zag zichzelf weerspiegeld in de grote ramen van het gebouw. Onder haar korte marineblauwe stola was een stukje van haar glanzende zilveren jurkje te zien, en haar eigen haar zat perfect verstopt onder een blonde pruik. Die pruik was van bijzonder goede kwaliteit, niet iets wat je bij costumes.com kon bestellen of zo. Ze had hem stevig op haar hoofd aangebracht met een zilveren bandje, en de paarse veer die ze erin had gestoken deed haar viooltjesblauwe ogen goed uitkomen. Ze zag er fantastisch uit, alsof ze zo uit de jaren twintig was komen wandelen. Elk detail van haar outfit was perfect en elegant, en ze wist zeker dat niemand op het feest er zo goed uitzag als zij. Waarschijnlijk zat het binnen vol met Playboy-bunnies en stripfiguren. Eenmaal bij de garderobe trok ze haar jasje uit en hing het keurig op.

Net toen ze de zware eikenhouten deur naar de feestzaal wilde openen, kwam Easy Walsh naar buiten stormen. Hij had een oude Levi-broek aan, en een nogal verfomfaaid shirt dat weinig meer was dan een smerige geruite zakdoek met mouwen .

'Laat me raden… *Brokeback Mountain?*' riep Tinsley hem na. Ze ergerde zich eraan dat hij niet opmerkte hoe sexy ze eruitzag. Maar

Easy had de buitendeur al opengetrokken en verdween.

Tinsley liep de feestzaal binnen. Even moest ze voor een nep-spinnenweb bukken, maar daarna kon ze uitgebreid de zaal rondkijken. Gelukkig stonden er niet te veel pompoenen of andere sullige Halloween-decoraties door de zaal verspreid. In plaats daarvan was de zaal op een spookachtige, maar ook romantische manier verlicht. Ze zag een spookhuis, en er hingen zelfs een paar discoballen aan het plafond. Niet slecht voor een schoolfeest.

Celine Colista en Benny Cunningham kwamen meteen op haar af gerend. 'Prachtig, Tinsley!' riep Celine. Ze zag eruit als een duiveltje in haar rode korset en strakke rode hotpants. Ze voelde aan Tinsleys handschoentje. 'Je ziet eruit als Daisy... dinges. Dat domme mens uit dat *Gatsby*-boek.'

'Buchanan,' mompelde Benny. Aan haar stem te horen had ze al meer dan één drankje op. 'En het is niet aardig om Tinsley een dom mens te noemen.' Ze zocht iets in haar tas. Even later haalde ze er een rolletje pepermunt uit en stak twee snoepjes in haar mond. Daarna hield ze het rolletje voor Tinsleys neus, maar die negeerde het. Benny's blonde pruik zat scheef op haar hoofd, waardoor het leek alsof ze slecht aangebrachte hairextensions had.

'Zo bedoelde ik het niet,' zei Celine snel. Nerveus keek ze naar Tinsley, en tikte met haar drietand van rood plastic op de vloer. 'Dat weet Tinsley toch?'

'Jullie zouden ook kunnen doen alsof ik wel vlak naast jullie sta,' zei Tinsley geërgerd. Ze keek de zaal rond en hoopte dat er ergens minder dronken gezelschap te vinden was. Zo te zien zou het niet al te moeilijk worden om te winnen. Ze zag een go-go danseresje, Emily Jenkins die als dat betweterige meisje uit *Harry Potter* verkleed was, en nog een hoop onnozele kostuums.

'Heb je drank bij je?' vroeg Benny. Haar adem stonk naar pepermunt en alcohol. 'Ik heb alles al op.' Even keek Benny om zich heen, en toen ze zeker wist dat er geen leraren in de buurt waren, liet ze als bewijs haar lege parfumflesje zien.

'Ik ook,' zei Tinsley. Ze had een flacon aan haar riem gehangen, en die voelde behoorlijk koud tegen haar vel. Maar dat wilde ze voor later bewaren. Ze liep de dansvloer op, waar een paar onderbouwers verkleed als de Blue Man Group in een hoekje stonden te breakdancen op het nummer 'Dead Man's Party' van Oingo Boingo. Iemand die was verkleed als een enorme wc stond ernaar te kijken. Tinsley voelde zich nu al de ster van de avond. Iedereen keek naar haar terwijl ze langsliep, en haar zilveren jurk glansde opvallend in het spookachtige licht. Haar dubbele parelsnoer danste vrolijk op haar borst. Bij iedere onbekende jongen die haar van top tot teen bewonderde, voelde ze zich beter.

De laatste paar weken waren heel vervelend geweest. Blijkbaar was iedereen op het Waverly zo geschrokken toen ze hoorden dat die lieve kleine Jenny bijna van school was getrapt, dat ze allemaal hadden besloten zich koest te houden. Zonder feesten was het een stuk minder leuk op school. Wat een watjes.

Eindelijk kwam Tinsley aan bij de drankjes. Ze wilde punch in een bekertje gieten, maar er zat bijna niets meer in de kom. Nog even bleef ze bij de drankjes staan, zodat de andere Waverly-leerlingen haar goed konden bekijken. Langzaam streek ze over de net echte, heel lange sigarettenhouder in haar mond, en zag uit haar ooghoeken dat bijna het voltallige hockeyteam haar aanstaarde. Het was het dubbel en dwars waard geweest om helemaal naar New York te gaan voor deze outfit. Van tevoren had ze precies geweten wat ze wilde, en ze wist zeker dat ze niets goeds in een van die suffe tweedehands winkeltjes in Rhinecliff zou kunnen vinden. Even was ze in paniek geraakt toen ze Verena Arneval had horen verkondigen dat zij haar outfit ook in New York wilde gaan halen, maar ze kon weer opgelucht ademen nu ze haar in een piratenpak zag rondlopen. Waarschijnlijk kwam het uit Abracadabra aan West Twenty-first. Daar had Tinsley eens een Alice in Wonderland-outfit gekocht, toen ze klein was.

Haar reisje naar New York was niet alleen om te winkelen

geweest, het was voor haar ook een korte vakantie om even stoom af te blazen. Al dat sombere gedoe op het Waverly begon op haar zenuwen te werken. Ze had er zelfs zo genoeg van gekregen dat ze zin kreeg een weekendje met haar ouders op te trekken. Eigenlijk had ze verwacht dat die wel dolblij zouden zijn als ze ineens op de stoep zou staan, maar ze waren niet eens in hun appartement aan Gramercy Park geweest. Volgens haar moeders voicemailbericht waren ze naar Amsterdam gegaan, dus had Tinsley de hele avond in het lege huis oude afleveringen van *Sex and the City* gekeken, met de duurste wijn die ze kon vinden.

Maar ze dacht liever niet terug aan dat eenzame weekend in New York. Zeker niet nu er een feest aan de gang was, en ze met zichzelf moest pronken. Uit de speakers kwam nu 'Enter Sandman' van Metallica, en het leek alsof de hele dansvloer als één man bewoog. Langzaam liep Tinsley terug naar de ingang. Ze hoopte dat Julian naar haar zou kijken. Eerlijk gezegd had ze hem nog niet op het feest gezien, ze wist niet eens of hij wel was gekomen. Het was echt iets voor hem om zich te goed te voelen voor een schoolfeest. Aan de andere kant was het ook echt iets voor Julian om naar dit soort feesten te gaan. Toch wist ze zeker dat hij haar uit de weg ging. En ze wist ook waarom: vanwege dat gedoe met Jenny. Maar daar zou hij zich wel weer overheen zetten. Bovendien was Jenny niet eens echt van school gestuurd, en leek het voorbij te zijn tussen en Julian en haar. Dus werd het dan juist geen tijd dat hij terugkwam bij Tinsley?

Langzaam manoeuvreerde ze naar de uitgang. Onderweg danste ze kort met iedere leuke jongen die ze tegenkwam, om daarna meteen naar de volgende te vlinderen. Maar zelfs met al die aandacht kreeg ze Julian niet uit haar hoofd. Waar was hij toch gebleven? Ze ergerde zich eraan dat ze duidelijk nog steeds om hem gaf, zelfs al had hij haar keihard laten vallen. Even zag ze een soldaat uit de tijd van de Burgeroorlog een eindje verderop aan voor Julian, maar de soldaat was te lang. Bovendien stak er een plukje blond haar onder zijn helm vandaan. Waarschijnlijk was het de bovenbouwer die erom bekend stond altijd vreselijk te stinken. Frodo was te kort, James Dean te dik, en de jongen die als Han Solo was gekomen was gewoon te... lelijk. Ze besloot op te houden Julian te zoeken. Als hij op het feest was, had hij haar vast al voorbij zien komen. Misschien kon ze hem van gedachten doen veranderen. Daar was ze wel goed in.

Met een zucht haalde ze haar flacon tevoorschijn. Ze liep naar Heath Ferro en Kara Whalen, die samen in een hoekje stonden te fluisteren. Naast de manier waarop Jenny ineens door de leerlingen van het Waverly werd aanbeden, was de relatie van Heath en die lelijke nep-lesbienne wel het ergste wat ooit op het Waverly was gebeurd. Maar voordat ze hen kon bereiken, klom Angelica Pardee, verkleed als een nogal ouwbollige Dorothy uit *The Wizard of Oz*, luidruchtig van het podium af, met een microfoon in haar hand. Ineens hield de muziek op en steeg er enthousiast geroezemoes op.

'Hallo?' zei Pardee in de microfoon. 'Hallo.' De enorme rok van haar blauwe jurk stak zo ver uit dat het leek alsof ze wel twee petticoats over elkaar aan had. Haar roodbruine haar zat in twee lage paardenstaartjes, waar ze pijpenkrullen in had aangebracht met hairspray. Net twee worstjes.

Tinsley voelde de spanning door haar lichaam vloeien. Voorzichtig stopte ze haar flacon terug achter haar riem, en baande ze zich een weg naar voren door de mensenmassa heen. Om niet te gretig te lijken deed ze net alsof ze iemand zocht. 'Pardon,' mompelde ze toen ze de Blue Man Group opzij duwde.

'Jullie hebben allemaal goed je best gedaan, zie ik,' zei Pardee, alsof ze bang was iemand te kwetsen. 'Volgens mij wordt het echt een nek-aan-nekrace dit jaar. Maar nu iedereen zijn stembiljet heeft ingeleverd, is het eindelijk tijd om de winnaar bekend te maken.'

Toen Tinsley bijna bij het toneel was, streek ze zacht over haar flacon. Die zat nog stevig. Natuurlijk mocht die niet ineens onder haar jurk vandaan vallen wanneer ze op het toneel stond.

'Er kan maar één iemand winnen.' Pardee was even stil, en zwaaide toen met een witte envelop. Tinsley hield haar adem in. Het was alsof iedereen in de zaal naar haar keek, wachtend op het moment dat ze het toneel op mocht en opnieuw zou worden gekroond. Ze keek naar Pardee, en wachtte met bonzend hart af. Eindelijk zou alles weer zijn zoals het hoorde.

'Geef me je hand eens,' zei ze tegen Alan St. Girard, die als Eminem verkleed ging. Hij stak zijn arm uit, en Tinsley greep die vast, klaar om het toneel op te klimmen zodra Pardee haar naam had genoemd. Ze veerde alvast op, waardoor haar voeten in de zilveren Manolo Blahnik-schoentjes vlak boven de grond zweefden. Zo zou ze zo meteen nog sneller op het toneel het applaus in ontvangst kunnen nemen.

'En dit jaar is onze winnaar...' Iedereen hield zich stil toen Pardee de envelop opende en er een klein papiertje uit haalde. 'Jenny Humphrey!'

Pardee keek Tinsley aan alsof ze een soort gestoorde fan was die ongevraagd het toneel op probeerde te klimmen om de boel overhoop te gooien. Geschokt liet Tinsley zich van het toneel af glijden. Uit de zaal klonk een oorverdovend applaus op, en dat was niet voor haar. Ze applaudisseerden voor Jenny. Jenny! Tranen van woede sprongen in haar ogen. Was dit soms een nachtmerrie?

'Je ziet er sexy uit, Eminem,' zei ze snel tegen Alan. 'Zie je wel weer.' Ze hoopte maar dat hij voldoende had gedronken om te denken dat ze hem gewoon probeerde te versieren. Zelfs dat was beter dan dat haar arrogante actie zou uitlekken.

Nadat ze zich had omgedraaid, waarbij haar korte pruik op en neer wiegde, miste ze haar lange lokken als nooit tevoren. Ze voelde zich alsof ze hardhandig van haar plekje op het toneel was geduwd door die Jenny Humphrey, die nu zogenaamd onschuldig door de menigte heen probeerde te komen in een soort

Romeins slavenpakje. Ze duwde Benny en Celine opzij, die uitgebreid voor hun nieuwe koningin klapten. Verraders.

Echt ongelofelijk. Snapten de andere leerlingen dan echt niets van traditie? Tinsley was de koningin van het Halloween-feest. Zo hoorde het. Snapte niemand dat dan?

Blijkbaar was ze van de troon gestoten, en zo te horen had niemand de moeite genomen om haar dat te vertellen.

# 9

# Een Waverly Owl houdt zich aan de afgesproken bezoekuren en probeert nooit een meisjeskamer binnen te dringen

Door de stromende regen probeerde Easy de weg naar zijn geheime plek te vinden. Dat was nog best lastig nu hij zo dronken was. Hij stampte door de modder en werd in het gezicht geraakt door natte bladeren en laaghangende takken, maar in elk geval was hij weg van het stomme Halloween-feest. Hij kon het daar geen minuut langer uithouden. Zijn met schapenvacht gevoerde spijkerjasje hing open, en hoewel het ijzig koud was, vond hij het prettig om de wind te voelen. Toen hij eindelijk op de open plek aankwam, strompelde hij naar de grote steen en ging erop zitten. Meteen werd zijn broek vochtig. Hij was doorweekt, koud en moe, maar om de een of andere reden vond hij het wel prima zo. De afgelopen weken had hij vaak gedroomd van het moment waarop hij Callie eens de flink waarheid zou vertellen. Maar het echte werk leek totaal niet op zijn fantasietjes. In de poëzie leek een gebroken hart een bron van inspiratie, maar Easy voelde zich helemaal niet geïnspireerd. Eigenlijk voelde hij zich alleen maar zwaar klote.

Hij haalde de geplette joint tevoorschijn die hij van Alan St. Girard had gekregen, en stak hem aan. Maar zelfs die kon hem niet opvrolijken. Hij kon alleen maar denken aan die keer dat hij Callie hiernaartoe had meegenomen om haar portret te tekenen. Ze had op deze plek geposeerd, in een van haar duurste truien. Ze had zelfs deftige schoentjes aangehad. Op een gegeven moment zat ze vast met haar haren aan een boomtak, en zag ze er zo schattig uit dat Easy haar wel had moeten kussen.

Verdomme. Dat was nou de Callie van wie hij hield. Dat was de Callie die hem vlinders in zijn buik bezorgde als hij op haar moest wachten bij de stallen, of in het bos, of bij de heuvels.

Maar toen hij Callie als een verdomde prinses op het feest had gezien, waar ze hooghartig rondliep en zich zo bazig gedroeg... Dat was nou precies de kant van Callie waar hij strontgenoeg van had gekregen. Sinds Easy had gehoord dat Callie het blijkbaar geen probleem vond om een onschuldig meisje van school te pesten, had hij zich voortdurend kwaad zitten maken. En op het feest kwam al die opgekropte woede ineens naar buiten.

Maar toch voelde hij zich niet bepaald opgelucht nu hij al zijn frustraties eruit had kunnen gooien. Callie had er zo bedroefd uitgezien... Er knapte iets in hem, en hij gooide zijn joint weg en liep langzaam terug naar het schoolterrein.

In de verte zag hij de grote ramen van Prescott al, lichtpuntjes in de duisternis. Zou Callie daar nog steeds zijn? Hij hief zijn hoofd en voelde de regendruppels op zijn gezicht neerdalen. Het voelde koel en verfrissend, maar het hielp hem niet echt met zijn gevoelens. Waarom kwam Callie dan toch steeds weer in dat zwarte gat van Tinsley terecht? En waarom vond ze het zo moeilijk om gewoon zichzelf te zijn? Ze was veel liever, grappiger en zachtaardiger dan ze zich voordeed. Easy snapte wel dat het belangrijk voor haar was om erbij te horen, maar ze ging er zo ver in. Ze was altijd al een beetje onzeker geweest. Een keertje was hij naar haar kamer gegaan, om haar mee te nemen naar de schoolproductie van *The Glass Menagerie*. Ze had een zwart jurkje aan, dat ze met aanzienlijke snelheid uittrok toen hij haar er niet meteen een complimentje over gaf. Het was wel sexy geweest, eigenlijk. Ze had het jurkje vlak voor zijn neus uitgetrokken, en in haar paarse kanten ondergoed naar een spijkerbroek gezocht. Maar toch was het te idioot voor woorden. Waar was Callie nou precies zo onzeker over?

Per ongeluk struikelde Easy over een pompoen, en viel voorover in een plas regenwater. Nu was hij niet alleen doorweekt, maar zat hij ook nog onder de modder. Fuck. Hij voelde de kou doordringen tot in zijn botten. Langzaam krabbelde hij weer overeind en deed zijn best zoveel mogelijk te bewegen om warm te worden, maar met de ijzige wind die over het schoolterrein joeg, lukte dat niet erg goed.

Uit zijn ooghoeken zag hij een paar lichten in Dumbarton branden, en hij besloot er te gaan kijken. Vanaf de plek waar hij stond, zag het gebouw eruit als een enorme, vierkante pompoen. Blijkbaar waren een paar bewoners van Dumbarton al vroeg naar huis gegaan, of ze hadden het feest gewoon laten schieten. Hadden Callie en hij dat maar gedaan... Ze hadden nu gezellig samen knus in bed kunnen liggen met een grote zak popcorn, of halloweensnoepjes. Misschien zelfs zonder kleren aan. Maar eigenlijk moest hij helemaal niet aan zulk soort dingen denken. Bovendien, waarschijnlijk had Callie het helemaal niet gezellig gevonden. Ze zou vast zijn gaan zeuren omdat ze zo'n grote sociale gebeurtenis aan zich voorbij moest laten gaan.

Uitgeput leunde hij tegen de muur van het gebouw en kokhalsde. Die alcohol moest zijn lichaam uit. En al zijn gevoelens rondom Callie moesten er ook uit. Zij zou toch nooit veranderen, en zo konden ze nooit samen gelukkig worden. En daarom moest hij haar uit zijn hoofd zetten.

Een eindje verderop stond de oude eik waar hij een keer in was geklommen om Callie te verrassen toen ze zat te studeren in haar kamer. Hij greep een laaghangende tak. De bast was glibberig en nat, waardoor zijn hand geen grip vond. Hij probeerde het nog eens, ditmaal met twee handen. Nu had hij genoeg houvast om zich te kunnen optrekken. Voordat hij het wist, was hij opnieuw in de boom aan het klimmen. Hij kwam steeds een stukje hoger.

Op bepaalde plekken waren de takken afgesleten. Zeker door al die mannelijke voorgangers die hoopten stiekem een glimp van de Dumbarton-meisjes te kunnen opvangen. Op een van de takken waren zelfs initialen gekrast. J. D. C + M. E. C. stond er, als een soort prehistorische grottekening.

Ineens floepte het licht aan in een van de kamers tegenover de boom. Instinctief verschool Easy zich achter de takken en gluurde naar het raam. Hij herkende een meisje uit zijn geschiedenisklas. Ze was verkleed als Tinkelbel.

'Hoi Tink,' riep Easy lachend. Hoe hoger hij kwam, des te beter hij zich voelde. Hij vroeg zich af of hij misschien de nacht zou kunnen doorbrengen in de boom. Maar plotseling kwam er een harde windvlaag, waardoor de eik gevaarlijk schudde. Easy greep zich vast aan de stevigere takken dicht bij de stam.

Even later schudde de boom weer gevaarlijk heen en weer. De bladeren ritselden rustgevend, en de wind had de ergste nattigheid uit Easy's kleding geblazen. Hij sloot zijn ogen, en besefte veel te laat dat het gekraak dat hij hoorde geen onweer was. De boom schudde niet door de wind, maar de tak brak onder Easy's gewicht af. Er klonk een oorverdovend lawaai, en de ramen van Dumbarton kwamen steeds dichterbij. Meteen liet Easy zich van de tak glijden. Snel greep hij een van de lagere takken om niet op de grond te pletter te slaan. Op dat moment klonk het gerinkel van brekend glas, en een van de meisjes gilde luid. Een paar seconden later raakte Easy de grond, en hij kwam terecht boven op het neppistooltje dat hij had gekocht om toch nog een beetje op een cowboy te lijken.

Hij wist niet hoeveel tijd er was verstreken toen iemand met een zaklamp in zijn gezicht scheen. Misschien had hij wel urenlang op de grond gelegen. Maar zodra hij meneer Quartullo's gezicht zag, dacht hij dat het waarschijnlijk niet meer dan een paar minuten kon zijn geweest. De nachtwaker was altijd ogenblikkelijk op de plaats delict, en deed niet aan smoesjes en excuusjes.

Easy wist zeker dat hij hier niet gemakkelijk vanaf zou komen.

'Shit,' mompelde hij.

'Dat kunt u wel zeggen, meneer Walsh,' zei meneer Quartullo.

In de verte klonken sirenes, en Easy vroeg zich af of hij dit keer misschien door de brandweer van het schoolterrein zou worden gesleept. Hij kon wel duizend smoesjes verzinnen om de schuld ergens anders te leggen. Het waaide, de boom was gewoon oud en zwak geworden, en hij stond er alleen maar onder te schuilen. Maar toen dacht hij dat het tegenovergestelde misschien slimmer was. Hij zou de schuld op zich nemen en met opgeheven hoofd van het Waverly worden gestuurd.

Misschien was dat zo slecht nog niet. Als hij weg was van het Waverly, zou hij Callie ook niet meer steeds tegenkomen.

Maar toen Easy een kwartier later in mevrouw Hornimans kantoortje zat, begon hij toch te twijfelen aan zijn plannetje. Hij had zich voorbereid op meneer Marymount, dus was hij verbaasd toen meneer Quartullo hem niet naar de rector, maar naar diens adviseur bracht. Mevrouw Horniman had het altijd voor hem opgenomen, had zijn artistieke meesterwerken bewonderd en hem er keer op keer aan herinnerd dat er na het Waverly een wereld voor hem open zou gaan, en dat hij zijn tijd hier moest proberen uit te zitten. Nu hij in haar kantoortje op haar zat te wachten, nog steeds kletsnat en ook nog een beetje dronken en stoned, had hij het idee dat hij niet alleen háár had teleurgesteld, maar ook zichzelf.

De deur ging piepend open, en mevrouw Horniman liep naar binnen. Haar haren zaten onder een donkerrood met blauwe Waverly Owl-pet en ze zag er slaperig uit. Met haar hand verborg ze een geeuw. 'Zo, wat wordt het?' vroeg ze terwijl ze plaatsnam achter haar bureau.

'Nou...' begon Easy. Maar eigenlijk wist hij helemaal niet wat hij nu eigenlijk wilde zeggen. Zenuwachtig schoof hij heen en weer op zijn stoel. Zijn zeiknatte broek voelde vervelend aan, en het viel hem op dat hij enorme modderige voetafdrukken had achtergelaten in het kantoortje.

Mevrouw Horniman legde haar handen op haar schoot. Ze droeg een wollen vest met kabelsteek dat ze tegen zich aan hield, en Easy dacht dat hij resten van tandpasta in haar mondhoeken zag zitten. 'Het is al laat, dus ik zal er geen doekjes om winden. Is dat goed?'

Easy knikte en streek door zijn natte haar. Meteen vielen er een paar bladeren uit. Hij had zich nog nooit zo smerig gevoeld. Hij was nog steeds een dronken puinhoop, en nu zou hij ook nog van school worden gestuurd. En dat allemaal vanwege Callie. Shit, waar was hij mee bezig? Nu de verwarming in mevrouw Hornimans kantoortje aansloeg, werd het iets helderder in zijn hoofd, en het drong tot hem door dat hij zich belachelijk had gedragen. Blijkbaar was het nodig geweest om uit een boom te vallen en een hoop schade aan te richten voordat hij kon inzien dat het tijd was om Callie los te laten en zijn leven weer op te pakken. Alleen was het daar nu natuurlijk te laat voor. Hij zag de militaire academie in West Virginia, waar zijn vader het vaak over had gehad, al voor zich. Daar zou hij niet op Credo kunnen rijden, niet meer kunnen tekenen, geen meisjes meer kunnen zien. Daar waren alleen maar een stel jochies die hun mannelijkheid probeerden te bewijzen door push-ups te doen en elkaar lastig te vallen. Waarom had hij daar niet aan gedacht voordat hij zo nodig de boom in moest?

'Dit was je laatste kans, Easy,' zei mevrouw Horniman. Ze boog voorover en leunde op haar ellebogen. 'Maar ik zou niet graag iemand zo getalenteerd als jij van het Waverly geschorst zien worden, dus heb ik meneer Marymount overgehaald je nog een kans te geven. Als je minimaal een acht kunt staan voor al je vakken...'

'Afgesproken,' zei Easy snel. Dus hij zou niet van het Waverly worden verwijderd? Ineens kon hij aan niets anders denken dan de belofte van zijn vader. Als Easy het Waverly af zou kunnen maken, en daarna naar een gerespecteerd College zou kunnen gaan, mocht hij een jaar op kosten van zijn vader in Parijs doorbrengen. Parijs zou zoveel beter zijn dan de militaire academie. En veel verder van Callie vandaan.

'En je mag het schoolterrein onder geen enkele beding verlaten,' zei mevrouw Horniman tot slot.

Easy keek op. 'Helemaal niet?' Hij voelde aan zijn kapotte lip. Nou ja, zo erg zou dat nou ook weer niet zijn. Hij keek naar de regen die tegen het raam van het kantoortje spatte. Hij had wel dood kunnen vallen. Of een stuk of wat botten breken. Blijkbaar had hij vandaag toch nog geluk bij een ongeluk.

'Helemaal niet,' antwoordde mevrouw Horniman. 'Goed opletten, Easy. Dit keer is het menens. Achten en niet van het terrein af, of je zult onmiddellijk van school worden verwijderd. *Capisce?*'

'Capisce,' zei Easy. Hij leunde achterover, klaar om terug naar zijn kamer te gaan en iets droogs aan te trekken.

'En als ik jou was, zou ik toch eens denken aan buitenschoolse activiteiten. Je weet dat de rector altijd onder de indruk is van ijverige leerlingen, en ik denk niet dat jouw paardrijden tot een gerespecteerde activiteit kan worden gerekend. Probeer eens iets met andere leerlingen te doen.' Mevrouw Horniman keek hem glimlachend aan. Van alle mensen op het Waverly wist zij het beste wat hij van de vrijwillige bezigheden op school vond. Ze leunde achterover. 'Ik denk dat je het best goed zou doen als koorzanger.'

Het duurde even voordat Easy doorhad dat ze maar een grapje maakte, maar voor het eerst die avond kon hij glimlachen.

## Instant Message Inbox

**JennyHumphrey:** Wat gebeurde er?

**BrettMesserschmitt:** Geen idee. Ik heb te veel gedronken en ik wil naar bed. Om van Jeremiah te dromen.

**JennyHumphrey:** Callie is nog niet terug. Moet ik me al zorgen gaan maken?

**BrettMesserschmitt:** Laat haar maar. Ze is vast met Easy naar een stil plekje gegaan om alles weer goed te maken na hun ruzie.

**JennyHumphrey:** Natuurlijk.

# 10

*Een dappere Owl vlucht niet voor haar problemen, tenzij er luxe kuuroorden aan te pas komen*

Callie liet haar hoofd tegen het koude raampje van de zwarte Lincoln Town Car rusten. Haar ogen waren nog steeds een beetje rood van het huilen. Met de mouw van haar caban van kasjmier veegde ze alle sporen van tranen weg. Nog nooit eerder had iemand haar zo gekwetst als Easy op het feest had gedaan. Het was erger dan toen ze in een roze Vera Wang-bubble-jurkje naar het lentefeest was gegaan, en hij had gezegd dat ze eruitzag als een roze taart. Die keer had hij het tenminste niet gemeen bedoeld. Hij had gewoon niet beter geweten, omdat hij nou eenmaal een jongen was. Bovendien had hij haar de rest van de avond verteld hoeveel hij wel niet van roze taartjes hield.

In de zak van haar regenjas zocht ze naar een zakdoekje. Hoe had hij zo vals tegen haar kunnen doen? En nog wel waar iedereen bij was! Waarschijnlijk vlogen er nu duizenden e-mailtjes en sms'jes met roddels over haar de school door. Allemaal dankzij Easy. Oké, hij was stomdronken geweest, maar dan nog... Meestal werd hij alleen een beetje weemoedig als hij te veel had gedronken. Hij veranderde absoluut niet in zo'n Heath Ferro-geval, die al hyperactief werd als hij alleen maar aan alcohol dacht. Hoe durfde hij, hoe durfde hij, hoe durfde hij...

Maar het enige antwoord dat ze kon bedenken, was dat hij gewoon niet meer van haar hield. Tranen prikten weer in haar ogen.

Toen ze haar moeder belde en vroeg of ze toch nog kon komen, had deze gezegd dat ze al een auto had laten voorrijden. Gewoon voor het geval dat. Bovendien had ze niet hoeven pakken. Alles wat ze nodig had, zou in het kuuroord aanwezig zijn. Even voelde ze zich als de echte Assepoester die door haar peetmoeder in de watten wordt gelegd, en toen ze de auto zag, was ze blij dat die ondertussen in elk geval niet in een pompoen was veranderd.

Door het raampje zag ze het landschap voorbijvliegen. Ze reden langs hoge dennenbomen, die nog net zichtbaar waren in het maanlicht. Callie drukte haar hand tegen het raam. Door het rookglazen tussenschot in de auto was nog net het achterhoofd van de chauffeur zichtbaar. Zo te zien was het een vrouw van in de vijftig met opgestoken, krullend grijs haar. Door het glas kon Callie nog net de countrymuziek horen die de chauffeur afspeelde. Het deed haar denken aan de jongens die ze had gekend in Georgia, en ze vroeg zich af of deze chauffeur helemaal uit Atlanta hiernaartoe was gereden. Hier luisterde niemand naar country. Nooit.

Het tussenschot schoof naar beneden en de chauffeur keek haar aan. De countrymuziek klonk meteen een stuk harder. 'Gaat alles goed daarachter, meisje?' vroeg ze.

'Ja hoor,' antwoordde Callie. Ze wreef over haar slapen en slikte. Haar mond voelde nog een beetje droog van al die zoete punch. 'Dank u wel.'

De chauffeur knikte. 'Er liggen flesjes met water in de koelbox. En je zegt het maar als je naar de wc moet. We hebben een lange rit voor de boeg.'

Zodra het tussenschot weer omhoog was, dook Callie in de koelbox. Ze haalde er een flesje koel water uit en nam een slok.

Ineens herinnerde ze zich dat ze helemaal geen kans had gehad om Easy te laten zien dat ze eigenlijk zo slecht nog niet was. Tussen al die Barbies, Powerpuff Girls en de Blue Man Group had ze hem toch niet alles kunnen vertellen? Ze had Easy's gezicht willen zien terwijl ze hem de waarheid vertelde, en daarna had ze gehoopt dat hij haar weer in zijn armen zou nemen… als een echte prinses die altijd kreeg wat ze wilde? Nu kreeg ze zijn preek niet meer uit haar hoofd, dus concentreerde ze zich maar weer op de weg. Naarmate ze verder reden over de donkere weg, zag ze steeds minder tegenliggers. Langzaam vielen haar ogen dicht.

Toen ze haar ogen weer opende, waren ze al van de snelweg af gereden. Het maanlicht werd gereflecteerd door de sneeuw op de weg, waardoor Callie niet verder kon kijken dan de berken die uit de sneeuw oprezen. Alles was hier glinsterend en wit. Het was alsof ze in een magisch winterlandschap was terechtgekomen. Ze had bijna kunnen geloven dat ze wakker was geworden op de noordpool, of ergens anders heel ver van het Waverly vandaan. Nog nooit was ze zo dankbaar geweest voor haar bemoeizuchtige moeder.

Eindelijk stopte de auto bij een gebouw dat eruit zag als een chalet, met een groot bord, waarop WHISPERING PINES stond geschreven. Callie opende het portier van de auto en sprong de kou in. Meteen voelde ze zich klaarwakker. Haar benen werkten nog niet goed mee, dus moest ze zich vasthouden aan het portier om niet languit in de sneeuw te vallen. Ze hoopte dat er nog iets eetbaars zou zijn. Vandaag had ze alleen maar een sandwich met selderij en tonijn gegeten, en nog een paar snoepjes op het feest. Waarschijnlijk hadden ze hier allemaal delicatessen. Meteen kreeg ze zin in een omelet met champignons en kaas met pepertjes. Of een echte Engelse muffin met boter en jam.

Een jonge vrouw in een warme oranje parka kwam de houten trap voor het chalet af. 'Ik ben blij dat jullie er zijn,' zei ze, terwijl ze naar Callie toe liep en haar hand uitstak. 'Ik ben Amanda.'

'Callie Vernon,' zei Callie. Ze stopte haar hand gauw terug in haar zak. Nu was ze toch wel blij met de lange regenjas. Ze kon zich goed voorstellen dat het een beetje vreemd was om midden in de nacht in een blauw Assepoester-kostuum in een kuuroord te verschijnen. En ze had geen andere kleren bij zich.

'Ik zal je even rondleiden,' zei Amanda. Ze knikte naar het gebouw.

Callie keek bewonderend naar Amanda's gave, roomblanke huid. Ze vroeg zich af of het aan de frisse buitenlucht van Maine lag of aan de schoonheidsbehandelingen dat ze er zo sprankelend uitzag. Waarschijnlijk een combinatie van die twee, dacht ze.

'Je kamer is deze kant op,' zei Amanda achterom toen ze binnen in de schemerduistere lobby waren. Haar dikke jas maakte een ruisend geluid terwijl ze door de stille gangen liepen. Callies maag rammelde, maar ze wilde niet te gretig overkomen. Misschien stond er een fruitmand in haar kamer. Of een paar van die kleine chocolaatjes met pepermunt vanbinnen, die ze in hotels op je kussen leggen.

De houten vloer kraakte onder hun voeten toen ze de hoek om liepen en weer in een andere lange gang terechtkwamen. In de muur zaten kleine nachtlampjes, waardoor het witte behang goed zichtbaar werd. Callie voelde zich al wat rustiger.

'En hier slaap jij.' Amanda wees naar een witgeverfde houten deur. Hij zag er lekker ouderwets uit, precies waar Callie behoefte aan had. 'Het is al laat, en je moet morgen vroeg op. Dus ga maar snel slapen.'

'Maar ik, eh, ben vergeten te pakken,' zei Callie verlegen. Ze keek naar de lange, wijde rok die onder haar jas uit piepte. Misschien wilde Amanda haar wel een paar van die zachte met schapenvacht gevoerde laarzen lenen.

Maar Amanda wuifde het weg. 'Wij hebben zelfs liever dat mensen hier met zo min mogelijk bagage komen.' Ze glimlachte naar Callie. 'Ik beloof je dat je alles zult krijgen wat je nodig hebt.'

'Geweldig!' riep Callie uit. De koude lucht had haar goed wakker gekregen. 'Dan eh... zie ik je morgenochtend wel weer?' Ze vond Amanda en haar voorzichtige manier van doen nu al leuk, en ze vroeg zich af of ze samen aan de yoga zouden gaan, of misschien aan een andere activiteit.

Eventjes legde Amanda haar hand op Callies arm. 'Ik beloof je dat je hier precies zult krijgen waar je op dit moment behoefte aan hebt.' Ze zwaaide naar Callie, en trok haar parka op. Daarna verdween ze uit het zicht.

Callie opende de deur van haar kamer, klaar om zichzelf te verwennen. Eerst wilde ze een warm bubbelbad nemen, om daarna met de tv aan in bed te kruipen. Ze knipte het licht aan. Er was maar één lamp in de kamer, een geelkoperen, iel dingetje met een eenvoudige witte kap. De hele kamer was in simpele stijl ingericht. Een windje waaide door het openstaande raam, en Callie besefte dat er geen gordijnen waren. Huiverend sloeg ze haar armen om zich heen om warmer te worden. Het bed in de hoek van de kamer zag er ook niet erg comfortabel uit. Het was aan de kleine kant, en het matras leek wel erg dunnetjes. Eigenlijk zag de hele kamer er een beetje primitief uit, een cel in een klooster of zo.

Callie besloot in de badkamer te gaan kijken. Maar zodra ze het felle licht aan knipte, schrok ze zich een ongeluk. Er lagen toiletspulletjes bij de wasbak. Hadden ze haar naar de verkeerde kamer gebracht?

Vlak daarna zag ze echter de deur naar de kamer naast die van haar. Dus dat was er aan de hand. Ze hadden haar een kamer met een gezamenlijke badkamer gegeven. Dat deed haar denken aan die keer dat ze met haar moeder was meegegaan naar Mexico, en ze met zijn allen in een kleine kamer waren beland, in plaats van in de suite die ze hadden geboekt. Het was een ware nachtmerrie geweest om de badkamer met haar ruimte-stelende moeder te moeten delen. Maar dit keer zou ze rustig blijven. Ze deed het licht weer uit en liep naar haar bedje. Misschien zou de oude Callie Amanda uit bed hebben laten halen en haar hebben uitgefoeterd, maar de nieuwe Callie deed zulk soort dingen niet. Zie je, Easy? Ze was toch niet zó'n verwend prinsesje. Ze kon best wachten met schelden tot het ochtend was.

Ze schopte haar slippertjes uit en krulde zich op in bed, met haar kleren aan. Ze trok de wollen deken over haar hoofd. Zo leek het wel een beetje alsof ze aan het kamperen was. Een nacht vol ontberingen zou de verwennerij van de rest van de vakantie alleen maar beter maken. Trouwens, het zou over een paar uurtjes alweer licht worden. Langzaam doezelde ze weg, en droomde van mooie wolkjes die door een helderblauwe lucht zweefden.

Ineens begonnen de wolken te schudden en werd alles zwart. Callie opende haar ogen en zag een grote Oost-Europese vrouw bij het bed staan. Ze hield Callies arm vast en schudde haar wakker. Alleen liet ze niet los, zelfs nu het duidelijk was dat Callie al wakker was.

'De zon is op,' zei de vrouw met een zwaar accent. 'Tijd om op te staan.'

Callie keek haar aan. 'Watte?'

De vrouw klapte in haar sterke handen, maar ging niet weg. Waarom had Amanda haar niet gewaarschuwd voor deze gestoorde vrouw die in de andere kamer sliep?

'Hoe laat is het?' vroeg Callie slaperig. Ze had helemaal niets meegenomen, en zonder haar slaapmaskertje en haar wekkerradio voelde ze zich verloren.

'Tijd voor de ochtendmars,' antwoordde de vrouw. Ze pakte Callies wollen deken en trok hem van haar af.

Het ochtendlicht scheen door het raampje, en Callie kon voetstappen op de gang horen. Ochtendmars? Wat was dat nou weer? Moesten ze soms ook chanten?

Waar was ze in godsnaam terechtgekomen?

# Owlnet Email Inbox

**Van:** AngelicaPardee@waverly.edu
**Aan:** Bewoners van Dumbarton
**Onderwerp:** Waterschade

Misschien is het jullie al opgevallen dat de regen gisteravond voor behoorlijke schade heeft gezorgd. De boom tegenover het gebouw is omgevallen en heeft in zijn val een paar ruiten en een regenpijp gebroken. Hierdoor zijn enkele kamers overstroomd. Tijdens de reparaties hoop ik dat jullie zo behulpzaam zullen zijn om jullie huisgenoten zo veel mogelijk te helpen, en de overgebleven kamers met hen te delen. Ik zal komen controleren of alles in orde is.

Alvast bedankt,

Angelica

# II

# *Een Waverly Owl helpt altijd een vriendin in nood, ook ex-vriendinnen*

Brett schrok wakker van het geluid van de opengaande deur. Ze was met haar hoofd op haar Latijnse grammatica in slaap gevallen, en haar haren lagen gevaarlijk dicht bij de geurkaars die koffiegeur verspreidde. Het was nog vroeg, en Brett was te lui geweest om haar eerste kopje koffie te gaan halen, dus had ze gehoopt ook een beetje wakkerder te worden van de géúr van koffie.

Opgewekt stond Jenny in de deuropening. 'Klaar om het te bespreken?' Ze glipte de kamer in, gekleed in een witte blouse met daarover een mouwloos jurkje van sweatstof, en een dikke wollen maillot. Ze leek precies zo'n schattig modelletje in de reclame van Gap.

'Alles bij elkaar was het een prima avond.' Brett glimlachte. Zelfs nu ze zich misselijk voelde van de drank van gisteren, kon ze de grijns niet van haar gezicht krijgen. Elke keer dat ze aan Jeremiah dacht, die ineens voor haar neus was verschenen en haar hart opnieuw had veroverd, voelde ze zich weer helemaal geweldig. 'En dan heb ik het nog niet eens over het feit dat jij hebt gewonnen.'

Jenny giechelde. 'Dat was echt idioot, hè?' Ze liet haar enorme LeSportsac-tas op de grond vallen en plofte neer op Bretts knalroze Indiase sprei. Ze zag er goed uit, en leek meer kleur in haar gezicht te hebben dan anders.

'Helemaal niet. Je straalde,' reageerde Brett. Vanaf het moment dat ze Jenny voor het eerst in haar witte Cleopatra-jurkje had gezien, had ze zeker geweten dat Tinsley het nog moeilijk zou krijgen. Nou ja, het werd dan ook de hoogste tijd dat iemand Tinsley eens van haar troon stootte. Tinsley moest ook leren dat niet alles in het leven haar gemakkelijk kon afgaan.

Jenny bloosde. 'Waarschijnlijk lag dat aan jouw glittercrème,' zei ze terwijl ze met haar grote armbanden speelde. 'Maar het was best leuk om op het toneel te mogen staan.'

Brett lachte naar haar vriendin en haalde een pluisje van haar donkerblauwe Earl-spijkerbroek. 'Maar nu wil ik de sappige roddels horen.'

'Welke sappige roddels?' vroeg Jenny onschuldig.

'Nou, ik heb je zien praten met een mysterieuze onbekende.' Brett keek uit het raampje van haar kamer. Zelfs met een sombere lucht zag het Waverly er prachtig uit. Het zompige terrein was bedekt met felgekleurde herfstbladeren, en leerlingen in vrolijke regenkleding renden naar hun lessen.

'Bedoel je Zorro?' vroeg Jenny. Ze beet zachtjes op haar lip, alsof ze haar best deed niet breed te grijnzen.

Brett plofte ook op haar bed. 'Heeft hij je soms, je weet wel, in de gaten gehouden?'

'Ik heb geen idee.' Een lok bruin haar viel over Jenny's gezicht, en die streek ze snel weer weg. Ze sloeg haar handen ineen om haar opwinding te verbergen. 'Ik bedoel, ik wil er niet te veel achter zoeken, maar het gesprek was best geladen en zo.'

'Maar wie ís hij?' Afgezien van het donkere Zorro-kostuum had Brett weinig van Jenny's stille aanbidder kunnen zien. Alleen dat hij behoorlijk onder de indruk was geweest van een zekere Egyptische koningin.

'Hij wilde niet zeggen hoe hij heette,' zei Jenny. Ze hief haar handen. 'Hij deed echt heel mysterieus. Net zoals de echte Zorro.'

'Als een bandiet?' Brett trok haar wenkbrauwen op.

'Maar hij leek gewoon zo... perfect.' Jenny vond dat ze nu wel genoeg over zichzelf had gepraat. Snel veranderde ze van onderwerp. 'Maar hoe zat het nou met jou, mevrouw Scooby Doo? Ik zag dat er ten minste één persoon onder de indruk van je was.'

Brett bloosde. Na het feest waren Jeremiah en zij hand in hand over het natte schoolterrein gaan wandelen, en hadden gepraat over de duizenden dingen die waren gebeurd sinds ze elkaar voor het laatst hadden gezien. Toen het ineens nog harder ging regenen, waren ze gaan schuilen in het tuinhuisje. Daar waren ze gaan liggen en hadden elkaar uitgebreid gekust. Het was een prachtige nacht geweest.

'Hij zag er goed uit,' merkte Jenny met een grijns op.

'Ik wist echt niet dat hij ook zou komen,' zei Brett. Ze probeerde niet te opgewonden te klinken. 'Eigenlijk dacht ik dat hij nog steeds overstuur was vanwege dat gedoe met Kara.'

'Ja, maar...' Jenny ging overeind zitten. 'Jullie hadden toch niks samen toen dat speelde?'

'Dat is waar,' zei Brett. Ze begon zich al iets minder schuldig te voelen over haar leugentje om bestwil. Bovendien was het om Jeremiahs bestwil, niet de hare. 'Maar toen hij weer bij me terug kwam, na alles wat er is gebeurd, drong het pas echt goed tot me door dat ik heel veel van hem hou. Ik wil dat hij de eerste is, snap je?'

Jenny fronste haar voorhoofd. 'Echt? Weet je zeker dat je daar klaar voor bent?'

Vorige maand had Brett gedacht dat ze er klaar voor was, maar toen ze hoorde dat Jeremiah al met iemand anders naar bed was geweest, was alles veranderd. Dit keer wist ze het echt zeker. Zij had Jeremiah vergeven dat hij het met die slet had gedaan, en hij had haar vergeven dat ze er bijna met meneer Dalton vandoor was gegaan. Dat moest toch iets betekenen? Het is makkelijk om van iemand te houden als alles goed gaat, maar als je je ook door de minder goede tijden kunt slaan en nog steeds veel voor iemand voelt, dan is het iets diepers dan zomaar een verliefdheidje.

Eigenlijk had ze gehoopt dat ze dit weekend naar een romantisch hotelletje zouden kunnen gaan, maar Jeremiah moest een uitwedstrijd spelen tegen Elrod College Prep, en dus zou hij het hele weekend weg zijn. Geen geheime afspraakjes dus.

Jenny keek omhoog. 'Zou het niet leuk zijn als Zorro mijn eerste zou zijn?' vroeg ze dromerig.

'Maar je weet niet eens hoe hij héét!' Lachend liet Brett zich achterover op bed vallen. Ze keek naar het plafond, waar de hoekjes van haar Flaming Lips-poster nog zaten vastgeplakt. Die had ze ooit opgehangen en daarna besloten hem toch weer weg te halen, maar de afgescheurde hoekjes bleven het witte plafond ontsieren.

'Zijn naam is toch helemaal niet belangrijk,' reageerde Jenny met een ondeugend lachje.

Plotseling kwam er een geluidje uit Bretts laptop, waardoor de meisjes ophielden met lachen. 'Misschien is het Callie.' Jenny gluurde naar het scherm. 'Ik vind het zo vreemd dat ze gisteren niet is thuisgekomen. Denk je dat ze het echt weer heeft bijgelegd met Easy?'

Brett fronste terwijl ze het berichtje las. 'Het is Yvonne Stidder maar. Ze wil weten of er nog een nieuwe bijeenkomst van Vrouwen van Waverly op het programma staat.'

'Komt er dan nog een bijeenkomst?' vroeg Jenny enthousiast. Meteen ging ze rechtop op bed zitten.

Ineens moest Brett weer denken aan die zoen van Kara tijdens de vorige bijeenkomst. Ze kon Kara's lippen nog tegen de hare voelen. Ze hadden naar lipgloss met kersensmaak gesmaakt. Die herinnering verduisterde haar nieuwe geluk. Tenslotte had ze tegen Jeremiah gelogen over die gebeurtenis.

De deur vloog open, en voor het eerst sinds tijden was Brett opgelucht om Tinsley te zien in plaats van Pardee. Achter Tinsley stond Kara, die onzeker de kamer in gluurde.

'Wat is er aan de hand?' vroeg Brett verbaasd. Waarom had Tinsley Kara meegenomen naar hun kamer? Ze probeerde naar

Kara te glimlachen en tegelijkertijd Tinsley kwaad aan te staren. Waarschijnlijk zag ze er nu uit alsof ze in een gesticht thuishoorde.

'Doordat die boom tegen het gebouw aan is gevallen, zijn een paar van de kamers beneden overstroomd. Voor het geval het je nog niet is opgevallen,' zei Tinsley. 'Dus nu kan die arme Kara nergens terecht. Ze kan toch wel bij ons blijven?' Ze leunde nonchalant in haar hoge grijze Habitual-jeans en een rood T-shirt tegen de deurpost aan. Aan haar oren bungelden grote oorringen.

Achter haar lachte Kara verlegen naar Brett.

'Ben jij tegenwoordig de huismeester hier?' vroeg Bett. Het ergerde haar dat Tinsley het niet eerst aan haar was komen vragen. Ze had toch ten minste met haar kunnen overleggen, ergens waar Kara niet bij was? Jenny giechelde. Het was wel duidelijk dat zij de blik in Tinsleys ogen niet had gezien.

'Ik probeer alleen maar mijn medeleerlingen te helpen,' reageerde Tinsley met een vals lachje. 'Nou, wat zeg je ervan? Het zal weer net zo worden als vroeger.'

In de deuropening frunnikte Kara zenuwachtig aan de onderkant van haar groengestreepte poloshirt. 'Ik kan ook wel ergens anders heen, als jullie...'

'Doe niet zo gek. Het is echt geen moeite,' zei Brett. Ze knikte naar Kara, en hoopte dat Tinsley niet zou zien hoe ongemakkelijk ze zich voelde bij de gedachte haar kamer met Kara te delen. Tinsley wílde natuurlijk juist dat Brett zich ongemakkelijk zou voelen.

'Geweldig,' kirde Tinsley. Ze klapte enthousiast in haar handen, waardoor de roze glittertjes op haar vingers glommen in het ochtendlicht. 'Ik denk dat ze wel bij jou in bed kan slapen.' Ze hield zich even stil om te zien hoe Brett daarop reageerde. 'Of zoiets.'

'We verzinnen wel iets. Dank je wel.' Brett stond op en zette haar paarsgelakte nagels hard in haar handpalm. Ze moest echt moeite doen om Tinsley niet ter plekke verrot te slaan. Jenny stond ook op.

'Dank je,' zei Kara zacht. Ze keek Brett aan met haar licht-bruine ogen. 'Het spijt me als het niet goed uitkomt.'

'Natuurlijk komt het ons goed uit,' zei Tinsley. Ze pakte haar Nanette Lepore-jasje dat over de stoelleuning hing. 'Nou, dat is ook weer goed opgelost. Ik ga ervandoor, om nog meer mensen blij te maken.' Ze maakte een buiging en verdween de gang in.

'Ik ga mijn spullen halen,' zei Kara. Ze volgde Tinsley de gang op.

'Wat kan die Tinsley toch een kreng zijn,' zei Brett kwaad toen ze allebei weg waren.

'Ik kom te laat op de les,' zei Jenny. Snel pakte ze haar grote tas van de grond.

Brett keek op haar horloge. 'Shit, ik ook. Wacht even.' Ze begon haar kamer overhoop te halen, in de hoop haar boekentas te vinden, toen ineens 'You Make Lovin' Fun' van Fleetwood Mac door de kamer schalde.

Jeremiah. Jeremiah belde haar. Brett vroeg Jenny op haar te wachten. 'Hallo?'

'Hoi liefje,' zei Jeremiah door de telefoon. 'Wat ben je aan het doen?' Op de achtergrond hoorde Brett iets verschuiven. Waarschijnlijk was hij net bezig zijn jachtgroene L.L. Bean-tas met zijn initialen erop te pakken voor het weekend.

'Ik ben met Jenny onderweg naar het lokaal.' Bijna wilde ze zich beklagen over Tinsley, maar bedacht zich net op tijd. Jeremiah zou het vast niet leuk vinden te horen dat ze haar kamer met Kara zou delen. Nou ja, hij zou het hele weekend weg zijn, en Kara zou vast niet langer dan twee dagen hoeven te blijven. Dus zou hij er niets over hoeven te weten.

'Ik wou dat ik thuis kon blijven,' zei Jeremiah. Omdat het nog vroeg was en hij nog een beetje hees was, klonk zijn stem extra schattig. 'Het is toch maar een stomme wedstrijd. Elrod bakt er niks van.'

'Ik zou je ook liever hier houden,' zei Brett.

'Was het maar kerstvakantie.' Jeremiah klonk zo melancholiek dat Brett het knusse haardvuurtje in zijn huisje in Sun Valley al voor zich kon zien. Na het feest had hij haar uitgenodigd om in de vakantie met hem en zijn ouders te gaan skiën. Ze kon zich de avonden al voorstellen, met Jeremiah en een grote mok chocolademelk met een scheut cognac erin, door het raam kijkend naar de vallende sneeuw.

Brett bloosde, en hoopte dat Jeremiah kon weten waaraan ze dacht. 'Ik ook,' zei ze.

'Ik moet er vandoor, schatje,' zei Jeremiah spijtig. 'Ik wilde alleen even je stem horen.'

'Bel me later maar weer,' zei Brett. 'Ik hou van je.'

'Ik ook van jou.' Jeremiahs stem klonk hees. 'Ik wil niet dat je zielig en alleen achterblijft dit weekend. Maak er iets moois van, oké?'

'Zeker weten.' Brett hing op en keek als verstard naar het schermpje van haar mobieltje.

'Waar ging dat allemaal over?' vroeg Jenny.

Maar Brett voelde zich alsof al het leven uit haar werd gezogen. Haar eerdere opgewekte humeur was als sneeuw voor de zon verdwenen. Nu pas kreeg ze het idee dat ze met iets heel erg verkeerds bezig was, en erover praten was wel het laatste wat ze wilde doen. 'O niks,' antwoordde ze luchtig terwijl ze haar enorme Latijnse grammatica in haar tas propte. 'Laten we maar gaan.'

**DrewGately:** Ik zei toch dat ik je zou opsporen. Zorro vindt altijd degene die hij zoekt.

**JennyHumphrey:** Het lijkt er wel op. Maar in elk geval weet ik nu hoe je heet. Waar spreken we af?

**DrewGately:** Op de parkeerplaats, na school?

**JennyHumphrey:** Ik moet eerst naar hockey, maar daarna ben ik geheel tot uw beschikking.

**DrewGately:** Zo mag ik het horen. =)

# 12

## *Een Waverly Owl is dol op uitdagingen*

Zodra Brandon mevrouw Hornimans klaslokaal binnen stapte, kreeg hij een déjà vu. De vorige keer dat hij les had gekregen van mevrouw Horniman, was het nog maar pas aan geweest tussen Callie en hem, en was zijn stiefmoeder net bevallen van haar duivelsgebroed. Bovendien was hij zelf wel zeven centimeter kleiner geweest. Het was alsof hij als kind uit zijn geboorteplaats was weggetrokken en er voor het eerst weer terugkwam nu hij volwassen was. Alles in het klaslokaal leek ook net een beetje kleiner. Zelfs mevrouw Horniman zag eruit alsof ze was gekrompen. Of het lag natuurlijk aan die afschuwelijke platte stappers die ze aanhad.

In de linkermuur zaten enorme ramen. Brandon snelde erlangs, naar een plekje achter in het lokaal. Langzaam maar zeker vulde het vertrek zich met katterige leerlingen. Benny Cunningham had een gigantische zwarte Marc Jacobs-zonnebril op, en Heath en Kara gingen ook achterin zitten, vlak voor Brandon. Toen Sage eindelijk het klaslokaal binnen kwam en meteen vlak achter hem plaatsnam, grijnsde Brandon voldaan.

'Dank jullie dat jullie ondanks alles toch zijn gekomen,' zei mevrouw Horniman toen iedereen eindelijk zat. Hoewel niemand echt veel zin had in mevrouw Hornimans lessen, wisten alle leerlingen hoe belangrijk het was om haar te vriend te houden. Waarschijnlijk zou het niemand hebben verbaasd als haar bureau vol met snoepjes en appels zou hebben gestaan.

Brandon kon de bodylotion al ruiken die Sage gebruikte. De

zoete perengeur herinnerde hem aan afgelopen nacht. Nadat hij met haar mee naar Dumbarton was gelopen, was hij dapper genoeg geweest om haar achter een paar dennenbomen te trekken, en hadden ze gezoend en gezoend en gezoend. Ondertussen druppelden de andere feestgangers langzaam het gebouw binnen. Gisteravond had hij zich een stuk dapperder gevoeld in zijn James Bond-outfit. Maar vandaag was hij weer net zo onzeker als anders.

In zijn agenda van Italiaans leer schreef hij een berichtje aan Sage: Waar ga jij je aanmelden? Hij vouwde het op en hield het stevig in zijn hand geklemd. Misschien was het niet het soort vraag dat een onhandige, ingewikkelde doorgeefactie waard was, en hij hoopte dat Sage hem geen lulletje zou gaan vinden. Maar hij kon gewoon niet zo dicht bij haar zitten zonder enige vorm van communicatie. Het lukte hem om haar aandacht te trekken, en toen hij achterom keek, ving hij een glimp van haar op. Ze zal er heel erg schattig uit in haar felroze Theory-trui met een enorme rij knopen, en haar Paige-jeans met wijde pijpen. Haar lange, zijdezachte haren werden uit haar gezicht gehouden door kleine haarspeldjes.

Snel griste ze het briefje uit zijn handen. Perfect afgeleverd. Ze droeg een ring met een lieveheersbeestje om haar vinger. Brandon dacht erover nog een stukje papier af te scheuren om haar te vertellen dat het beestje bijna net zo lief was als zij. Of was dat nog stommer?

'Ik wil graag dat jullie allemaal eerlijk tegen me zijn,' zei mevrouw Horniman. Ze tikte met haar vingers tegen de omslag van het boek *Grote verwachtingen* van Charles Dickens dat ze in haar andere hand hield. De ochtendzon deed de gouden letters fonkelen. 'Hoeveel van jullie dachten dat je wel in een goed College zou komen zolang je maar voor je examens slaagt?'

Na even twijfelen staken een paar leerlingen hun hand op. Heath Ferro stak er zelfs twee op. 'Wacht even. We zitten toch op het Waverly omdat we daarna overal heen kunnen, of niet soms?'

vroeg hij met gespeelde onschuld. Daarna streek hij over de opgerolde mouwen van zijn lichtblauwe Ralph Lauren-shirt met buttondownboord.

Brandon ergerde zich kapot aan hem. De vader van Heath was directeur van een bekende investeringsbank, en zijn moeder kunstrecensent van de *New York Times*. Ze zouden waarschijnlijk allebei een rolberoerte krijgen als hun zoon niet werd toegelaten op Princeton.

Mevrouw Horniman wees naar hem met haar exemplaar van *Grote verwachtingen*. 'Dat dacht ik al. Maar ik werd op de wachtlijst gezet voor alle drie mijn Colleges naar keuze. En weten jullie waarom?'

Maar ze wachtte niet op antwoord. In plaats daarvan liep ze om haar bureau heen en ging erop zitten. Ze trok aan de riem die om haar grote trui met ingebreide herfstbladeren heen zat. 'Omdat ik me niet goed had voorbereid. Hier leren jullie jezelf presenteren.' Ze keek de groep rond, en haar blik bleef hangen bij Brandon. 'Briefjes doorgeven is dus niet de beste manier om een goede eerste indruk te maken.'

Brandon maakte zich klein. Gesnapt...

'Laten we eens zien wat er zo interessant is,' zei mevrouw Horniman terwijl ze naar Sage toe liep en haar hand uitstak. Sage keek nerveus de klas door, en Brandon was opgelucht dat hij niet toch ook nog een briefje over het lieveheersbeestje had geschreven. Hoewel dit briefje zo ongelofelijk saai was, dat het bijna vernederend was.

'Sla de sappige stukjes alstublieft over,' zei Heath slaperig. 'Daar willen mijn maagdelijke oren niets mee te maken hebben.'

Mevrouw Horniman gaf Heath een zachte tik tegen zijn hoofd, en liep toen terug naar haar bureau, met het briefje in haar hand. Heath keek sip, als een mokkende kleuter.

Nadat ze eenmaal haar plek op het bureau had gevonden, las mevrouw Horniman het briefje door. 'Dat is interessant,' zei ze.

'Het spijt me, Brandon. Ik zie nu dat het wel iets met de les heeft te maken.' Ze keek de klas rond. 'De vraag was: "waar ga jij je aanmelden?" en het antwoord: "Bennington, NYU, Columbia, Sarah Lawrence, en... Harvard."' Mevrouw Horniman keek Sage doordringend aan. 'Dus dat is je laatste, veilige keus?' De groep lachte, en Sage kreeg een kop als een boei.

Brandon masseerde zijn nek en keek nerveus naar zijn titanium Dolce & Gabbana-horloge.

'Goed dan,' begon mevrouw Horniman. 'Vandaag gaan we het hebben over het werkstuk voor College. Ik zal jullie in groepjes van twee indelen, zodat jullie kunnen overleggen over de verschillende onderwerpen waar jullie essays over kunnen gaan.'

Brandon zag het al voor zich. Een uur lang met Sage in een hoekje van het lokaal ongestoord kunnen praten.

'Dus vandaag bedenken we een onderwerp voor de werkstukken,' ging mevrouw Horniman verder. 'Volgende week kunnen we proberen om iets van die onderwerpen te maken. Dus schrijf alles op wat je maar kunt bedenken, zelfs als je het zelf maar niks vindt. Ik help jullie later wel om de lijst met mogelijke onderwerpen korter te maken. En denk eraan dat je soms twee totaal verschillende onderwerpen bij elkaar kunt voegen, en het ene het andere alleen maar versterkt...'

De groep was al bezig paartjes te vormen. Stoelen werden over de zwartwit geblokte vloer geschoven, en Brandon verschoof snel zijn tafeltje in de richting van Sage.

'Dank je dat je me in de problemen hebt gebracht,' zei Sage glimlachend. Haar ogen waren nog een beetje rood, en ze zag er moe uit, maar toch was ze beeldschoon.

'Sorry,' zei Brandon.

'Wil je haar soms kwijt nog voordat ze de kans heeft zich voor een College in te schrijven?' Heath lachte om zijn eigen grap, terwijl Kara en hij hun tafels vlak bij Brandon en Sage zetten. Veel te dichtbij. Brandon deed zijn best hem te negeren.

'Dit lijkt me geen goed idee,' zei mevrouw Horniman. Ze gebaarde met haar hand alsof ze de Rode Zee aan het splijten was. 'Meneer Buchanan, jij kunt met mevrouw Whalen aan het werk. En meneer Ferro, brainstorm jij maar met mevrouw Francis, onze toekomstige Bennington-studente.'

Brandon glimlachte treurig naar Sage, en schoof toen naar Kara. Hij kon het niet laten even naar Heath te kijken, die zich nu achterover in zijn stoel uitrekte, waardoor het bandje van zijn uitgewassen boxershort met smileys te zien was.

'En, Sage,' zei Heath terwijl hij naar voren leunde. Hij roffelde met zijn vingers op het houten tafelblad. 'Wat had je aan op je eerste dag op het Waverly?'

'Hoezo?' vroeg Sage blozend.

Brandon balde zijn vuisten. Waarom moest Sage nou juist bij zijn irritante, perverse en obscene kamergenoot worden gezet?

'Negeer hem maar gewoon,' zei Kara tegen Sage. 'Hij heeft gewoon een beetje aandacht nodig.' Ze draaide zich weer naar Brandon en haalde een schrift uit haar rugzak. 'Laten we maar een paar onderwerpen verzinnen. Wat dacht je van...' Ze pulkte een beetje aan haar antieke oorbellen van koraal en gluurde af en toe even naar Heath.

Brandon tikte met zijn pen tegen zijn schrift en keek naar zijn vriendinnetje.

Sage streek over haar kin. 'Volgens mij had ik mijn ribfluwelen Miss Sixty-broek met uitlopende pijpen aan. Ik was in die tijd een beetje een hippie. En jij?' Ze giechelde en keek naar Brandon, die haar al voor zich zag als een flowerpowermeisje, zonder beha in een strakke witte zigeunerblouse.

'Ik droeg mijn geluks-Aquaman-T-shirt,' zei Heath. 'En weet je? Het werkte nog ook.' Hij knipoogde naar Kara.

Kara beet op haar lip om niet te grijnzen. Daarna klapte ze luid in haar handen om Brandons aandacht te trekken. 'Goed dan, Brandon! Wie is jouw favoriete superheld?'

'Ik weet niet of dat nou zo'n goed onderwerp is, mevrouw Whalen.' Mevrouw Horniman liep langs Brandons tafeltje. Haar oorbellen in de vorm van pompoentjes zwaaiden heen en weer terwijl ze met haar hoofd schudde. 'Maar nu ben ik wel nieuwsgierig geworden.'

Een superheld? Brandon werd rood. Iedereen keek vol verwachting naar hem, en hij kon niets verzinnen. Het enige wat hij kon bedenken, was die keer dat hij naar *Wonder Woman* had gekeken toen hij als vijf jaar oud jochie samen met zijn moeder op de bank op zijn vader zat te wachten, die overwerkte. Later was hij zelfs door het huis gaan rennen met in zijn hand een leren riem die een gouden lasso moest voorstellen. Maar zo'n soort verhaal wilde hij zeker niet met de groep delen, en al helemaal niet met Heath. Zijn kamergenoot was altijd al druk bezig aan te tonen dat Brandon homo was, en hij wilde hem niet nog meer ideetjes geven. Misschien Superman? Nee, waarschijnlijk was dat nog nichteriger. Nu voelde hij ook Sages ogen op zich gericht. 'Eh... James Bond?'

Heath giechelde luid, en zelfs Sage en mevrouw Horniman lachten zacht.

'James Bond is niet echt een superheld,' legde Kara uit. Ze fronste, alsof ze even moest nadenken. 'Tenminste, niet op dezelfde manier.'

'Misschien niet net als alle andere superhelden,' reageerde Brandon geïrriteerd. 'Maar hij, eh... Hij krijgt altijd de mooiste meisjes.'

Heath stak zijn hand omhoog om een high five met Brandon te doen, maar die negeerde hem en keek naar Sage. Ze gaf hem een vette knipoog. Wacht eens, dus ze vond het leuk dat hij idiote macho-taal uitsloeg? Dat hij op Heath leek?

'Goed geprobeerd, Buchanan,' zei mevrouw Horniman. Ze legde haar hand op zijn schouder. 'Wees maar blij dat dit niet je oriënterende gesprek op Yale is. Laat ik maar zeggen dat je dan waarschijnlijk geen student in New Haven zou worden.' Ze gaf hem een bemoedigend schouderklopje, en richtte zich weer tot de groep. 'Jongens, ik wil graag dat jullie allemaal een onderwerp van jullie lijstjes uitkiezen en volgende week een werkstuk voor me hebben. Dus geen gekloot vandaag,' zei ze. Daarna liep ze naar een ander groepje leerlingen.

'James Bond?' Heath porde Brandon in zijn ribben. 'Hij is een stuk gladder dan jij.'

'Hou je bek. Ik werd zenuwachtig van Horniman,' zei Brandon. Hij haalde zijn hand door zijn goudbruine haar en leunde achterover.

'Het voelt alsof mijn hoofd elk moment kan ontploffen,' zei Kara. 'We zijn veel te laat gaan slapen.'

'Ik stel voor dat we dit weekend bij elkaar komen om onszelf te motiveren,' zei Heath, terwijl hij deed alsof hij uit een onzichtbare fles dronk. 'Ik weet zeker dat de vragen en antwoorden dan een stuk beter zullen vloeien.'

'Nou, als ik daardoor eerder in Harvard kan komen, ben ik van de partij,' zei Sage. Ze keek Brandon enthousiast aan.

'Jij bent wel oké, hippiechick.' Heath stak zijn vuist uit, en Sage stompte ertegen. 'Ik zal jullie later nog wel extra informatie geven. Buchanan, doe je mee?'

Zuchtend knikte Brandon. Hij moest een onderwerp vinden, en het zag er niet naar uit dat ze vandaag iets gedaan zouden krijgen.

Als er iets was waar de echte James Bond geen last van had, was het wel een klojo als kamergenoot.

# 13

# *Een Waverly Owl laat een ex altijd zien wat hij mist*

Met een grote Oliver Peoples-zonnebril op haar hoofd liep Tinsley de stoep voor Dumbarton af. Het zag ernaar uit dat het algauw zou gaan regenen, dus ritste ze alvast haar zwarte Diesel-bomberjack dicht. Ze voelde zich heel gewoontjes in haar strakke grijze J Brand-spijkerbroek en zwarte ballerina's. Eigenlijk wilde ze meteen naar haar kamer rennen en zich onder de dekens verstoppen. Je bent onopvallend, dacht ze, gewoontjes, niks bijzonders.

Natuurlijk was de uitverkiezing van Jenny één grote leugen geweest. Er was vast een ondergrondse campagne gehouden onder de onderbouwers en andere triestelingen waarbij ze hadden besloten een van hen op het podium te krijgen. Dat was niet eerlijk, maar het kón gewoon toch niet anders? Toch was Tinsley verbaasd geweest toen het de volgende ochtend nog steeds stak. Ze had slecht geslapen. Steeds werd ze wakker, en zodra ze dan weer in slaap was gevallen, werd ze in haar droom achtervolgd door een sletterige Cleopatra.

Maar nu het weer dag was, en ze tussen alle andere leerlingen over het schoolterrein liep, hield ze haar hoofd fier omhoog. Het kon haar niks schelen wie die hele wedstrijd had gewonnen. Ze had wel iets beters te doen! Nu was ze bijvoorbeeld onderweg naar Maxwell Hall om voor het proefwerk kunstgeschiedenis te leren. Ze was van plan daar al haar boeken voor zich op het tafeltje te spreiden en zich gezellig op te krullen in een van de heerlijk zachte fauteuils. Zo kon iedereen zien dat het haar niets uitmaakte dat die dwerg van een Jenny Humphrey haar plaats had ingepikt.

Ineens klonk het mobieltje in haar leren Fendi-tas. Maar toen ze haar tas openmaakte om het toestel eruit te halen, vielen alle kaartjes die ze voor kunstgeschiedenis had gemaakt op de natte grond vlak voor Maxwell Hall. Shit.

Ze bukte zich om ze op te rapen, in de hoop dat ze niet te nat en modderig zouden zijn geworden. Maar net toen ze een kaartje van Botticelli wilde oprapen, zag ze een lange, slanke jongen de trap af komen. Julian.

'Hoi,' zei Tinsley. Ze keek maar heel even op en ging toen weer verder met het verzamelen van haar kaartjes. Stiekem hoopte ze dat Julian aardig genoeg zou zijn om haar te helpen, ook al was hij nog steeds kwaad op haar vanwege dat gedoe met Jenny. Maar aan de andere kant, zou juist zíj niet woedend op hém moeten zijn, omdat hij er achter haar rug om met dat miniatuurhoertje van-door was gegaan?

Ze hoorde zijn schoenen over de natte grond schuiven.

'Hoi,' zei hij uiteindelijk. Hij knikte beleefd naar haar. Tinsley voelde vlinders in haar buik nu ze Julian onder aan de trap zag staan in zijn olijfkleurige hoodie en 7 For All Mankind-broek van bruin ribfluweel. Toen hij bukte om haar te helpen met haar kaartjes, zag ze dat hij zijn haar achter zijn oren had gekamd.

'Dank je wel,' zei ze. Nu hij zo dicht bij haar stond, kostte het haar moeite om haar handen van hem af te houden.

Julian haalde zijn schouders op en bromde iets. Hij gaf haar een Michelangelo-kaartje waaraan een groot nat eikenblad zat gekleefd.

Tinsley beet op haar wang. Een plukje haar viel voor haar gezicht toen ze langzaam opstond. 'Nou, eh... Waar was je giste-ren tijdens het feest?'

'In m'n kamer,' antwoordde Julian achteloos. Zonder op te kijken overhandigde hij haar de laatste stapel kaartjes. Zodra hij opstond, besefte Tinsley weer hoe lang hij eigenlijk was. Hij torende boven haar uit.

'Iedereen vroeg zich af waar je bleef,' zei Tinsley. Ze stopte de kaartjes terug in haar tas en streek het verdwaalde plukje haar terug achter haar oor.

'O ja? Wie dan?' vroeg Julian onverschillig. Eindelijk keek hij haar aan, maar in plaats van warmte zag Tinsley helemaal niets in zijn bruine ogen.

'Nou, ik bijvoorbeeld,' zei Tinsley zacht. Ze was zich bewust van zijn afkeer, maar toch wilde ze niets liever dan hem omhelzen en haar lippen tegen de zijne drukken, zodat hij weer zou weten hoe fijn dat was. Ze kwam langzaam dichterbij, waarbij haar zwarte Tory Burch-ballerina's over het natte trottoir leken te glijden.

'Ik had gewoon geen zin,' zei Julian, alsof dat alles duidelijk maakte. Hij stopte zijn handen in zijn zakken, alsof het hem niet uitmaakte dat het meisje dat voor hem stond net had gezegd dat ze naar hem op zoek was geweest. Maar goed, hij ging er in elk geval niet vandoor.

Bovendien, omdat Julian niet op het feest was geweest, had hij vast ook niet gezien dat Jenny haar plekje had ingepikt. Dat vrolijkte Tinsley een beetje op. Er moest nog wel iets tussen hen zijn, niet? Ze knipperde met haar viooltjesblauwe ogen en nam zich voor hem nog eens te zeggen wat ze voor hem voelde.

'Maar zelfs als ik was gekomen, zou ik nog niet bij jou in de buurt hebben willen zijn,' zei Julian. Hij verplaatste het gewicht van zijn rugzak van de ene kant naar de andere.

Hij sprak niet overdreven luid of op valse toon, en dat maakte het extra pijnlijk. Julian vertelde haar gewoon de waarheid. De keiharde waarheid. Alsof ze het al had kunnen zien aankomen.

De deur van Maxwell Hall vloog open en een groepje meisjes in felgekleurde regenkleding kwam giechelend naar buiten.

'Julie!' riep Alan St. Girard naar Julian. Hij stond een eindje verderop te frisbeeën met Ryan Reynolds. Julian zwaaide naar hen, en na nog een laatste, bijna meelijwekkende blik op Tinsley liep hij weg.

Tinsley bleef staan kijken naar Julian. Hij haalde Alan in, en even later voegde een groep jongens zich bij hen, op weg naar de eetzaal.

Wat voor onzin was dít nou weer? Iedereen wilde toch bij Tinsley Carmichael in de buurt zijn? Of niet? Ze voelde zich goed ziek worden nu ze terugdacht aan alle dingen die zij voor de andere leerlingen had gedaan. Dankzij haar waren er coole clubs zoals de Cinephiles, om een beetje cultureel leven te blazen in het alledaagse gebeuren op het Waverly. Ze had Callie geholpen toen Easy haar hart had gebroken. Tenminste, de eerste keer. Zij had het feest bij de boerderij van Miller georganiseerd, dat nog spectaculairder was geëindigd dan ze ooit had durven dromen. Ze had... Nou ja, ze had nog veel meer en veel meer voor het Waverly gedaan. En nu kreeg ze stank voor dank.

Maar zelfs als ik was gekomen, zou ik nog niet bij jou in de buurt hebben willen zijn...

Die woorden waren zo kwetsend dat ze zich even niet kon herinneren waar ze eigenlijk naartoe wilde. Ze ging op de trap zitten en trok haar knieën op tot aan haar kin. Nog een laatste vochtige, bijna kapotte kaart lag naast haar te vergaan op de stoep. Die zag er precies zo uit als hoe zij zich voelde.

**Van:** BrettMesserschmitt@waverly.edu
**Aan:** SebastianValenti@waverly.edu
**Datum:** vrijdag 1 november, 12:39
**Onderwerp:** re: ontmoeting

Sebastian,

Aangezien ik nog niets van je heb gehoord, en je me ook niet bent komen opzoeken tijdens het feest, dacht ik dat ik het beter opnieuw kon proberen. Misschien had je wel gelijk en was het Halloween-feest niet de meest geschikte ontmoetingsplek. Heb je dit weekend tijd om een paar Latijnse vertalingen te maken? Ik heb alle tijd, dus laat me weten wanneer je kunt afspreken.

Groeten,

Brett

## 14

*Een Waverly Owl stapt nooit zomaar*
*in de auto van een onbekende, tenzij hij*
*heel, héél erg leuk is*

Jenny zag Drew 'Zorro' Gately al aan de rand van het parkeerterrein staan, samen met een groepje jongens in windjacks van het
lacrosseteam en een stelletje meisjes in bodywarmers en katoenen
broeken. Ze bleef even staan om zich klaar te maken zich bij de
groep te voegen, en luisterde naar de regendruppels die op haar
zwartwitte Marimekko-paraplu spatten. Maar blijkbaar had Drew
haar al gezien. Hij zei iets tegen zijn vrienden en kwam toen haar
richting op gelopen.

In zijn gerafelde kaki broek en blauwe overhemd van
Abercrombie onder een Le Tigre-jack zag hij eruit als een typische kostschooljongen van goede familie, een lacrossespeler,
iemand die later naar een topuniversiteit zou gaan, en bovendien
ongelofelijk sexy.

'Geen hockeytraining, zeker?' Drew haalde zijn hand door
zijn rossige haar en grijnsde naar Jenny. Hij was niet heel erg lang,
misschien een meter vijfenzeventig. In elk geval een stuk langer
dan Jenny. Dat moest ook wel, anders zou hij een dwerg zijn
geweest. Dit voelde toch een stuk beter dan die enorme reuzen
zoals Easy en Julian, met wie Jenny eerder was gegaan. Misschien
hoefde ze zich nu niet zo belachelijk klein te voelen wanneer ze
naast elkaar stonden.

Bovendien was het vast makkelijker om met hem te zoenen.

'Afgelast,' zei Jenny. 'Met dit weer kunnen we beter zwemles nemen.' Ze liet haar paraplu ronddraaien en keek naar Drews vrienden. Ze zag een paar bekenden: een meisje dat Jinxy werd genoemd en dat ook in Dumbarton woonde, en een jongen die ze wel eens bij Tinsley had zien staan. Toch had ze de meesten nooit eerder gezien.

Grijnzend zette Drew een Mets-petje op zijn hoofd en keek Jenny aan van onder de klep. 'Dat is nou jammer. Die rokjes van jullie hockeydames zijn nou juist zo leuk.'

'Ze zijn alleen wat minder mooi als ze onder de modder zitten,' zei Jenny. Het viel haar op dat al Drews vrienden naar hen keken. Waarom vroegen ze niet of ze bij hen kwam staan? In haar wijde James-spijkerbroek, Doc Martens en grijze truitje van heel zachte angorawol voelde ze zich zelf ook heel kostschool-chic. Maar net toen ze wilde voorstellen ergens een kopje koffie te gaan drinken, onderbrak Drew haar.

'Zin in een ritje?'

'Heb je dan een auto?' vroeg ze verbaasd. Ze trok haar regenjas dichter om zich heen. 'Ik dacht dat die juist waren voor de leerlingen die hier niet woonden.'

'Hij is van m'n kamergenoot,' legde Drew uit. 'Hij heeft zijn ouders zover kunnen krijgen hem een medische onzinkwaal te geven waardoor hij een auto mag hebben.'

Toen ze over de parkeerplaats liepen, vond Jenny het toch wel jammer dat ze nu niet zijn vrienden kon ontmoeten. Nou ja, zelfs al zou niemand hen samen zien, het zou toch fijn zijn om met Drew alleen te kunnen zijn. Zo kon ze er misschien ook eerder achterkomen of hij haar geheime aanbidder was.

Zodra ze bij de juiste auto waren aangekomen, opende Drew het portier voor haar. Hij grijnsde nog steeds, en begon dit keer zomaar te blozen, alsof hij van plan was haar te zoenen.

Ineens moest Jenny weer denken aan de eerste keer dat ze met Julian had gezoend. Ze waren op een boomstronk gaan zitten, vlak buiten de schuur, onder de heldere sterrenhemel. De kus was heel onverwachts geweest, maar ook heel natuurlijk, alsof ze allebei hadden geweten dat dit zou gaan gebeuren.

Nou ja, het was perfect geweest totdat Jenny had gehoord dat Julian met Tinsley Carmichael had liggen flikflooien. Nadat hij het haar had verteld, was ze een paar dagen echt overstuur geweest. Ze moest steeds denken aan dat Julian haar kussen met die van Tinsley had kunnen vergelijken. Hij had haar e-mails en sms'jes gestuurd waarin hij om vergiffenis smeekte, maar het was al te laat. Ze kon niet meer naar Julian kijken zonder meteen te denken aan hoe Tinsleys tong in zijn mond had gezeten. Gadverdamme!

Drew ging naast haar achter het stuur zitten.

'Ik moet eerlijk bekennen dat ik, eh... nog nooit in een Mustang heb gezeten,' zei ze, met twijfels in haar stem. De auto was eigenlijk een beetje suf. De zwartleren stof glom alsof die pas nog was opgepoetst met een zacht lapje, en er lagen nergens oude McDonald's-verpakkingen of sigarettenpeuken. De hele auto rook naar Drakkar Noir, waardoor Jenny het raampje moest opendraaien om nog een beetje frisse lucht binnen te laten, maar niet erg ver, want anders zou het naar binnen regenen. Een enorme metalen $S$, bezet met diamantjes, hing aan de achteruitkijkspiegel. Jenny hoopte maar dat het geen echte diamanten waren.

Nog steeds blozend verstelde Drew het spiegeltje. 'Goed hè?' Hij liet zijn vinger over de diamantjes glijden. 'Dan zal ik er maar voor zorgen dat je eerste ervaring met een Mustang er eentje is om te onthouden.' Hij reed achteruit, en trapte toen het gaspedaal goed in. Jenny begon toch wel een beetje zenuwachtig te worden. De natte takken van de bomen raakten bijna de zijkant van de auto toen ze door de poort van het Waverly reden. Langzaam liet ze zich tegen de rugleuning zakken. Ze wist niet waar ze heen gingen en wat ze er zouden moeten gaan doen, maar ze was van plan zich te vermaken.

'Je mag wel muziek opzetten,' zei Drew. Hij veegde een stukje van de voorruit schoon met de mouw van zijn Le Tigre-jack.

Jenny pakte het cd-etui met een sticker van de Dropkick Murphys erop en zocht een goede cd. Ondertussen reden ze voorbij de kleine winkeltjes van Rhinecliff, en Jenny vond het jammer dat het niet zonniger was. Dan hadden ze samen arm in arm door Rhinecliff kunnen sjokken.

'Mijn kamergenoot komt uit Jersey, en dat heeft zijn muzieksmaak aangetast,' zei Drew, met een knikje naar de cd's. 'Maar verder is hij wel oké.'

'Waar kom jij eigenlijk vandaan?' vroeg Jenny. Ze vroeg zich af wat haar vader zou zeggen als hij wist dat ze een ritje maakte met een jongen die ze nog maar net kende. Nou ja, ze wist wel wat hij zou zeggen. Maar om de een of andere reden voelde ze zich op haar gemak bij Drew. Jenny kwam langs cd's van Bon Jovi en My Chemical Romance, op zoek naar iets een beetje meer... Nou ja, gewoon een beetje minder Jersey.

'Ik ben vaak verhuisd toen ik klein was,' antwoordde Drew, terwijl hij zijn hand door zijn korte haar haalde. 'San Francisco, Chicago, Vermont, een paar jaartjes in Guam, ook even in Duitsland...'

'Echt waar?' Ze had geen flauw idee waar Guam lag, maar het klonk exotisch. 'Dat was vast heel interessant.'

'Niet echt. Het zou best leuk zijn als ik een... Nou ja, een wat korter antwoord zou kunnen geven op de vraag waar ik vandaan kom.' Hij grijnsde. 'Maar waar kom jij eigenlijk vandaan?'

'New York,' zei Jenny. Het verbaasde haar nog steeds dat ze er zo trots op was. Eindelijk zag ze een bekende cd met een zwartwit-foto van een olifant erop. 'Oh, The Raves! Die vind ik echt geweldig! Mijn broer heeft me ze ooit laten horen.' Ze stopte de cd in de cd-speler. Ze schepte liever niet op over het feit dat ze de bandleden goed kende, en onder andere daarom was 'verzocht' niet meer terug te komen naar het Constance Billard.

'Waar zit je broer dan op school?' Drew zette het volume iets harder, wat Jenny als een compliment voor haar muzieksmaak opvatte.

'Hij zit nu op Evergreen,' zei ze. 'In de staat Washington.' Ze miste Dan verschrikkelijk, en hoopte dat zijn plannetje waarover hij haar pas had gemaild in het water zou vallen. Hij dacht erover om tijdens Thanksgiving te gaan werken bij de Habitat for Humanity-huizen in Spokane. Kon hij dan nooit eens normaal doen en gewoon naar huis komen om zich vol te proppen met een van Rufus' beruchte veel te gare speenvarkens, gevulde kalkoenen of vossenbessentaart? 'En heb jij nog broertjes en zusjes?'

'Wat is je favoriete plek in New York?' vroeg Drew op precies hetzelfde moment, roffelend op het stuur. Allebei barstten ze in lachen uit.

'Central Park, denk ik,' zei Jenny. Eigenlijk was ze verrast te merken dat ze er helemaal niet lang over hoefde na te denken. 'En The Strand, natuurlijk. De kleine winkeltjes op St. Mark's Place. The Metropolitan Opera.'

'Central Park is best mooi,' zei Drew.

Ze reden nu door een straat omzoomd door bomen waarvan de takken boven hun hoofd een soort baldakijn vormden. 'Ben je hier ooit eerder geweest?' vroeg hij. 'Hier woont de Rhinecliff-elite.' Ze reden langs het eerste huis. Het was gebouwd in tudor-stijl, en er stond een grote rode Porsche op de oprijlaan.

'Niet slecht.' Jenny zag een modern huis dat wel helemaal van glas en hout gemaakt leek te zijn. Overal zaten scherpe hoeken, net zoals het huis van meneer Dalton dat Brett een keer had beschreven. Ze vroeg zich af of dit misschien zijn huis was, en of hij er nu met een ander jong meisje binnen zat of dat hij Rhinecliff was ontvlucht.

Drew liet zijn hand op de versnellingspook rusten terwijl ze langs nog een enorm huis reden, een monster met twee Hummers op de inrit. 'En, ben je niet blij dat je toch niet van school bent verwijderd?' vroeg hij zacht.

'Natuurlijk,' zei Jenny. Ze ging verzitten, zodat ze hem recht aan kon kijken, en gooide speels haar bruine krullen over haar schouder. 'Anders zou ik nu nog steeds niet in een Mustang hebben gereden.'

'Dat zou pech zijn,' zei Drew lachend.

Ze reden nu terug naar de winkeltjes van de hoofdstraat. Jammer, vond Jenny. Eigenlijk had ze gehoopt dat Drew... Hoe zeg je dat? Ergens wilde parkeren of zo? Nu ze er zo over dacht, klonk het eigenlijk wel heel gevaarlijk.

'Ik heb gehoord dat je al je spullen al had ingepakt, klaar om te gaan,' ging Drew verder. 'Klopt dat?'

'Zo erg was het niet,' zei Jenny dapper. 'Ik heb helemaal niet zoveel spullen.' Maar Jenny kon zich die vreselijke dag nog goed herinneren. Ze had al haar kleren in koffers en tassen gegooid, en ondertussen was ze voortdurend bijna in tranen uitgebarsten. De rillingen kropen over haar rug nu ze eraan terugdacht. Maar ze wilde zich volwassen gedragen met Drew in de buurt.

Drew grinnikte. 'Nou, ik ben blij dat het weer is goed gekomen.'

'Ja?' vroeg ze. Nu zei hij het weer. Net als op het feest. Wat bedoelde hij toch met 'goed gekomen'? Zeg het nou gewoon, dacht ze. Langzaam draaide ze zich weer naar hem om, en glimlachte. Zou hij haar geheime aanbidder zijn? Had hij mevrouw Miller geld gegeven? En als hij dat voor haar over zou hebben gehad, hoelang had hij haar dan al van een afstandje gevolgd? Waarom had hij nooit iets gezegd?

'Nou ja,' antwoordde Drew. 'Als jij van school was getrapt, had ik je nooit kunnen leren kennen. En ik wilde je echt graag leren kennen.' Hij keek naar haar vanuit zijn ooghoeken terwijl ze zich door het verkeer wrongen.

Jenny giechelde. 'Nou, ik zou best degene willen ontmoeten die me heeft gered.'

'Echt waar?'

'Ja natuurlijk.' Jenny beet zachtjes op haar lip en keek naar Drew. Helaas kon ze niks van zijn gezicht aflezen omdat hij zich op de weg concentreerde. Hij moest snel stoppen voor een oud vrouwtje dat net de straat op liep, vlak voor Nocturne, het nieuwe restaurant dat altijd open was. Al snel was het een hangplek voor de Waverly-leerlingen geworden. De bejaarde vrouw hief haar wandelstok en zwaaide er kwaad mee naar Drew, alsof ze vond dat ze veel te dichtbij waren gekomen.

'Wat zou je dan tegen hem willen zeggen?' vroeg Drew grijnzend. Zodra de oude dame weer op de stoep stond, accelereerde hij.

'Misschien zou ik wel helemaal niets tegen hem zeggen. Misschien zou ik hem alleen maar mijn dankbaarheid tonen,' flapte Jenny eruit. Ze wist niet dat ze het in zich had. Even kwam een zonnestraaltje achter de wolken vandaan, maar al snel verdween het weer. Helaas konden ze het dak dus nog steeds niet open zetten. Jenny zou het best leuk hebben gevonden als iedereen in Rhinecliff hen samen in de auto had kunnen zien.

Toen ze eenmaal bij de parkeerplaats van het Waverly waren teruggekomen, reed Drew langzaam langs de geparkeerde auto's, op zoek naar een leeg plekje tussen alle Range Rovers en BMW's. Uiteindelijk vond hij een plaatsje naast een blauwe S-Class Mercedes en een oude Volvo met een bumpersticker waar HIT ME YOU CAN'T HURT ME op stond. Zodra de auto stilstond, wilde Jenny het portier openen.

'Zo,' zei hij.

'Zo...'

Langzaam kwamen hun gezichten dichter tot elkaar. Jenny zag een lieve glimlach op het gezicht van Drew staan, vlak voordat hun lippen samensmolten. Zijn mond was warm en zacht, precies waar ze behoefte aan had. Een tinteling verspreidde zich door haar lichaam toen ze haar hand in Drews nek legde.

Ineens werd ze uit haar droom geholpen door een harde tik

ergens vlak achter haar. Ze stootte bijna haar hoofd van schrik en liet Drew onmiddellijk los.

'Volgens mij wil mijn kamergenoot zijn auto terug,' merkte Drew grinnikend op.

'O,' zei Jenny zacht. Ze keek achterom en zag iemand door haar raampje kijken. Ze haalde diep adem. 'Ik geloof het ook.'

De kamergenoot opende het portier en keek naar binnen. Verrast staarde hij Jenny aan, alsof hij eigenlijk iemand anders had verwacht. Zijn donkere ogen glansden mysterieus. 'Jij bent Cleopatra, toch?' zei hij.

Jenny had hem al eerder gezien. Hij was de knappe, donkere jongen die op het feest verkleed ging als iemand van de *Sopranos*. Verrassend genoeg droeg hij nog steeds zijn gangsterkostuum. Het witte T-shirt zag er niet erg geschikt uit voor dit weer, en de gouden kettingen bungelden nog altijd om zijn nek.

'Inderdaad.' Langzaam kwam Jenny de auto uit, waarbij haar schoenen bijna wegzonken in de natte grond.

'Dit is Seb,' zei Drew. Hij leunde met zijn ellebogen op het dak van de auto, en keek Jenny aan alsof hij haar het liefst weer wilde kussen.

'En dit is Sebs auto,' zei Seb. Hij pakte de sleutels uit Drews hand. 'En Seb moet ergens anders wezen, dus dank jullie wel dat jullie hem hebben teruggebracht.'

'Geen probleem,' zei Jenny. Ze moest bijna lachen om Sebs zware Jersey-accent. Daarna glimlachte ze naar Drew, en stak haar hand op als een laatste groet. Ze kon wel zien dat hij eigenlijk wilde dat ze bleef, maar ze was nog in de wolken van die zoen en wilde liever nog wat bewaren voor later. Misschien kon ze eraan terugdenken terwijl ze zich verstopte in Maxwell Hall met een grote beker chocolademelk, en deed alsof ze *Veel gemin, geen gewin* van Shakespeare las.

Toch was ze blij dat het was goed gekomen.

# 15

## Een Waverly Owl beseft dat buitenschoolse activiteiten erg belangrijk zijn

Easy stond nog net onder het afdakje voor de eetzaal. Het begon steeds heviger te regenen, en er stroomde een straaltje water uit de dakgoot op zijn toch al doorweekte Waverly-blazer. Nogmaals zuchtte hij, en hij vroeg zich af waarom hij dan ook niet zijn water-proof North Face-jack had aangetrokken. Maar hij hoopte dat als hij zijn Waverly-blazer maar vaak genoeg droeg, hij misschien net als een van die keurige, brave leerlingen zou overkomen. Misschien dat Marymount dan eerder geneigd zou zijn hem nog een laatste kans te geven.

Eventjes leek het alsof de bui wegtrok, dus kwam Easy snel uit zijn schuilplaats en liep over het natte schoolterrein. Toen mevrouw Horniman had voorgesteld iets meer aan buitenschool-se activiteiten te doen, was dat eigenlijk meer een bevel dan een voorstel. Deed hij niks, dan zou hij zeker van school worden getrapt. Eigenlijk was het al een beetje laat in het jaar om zich nog bij een sportvereniging aan te sluiten. Maar wat zou hij anders moeten doen? De toneelclub, zodat hij een rol kon spelen in een van die nep-intellectuele toneelstukken waarin twee mannetjes op een toneel over de dood praatten in een onverstaanbare taal? Bovendien had coach Cadogan al eerder gevraagd of hij zich niet bij het team wilde aansluiten, nadat hij hem met Alan St. Girard een Hacky Sack een behoorlijk lange tijd had zien hooghouden. Misschien had hij geluk en zou hij alleen maar op de bank hoeven te zitten, of zoiets.

Nadat hij indertijd Callie had leren kennen, was hij wel even geïnteresseerd geweest in het meisjeshockeyteam, maar hij dacht dat Horniman daar misschien niet zo blij mee zou zijn.

De deur van de fitnessruimte stond open, waardoor de zware geur van zweet en pepermuntjes hem tegemoet kwam. Ook kon hij het vrolijke geluid al horen van gewichten die op en neer gingen. Zodra hij de deur iets verder open had geduwd, zag hij Heath in een hoekje trainen met zijn voetbalmaatjes Lance van Brachel en Teague Williams. Blijkbaar was gewichtheffen iets wat ze met z'n drieën opknapten. Een van hen deed het zware werk, en de twee anderen stonden eromheen en moedigden hem aan. Ergens bij de achterwand, onder de grote donkerrode en blauwe vlaggen van het Waverly, was een stel jongens bezig met een of ander spel op een helft van het basketbalveld. Hij zag Brandon Buchanan in een soort witte tennisbroek, Ryan Reynolds, Lon Baruzza, Erik Olssen, en Alan, die als kicker van het footballteam een hoop pesterijen over zich heen kreeg. Toch zei hij dat hij best tevreden was met zijn positie, omdat hij hooguit twee minuten per wedstrijd hoefde te spelen. Maar afgezien van deze twee groepjes was de hele zaal leeg. Geen hockeymeisjes te zien, helaas.

Easy haalde diep adem. Misschien waren dit soort activiteiten nou precies wat hij nodig had om Callie uit zijn hoofd te zetten. Zij had al voor veel te veel problemen gezorgd. Het was haar schuld dat er over hem werd gepraat door de leraren, dat hij was geschorst, en veel te vaak bijna van school verwijderd. Vorig jaar was hij even in de ban geweest van Nietzsche, dankzij de filosofie-lessen van meneer Rosenberg, en een quote uit een bibliotheek-boek met ezelsoren kon hij zich nog goed herinneren: Ach, vrouwen. Ze maken de hoogtepunten hoger en de laagten vlakker.

'Ben je soms verdwaald, Walsh?' vroeg Heath hijgend. Hij kwam overeind, waardoor Easy zag dat zijn SMILE IF YOU WANT TO KISS ME T-shirt helemaal nat van het zweet was.

Easy tikte tegen zijn kin. Dat had hij de sportievelingen wel vaker zien doen bij wijze van groet. Eigenlijk wilde hij Heath liever negeren, maar aangezien hij Lance en Teague helemaal niet goed kende, voelde hij zich op vijandelijk terrein.

'Waar is coach Cadogan?' vroeg hij. Ineens voelde hij zich onzeker, als enige met een Waverly-blazer tussen lui in bezweet sporttenue.

Lance, de bovenbouwer met een enorm hoofd, wees met zijn duim. 'Ligt in z'n kantoortje,' antwoordde hij. 'Hij zei dat z'n rug pijn deed vanwege de regen.'

Nu twijfelde Easy eraan of hij de coach wel zou moeten storen. Aan de andere kant, hij dacht niet dat mevrouw Horniman een uitstapje naar de sportzaal zou meetellen als een buitenschoolse activiteit. Hij keek naar het grote schoolbord net buiten het kantoortje, en zag nu pas wat erop stond: SPORT AFGELAST VANWEGE DE REGEN. GA ZELF MAAR WAT TRAINEN, STELLETJE ZWAKKELINGEN.

Brandon schreeuwde toen de bal tegen de ring kaatste en tegen de gewichten aan stuiterde. 'Kijk uit!' riep hij. Maar de basketbal raakte een paar blauwe matten en rolde naar Heath.

'Hé, meiden!' riep Heath terwijl hij de bal terugschopte. 'We proberen hier spieren te kweken. Hou je ballen bij je.'

Brandon pakte de bal en gooide hem naar Easy. 'Doe je mee?' vroeg hij. Zijn haar, dat normaal gesproken keurig in model zat, was nu vochtig van het zweet, en hij zag er een stuk minder gespannen uit dan anders. Blijkbaar deed de relatie met Sage hem goed.

'Prima,' zei Easy schouderophalend. Hij liet zijn canvas tas op de grond vallen en legde zijn doorweekte Waverly-blazer erop. Zijn natte schoenen piepten op het basketbalveld.

'Loopovertreding,' grapte Alan, die probeerde de bal van Easy af te pakken.

'Zijn jullie nog met een spel bezig? Wat is de stand?' vroeg Easy, die met de bal dribbelde en hem uit Alans buurt probeerde te houden. Vroeger speelde hij wel eens basketbal met zijn broers, als die iemand nodig hadden om op de grond te smijten. Geen wonder dat hij eigenlijk niets met de sporthelden van het Waverly te maken wilde hebben.

'Een miljoen tegen een,' riep Ryan. Hij kon nooit stil blijven staan, en ook dit keer sprong hij op en neer. Zelfs in de klas roffelde hij op zijn tafel, of schuifelde hij met zijn voeten of zoiets. Easy vond dat hij maar wat valium of een vriendin moest zien te krijgen.

Easy keek op naar de basket. 'Hoe hebben jullie dat voor elkaar gekregen?'

'We springen gewoon maar wat rond,' legde Lon uit, terwijl hij probeerde de bal van Easy af te pakken. 'Net zoals jij met die paarden van je. Wat voer je toch uit in die stallen?'

'Hetzelfde als wat jij met Benny doet. Helemaal niks.' Easy sloot zijn ogen en liet de bal een paar keer stuiteren. Hij kon de structuur van de basketbal tegen zijn handen voelen elke keer dat hij hem raakte. Net op het moment dat hij zijn ogen weer opende, zag hij de bal naar Lon toe stuiteren. Iedereen wist dat Lon nu al weken probeerde Benny Cunningham mee te lokken naar het tuinhuisje, en dat hij nog helemaal niets voor elkaar had gekregen.

'Die was raak!' riep Ryan. Hij sloeg zichzelf op de borst terwijl hij lachte. Meteen strekte hij zijn armen weer uit, klaar om de bal op te vangen. Lon passte de bal naar hem, en stak toen zijn vinger op naar Easy. Ryan ging er met de bal vandoor, sprong op en probeerde hem door de basket te gooien. Helaas raakte hij alleen maar het net.

'Ik heb jullie eikels nog helemaal niets zien doen,' riep Heath naar hen. Hij trok zijn shirt uit en kwam naar hen toe gerend. Blijkbaar vond hij het nodig om eerst een striptease te geven voordat hij kon sporten.

'Veel plezier,' zei Brandon. Hij gooide de bal naar Heath, die hem opving en begon te dribbelen.

'Verdomme, ik verveel me dood,' zei Heath, terwijl hij de bal meer naar Brandons hoofd dan naar de basket gooide. 'Hoelang moeten we ons hier nog zien bezig te houden?'

'Inderdaad,' zei Lance. 'Ik denk dat ik buiten ga rennen. Gaat er iemand mee?'

'Ikke,' zei Teague. 'Van een beetje regen gaan we niet dood.'

De rest keek naar Lance en Teague die hun donkerrode Waverly-windjacks aantrokken en naar buiten renden. Easy kon zich niet voorstellen dat iemand sowieso buiten rondjes zou willen rennen, en al helemaal niet dat iemand dit vrijwillig in de regen zou doen. Hij stond bij de anderen terwijl Lon zijn basketbaltechniek oefende.

'Weet je wat we eigenlijk zouden moeten doen?' vroeg Heath ineens. Hij keek naar een van de grote vlaggen waar JONGENS VAN WAVERLY VOETBALKAMPIOEN 1977 op stond. 'We moeten een Mannen van Waverly-club oprichten.'

'Een watte?' riep Lon vanaf het basketbalveld.

'Je hebt me best verstaan,' zei Heath. 'We moeten iets te doen hebben, als dit weer gebeurt en we niks omhanden hebben. De meiden hebben een eigen clubje, dus waarom wij niet?'

'Bedoel je een pokerclub of zo?' vroeg Ryan. Hij wiste het zweet van zijn voorhoofd en zag er niet erg enthousiast uit over het idee met alleen maar een stel jongens rond te hangen.

'Strippers, poker, ik vind het allemaal best.' Heath wreef over zijn blote borst. 'Als we een groepje vormen, zijn we met genoeg om de meisjes eens een poepie te laten ruiken.'

Easy pakte de basketbal van de grond en liet die ronddraaien op zijn hand. Waarschijnlijk zou mevrouw Horniman niet tevreden zijn met Heath' idee van buitenschoolse activiteit. Maar aan de andere kant was het een club op school, en als ze hun slagzin zouden aanpassen, zou het misschien best goed kunnen klinken.

'Geen slecht idee,' zei Brandon. Easy keek hem verbaasd aan. Brandon was het haast nooit met Heath eens.

'Dank je wel, Buchanan,' reageerde Heath. 'Wie stemt nog meer voor?' Hij stak enthousiast zijn hand op, en het verbaasde niemand dat alle anderen zijn voorbeeld volgden.

Behalve Easy. Die haalde zijn schouders op. Zijn eigen vader was lid van een club in Lexington, waar een paar oude geile mannetjes deden alsof ze geïnteresseerd waren in golf en squash, zodat ze ondertussen ongestoord naar de mooie meisjes konden kijken die ze elke zomer inhuurden om de cocktails te brengen. Elke keer dat iemand het over mannenvriendschappen had, moest hij aan die eikels denken.

Maar hoe dan ook, het was vast beter dan op de militaire academie. 'Goed dan, ik doe mee,' zei hij uiteindelijk.

'Oké,' zei Heath. 'Nu wordt het hier toch nog leuk.' Easy zag een adertje kloppen om zijn slaap, en wist niet zeker of dat nou door het sporten kwam of door de illegale ideetjes die door zijn hoofd spookten.

Nou ja, hij had tenminste een activiteit gevonden.

## 16

# Hard werken is goed voor de gezondheid van een Owl

De pijn schoot door Callies rug toen ze voor de zoveelste keer met de bijl zwakjes op het hout hakte. Met de klap lukte het haar om een klein stukje bast af te schrapen, maar dat was natuurlijk onvoldoende. Ze moest brandhout hakken.

'Meer kracht!' riep Natasha. Ze klapte in haar enorme handen als een soort sadistische cheerleader. Natasha was niet eens haar echte naam. Die had Callie niet goed kunnen verstaan. Eigenlijk leek het niet eens op Natasha, er was meer een soort duivels gegrom uit haar keel gekomen toen ze zich voorstelde.

'Het lukt niet!' riep Callie. Ze wees naar de enorme laarzen die ze van Natasha had gekregen. Ook had ze een soort keiharde broek van spijkerstof gekregen, die in geen geval op haar eigen jeans leek, en een flanellen overhemd met knoopjes. Een houthakkershemd, en dan ook nog daadwerkelijk houthakken? Ze had geen flanellen kleding meer gedragen sinds ze van haar oma een flanellen pyjama met katjes had gekregen. En die was een stuk zachter geweest.

Dit kuuroord leek eigenlijk helemaal niet op een kuuroord. Vanochtend, vlak nadat ze zo ruw uit haar bed was geplukt, had ze meteen naar haar zilverkleurige Razr-mobieltje willen grijpen om haar moeder eens flink uit te schelden. Ze had behoefte aan een schoonheidsbehandeling, geen duivelsbehandeling. Bovendien wilde ze onmiddellijk weer worden opgehaald. Maar tot haar schrik was haar mobieltje in beslag genomen. In paniek had ze haar hele kamer overhoop gehaald en gedreigd de politie te bellen, maar daarvoor had ze natuurlijk wel een mobieltje nodig. Dus had ze na een poosje besloten haar tijd hier uit te zitten, en had ze met pijn in haar hart die vreselijke, oude troep aangetrokken. De werklaarzen waren zeker een halve maat te groot, en leken al door honderden voorgangers te zijn gedragen.

'Meer kracht!' snauwde Natasha dreigend.

Callie keek haar woedend aan en probeerde grip te vinden in de modder. Bovendien hoefde ze nu tenminste niet naar Natasha te kijken. Het was echt ijskoud. Zelfs haar tanden leken het koud te hebben, en haar haren zouden vast gaan kroezen zonder haar Oscar Blandi-conditioner.

De vezelrijke muffin die Callie voor haar ontbijt had moeten eten, leek steeds terug door haar keelgat te willen. Eigenlijk was de eetzaal hier niet veel meer dan een paar houten picknicktafels in een kleine ruimte met houten panelen. Het leek wel een gevangenis. Ze had gehoopt een praatje te kunnen maken met de andere gevangenen, maar niemand keek op terwijl de muffins werden geserveerd door een paar stijve mannen in het wit. Het leek wel alsof ze midden in *One Flew Over the Cuckoo's Nest* was beland, die doodenge film over een gesticht die ze als onderbouwer tijdens de Engelse les had gezien.

Nog verontrustender dan die stilte, slechts onderbroken door zacht gesmak, was de vrouw met een grote pet met oorflappen op die geen hap van haar ontbijt had genomen, maar de muffin in haar zak had gestopt. Wat wilde zoiets zeggen over de lunch die hun te wachten stond? Nog nooit had Callie zo naar de eetzaal van het Waverly verlangd. Ze zou dolgraag weer een van die geroosterde bagels met veel boter eten.

De medewerkers die al het brandhout moesten weghalen, stonden naast Natasha met hun handen in hun zij. Nogmaals hief Callie de bijl boven haar hoofd en viel door het gewicht van het ding bijna achterover. Maar toch bleef ze naar het punt kijken waar ze de bijl op wilde laten neerkomen. Het leek zo wel een beetje op hockey, dacht ze. Je moest altijd naar de bal blijven kijken, of in dit geval het stronkje hout. Met al haar kracht liet ze de bijl naar beneden zwaaien. De bijl raakte even het hout, en vloog daarna door de lucht, waardoor Callie haar pols bezeerde.

'Au!' riep ze uit.

'Maakt niet uit,' grauwde Natasha terwijl ze de bijl van de grond opraapte. Ze droeg niet eens handschoenen. Ze liet de bijl op het hout neerkomen, waardoor het versplinterde. Meteen kwamen de andere medewerkers aangerend om het hout op te rapen voordat het nat zou worden in de sneeuw.

Callie was woedend. Waarom had haar Republikeinse moeder haar in godsnaam naar dit nazi-werkkamp gestuurd? En waarom had ze naar haar moeder geluisterd? Zou iemand op school al doorhebben dat ze was verdwenen?

Natasha reikte haar de bijl aan en legde nog een stuk hout op de boomstronk. Dus ze moest het nogmaals proberen… De topjes van Callies vingers waren gevoelloos geworden, en het zou haar niets verbazen als haar tenen al van haar voeten afgevroren waren. Ze wist niet zeker of ze nog wel lang genoeg zou leven om het avondeten te kunnen proeven. Als ze hier al avondeten zou krijgen… Nu begon het ook nog te sneeuwen, en Callie moest knipperen om geen ijskoude vlokjes in haar ogen te krijgen. Een halve dag geleden was ze nog op het Waverly geweest. Diep ongelukkig, maar toch. Toen wist ze tenminste waar ze zich bevond, en waar ze aan toe was.

'Probeer het nog maar een keertje, prinsesje!' riep Natasha naar haar, met een valse blik in haar ogen. Alsof ze zat te wachten op Callies volgende blunder.

Maar toen Callie de bijl weer boven haar hoofd hield, drong het ineens tot haar door dat ze al een hele poos niet aan Easy had gedacht. Misschien was deze vreselijke plek toch nog ergens goed

voor. Als ze vanwege deze pijn niet meer aan Easy hoefde te denken, was het misschien allemaal toch nog de moeite waard.

Als ze hier levend uit zou komen, tenminste.

| | |
|---:|:---|
| **Van:** | AngelicaPardee@waverly.edu |
| **Aan:** | JennyHumphrey@waverly.edu |
| **Onderwerp:** | vrijdag 1 november, 16:15 |

Jenny,

Callie Vernons moeder heeft me laten weten dat Callie zich in een kuuroord in Maine bevindt. Het spijt me dat ik je dit niet eerder heb laten weten.

Groet,
A.P.

# Een Waverly Owl weet zich altijd correct te kleden

'Dit gaat gewoon te ver.' Vrijdagavond stond Kara in de deuropening van Dumbarton 121. Ze keek met grote ogen naar Tinsleys gedeelte van de kamer, waar de vloer bijna niet te zien was onder de deken van kleding. Kara's matras, dat voor de gelegenheid in een Superman-laken was gestopt, leunde vervaarlijk tegen de deur. In haar zwarte yogabroek en loszittende, uitgewassen grijze American Apparel-T-shirt zag Kara er heel ontspannen uit. Precies datgene wat Brett niet was.

'Wacht maar, ik maak wel even plaats voor je,' reageerde Brett kwaad. Ze schopte met haar Juicy Couture-laarsje met sleehak een hoopje vuile kleren van Tinsley weg uit haar helft van de kamer. Ze ergerde zich nog steeds aan Tinsley en haar kamermanieren. Hun slaapkamer was toch niet haar persoonlijke klerenkast? Die middag, na de lunch, was Brett de kamer in gekomen en had ze Tinsley al haar kleren uit de kast zien plukken. Normaal gesproken trok ze gewoon een outfit uit de kast en zag ze er toch geweldig uit. Maar toen Brett haar had gevraagd waar ze in godsnaam mee bezig was, had Tinsley haar alleen maar even aangekeken en was toen weggerend, zonder ook maar een kledingstuk terug te stoppen.

Brett schopte nog een kleine donkerbruine Kate Spade-pump door de kamer. Die belandde op Tinsleys bureau, en al haar kleine make-up- en parfumflesjes vielen op de vloer.

'Oeps,' zei Kara lachend.

'Ach, ze zal het niet eens merken.' Brett veegde een lokje vuur-rood haar achter haar oor, waardoor het aan de gouden oorringe-tjes boven in haar oor bleef vastzitten.

Even was het doodstil. Vanuit Suzanna Goldfingers kamer klonk 'Pretty Woman', die film bekeek ze minstens één keer per week op haar laptop. Om niet op die pijnlijke stilte te hoeven let-ten, haalde Brett haar True Religion-jeans uit de grote hoop kle-ren. Als ze nou gewoon konden blijven praten, dacht ze, hoefde ze vast niet steeds te denken aan hoe ze Jeremiah en Kara allebei had verraden door te zeggen dat er niets was gebeurd.

'Volgens mij is mijn matras nat geworden,' zei Kara. Ze klop-te op het matras en klonk nerveus, alsof ze deze regeling ook niet erg prettig vond. 'Vanwege die overstroming zijn ongeveer de helft van mijn boeken naar de maan.'

'Wat vreselijk.' Brett wist bijna zeker dat Kara haar meteen in haar kamer zou hebben laten slapen als zíj degene was geweest met de overstroomde kamer. En daar voelde ze zich niet bepaald beter door. 'Het Waverly heeft toch wel een of andere verzekering of zoiets, voor dit soort gevallen?' Brett haalde haar hand door haar haren, zodat het niet meer in haar oorringetjes verstrikt zat. Dus nu begon ze over de verzekering te zeuren? Hoe saai was ze eigen-lijk geworden?

'Ja, misschien,' zei Kara.

'Ik help je wel even,' zei Brett. Ze greep een hoek van Kara's matras. Samen lukte het hen om het door de kamer te dragen.

'Van onderen!' riep Kara lachend terwijl ze het matras lieten vallen. Het raakte het handgemaakte bamboekleedje dat Brett in een winkeltje in Hoboken had gekocht, en viel daarna met een klap op de grond. Bijna onmiddellijk kwam er een kleine grijze muis onder Tinsleys bed vandaan. Het beestje rende naar de deur en vluchtte de kamer uit. Brett gilde en sprong op haar bed.

'O shit!' riep Kara. Ze ging tegen de muur staan. 'Was dat een múís?'

'Of een rát!' Brett hapte naar adem en hield haar hand tegen haar keel. 'Ik denk dat er een gat in de muur zit.' Toen ze een keertje op de metro had staan wachten, had er een rat over haar roodsuède Ferragamo-schoentjes gerend, en daar was ze eigenlijk nooit helemaal overheen gekomen.

'Ik weet bijna zeker dat het een muis was,' zei Kara. Ze keek de kamer door. 'Maar wat nou als hij zijn vriendjes heeft meegenomen?'

'Verdomde beesten ook,' zei Brett. Toen ze van haar bed af sprong, merkte ze ineens dat de vloer wel erg koud was. Ineens voelde ze zich schuldig dat ze Kara op de koude grond liet slapen, samen met Mickey Mouse en zijn vriendjes.

Er werd op de deur geklopt, en even later kwam Angelica Pardee de kamer binnen. Ze droeg een veel te strak trainingspak van rood fluweel. 'Ik kom even kijken hoe het met mijn vluchtelingen gaat voordat de lichten uitgaan,' zei ze. Haar haren zagen er netjes geföhnd uit, en ze had zich duidelijk opgemaakt, alsof ze zo meteen een belangrijk afspraakje had en alleen nog maar even iets anders zou moeten aantrekken. 'Het hele gebouw is in rep en roer, dus ben ik blij te zien dat jullie zo goed met de situatie omgaan.'

'Wanneer kunnen we weer in onze eigen kamers terecht?' vroeg Kara ongeduldig.

'We zijn druk bezig,' zei Pardee, terwijl ze op haar horloge keek. 'Maar we kunnen er nog niets over zeggen. Water, water, overal… Geen druppel om te drinken.' Ze moest lachen om haar eigen literaire grapje.

'Maar duurt het nog dagen of weken of maanden?' probeerde Kara weer. Ze sloeg haar armen over elkaar.

'In elk geval geen maanden,' zei Pardee vaag. 'Hebben jullie meisjes nog beddengoed nodig, of zoiets? Kussens, handdoeken?' Ze was al bij de deur. Het was wel duidelijk dat ze met haar hoofd heel ergens anders was.

Brett vroeg zich af of de geruchten over Pardee en haar man waar konden zijn. Ze had gehoord dat ze uit elkaar waren, en dat haar man in een Holiday Inn sliep. Nu het er ook nog naar uitzag dat Pardee een geheim afspraakje had, wist ze helemaal niet meer wat ze moest geloven. Ze probeerde Kara's blik te vangen, maar zij keek twijfelend naar haar Superman-laken.

'Nou, slaap lekker dan maar,' zei Pardee. Ze keek nog even naar Brett. 'O ja, ik vind het echt heel lief van je dat je je kamer met Kara wilt delen. In noodgevallen is het heel belangrijk dat Owls er voor elkaar zijn. Trouwens, ik heb van mevrouw Horniman gehoord dat je de laatste tijd wel meer hulp biedt.' Ze glimlachte, waardoor haar knalroze lippenstift nog veel onnatuurlijker leek.

Brett probeerde ook een glimlach tevoorschijn te toveren. Ze had alleen zo'n hekel aan al dat geroddel op het Waverly. Ze zag al voor zich dat mevrouw Horniman het samen met Pardee over Bretts vorderingen had, misschien waar Marymount met zijn kale kop ook nog bij zat. Maar natuurlijk had ze ook geluk gehad dat ze haar titel als junior klassenprefect had mogen houden na al dat gedoe.

Eindelijk sloot Pardee de deur, en konden Brett en Kara haar voetstappen langzaam horen verdwijnen.

'Waar had ze het over?' vroeg Kara. Ze schopte tegen haar matras met haar bruine Ugg-mocassin, zodat het recht op de grond kwam te liggen.

'O niets,' zei Brett. Ze had nu even geen zin om het over haar nieuwe baantje als bijlesleraar te hebben. Sebastian had haar nog steeds niet teruggemaild, en dat irriteerde Brett mateloos. Zo onbeleefd ook.

Kara haalde haar hand door haar halflange bruine haren. Zo naast haar matras zag ze eruit als een arm, verloren weeskindje. Dat deed Brett denken aan een paar weken geleden, toen ze door elkaars haar streken, en om de beurt voorlazen uit stripboeken. Vaak hadden ze ook in Kara's eenpersoonskamer gezeten met afleveringen van *The Hills*. Elke keer als ze iemand *'like'* hoorden zeggen, namen ze een mixdrankje. Al halverwege de eerste aflevering waren ze stomdronken geweest.

Die avond hadden ze wat afgezoend. Maar daar moest ze niet meer aan denken. Nu waren ze gewoon vriendinnen, en had Kara alleen maar een slaapplaats nodig. Dat was alles, meer niet.

'Ik trek m'n pyjama alvast aan,' zei Kara. Ze greep haar tas en liep ermee naar de badkamer.

Brett besloot van de gelegenheid gebruik te maken en zocht in haar ladekast. Daar vond ze haar zachte zwarte Oscar de la Renta-nachtponnetje. Daar sliep ze altijd het beste in, zelfs al stond ze stijf van de zenuwen. Maar toch schoof ze het opzij en haalde een grote, groenwit geruite Calvin Klein-pyjama uit haar kast. Ze trok haar kleren uit en trok snel de veel te warme flanellen pyjama aan. Vlak daarna kwam Kara terug de kamer in, ditmaal gekleed in een katoenen broek en bijpassend T-shirt met lange mouwen. Blijkbaar wilde zij ook dat elk stukje van zichzelf goed was bedekt.

Eigenlijk sloeg dat natuurlijk nergens op, en Brett had het vast komisch gevonden als ze zich niet nog steeds zo schuldig had gevoeld ten opzichte van Jeremiah.

'Denk je dat Mickey Mouse nog terugkomt?' vroeg Kara Ze keek de kamer rond, op zoek naar hun harige vriendje. 'Met hulptroepen?'

'Ik hoop het niet,' zei Brett. Ze zag Tinsleys lege bed. Waar was ze toch gebleven? En waar ze ook was, zou ze er de hele nacht blijven? Waarschijnlijk niet. Tinsley kwam wel vaker na middernacht binnen, en Brett wilde liever niet denken aan wat ze zou zeggen als ze Brett en Kara in één bed zou aantreffen.

Maar ze kon Kara toch niet op de grond laten slapen?

'Je kunt wel bij mij komen liggen,' zei Brett nonchalant, alsof het haar helemaal niets uitmaakte. 'Dat matras ziet er niet echt lekker uit.'

Kara fronste haar wenkbrauwen en trok aan het koordje van

haar broek. Een klein stukje blote buik werd zichtbaar, en snel trok ze haar shirt naar beneden. 'Zeker weten?' vroeg ze weifelend.

'Geen probleem,' antwoordde Brett voordat ze zich zou kunnen bedenken. Ze liep naar haar bed toe en trok haar dekbed naar achteren, waardoor haar roze lakens van Egyptisch katoen zichtbaar werden. 'Hier, jij mag mijn dekbed hebben. Ik heb het toch al veel te warm.' Ze kroop onder haar laken in bed. Het was eigenlijk veel te klein om met twee personen in te liggen.

'Oké,' zei Kara zacht. Ze ging op het bed zitten. 'Dank je wel.'

'Geen probleem.' Brett zette de ventilator op haar nachtkastje aan. 'Is dat goed?'

Kara knikte en klopte haar kussen op. Ineens keek ze op. 'Gebruik je soms andere tandpasta?'

'Huh?' vroeg Brett verbaasd. Eigenlijk was het wel een eng idee dat Kara het merkte dat Bretts Close-Up tandpasta met kaneelsmaak op was, en ze dus haar tube Colgate pepermunttandpasta had moeten gebruiken. Het was nu wel duidelijk dat, nou ja... Dat Kara haar mond goed kende. 'O ja,' zei Brett. 'Ja, ik gebruik een andere.'

Even was het doodstil terwijl Kara zich opkrulde onder het dekbed. Brett bleef stokstijf liggen onder het laken. Een zweetdruppeltje liep over haar rug terwijl ze probeerde niet te dicht in de buurt van Kara te komen.

Ook wilde Brett niet denken aan het lege bed van Tinsley. Ze had het nu wel heel erg warm, en ze sloot haar ogen. Terwijl ze naar de regen luisterde, hoopte ze maar dat ze snel in slaap zou vallen en deze marteling voorbij zou zijn.

| | |
|---|---|
| **DrewGately:** | Goedemorgen, schoonheid. |
| **JennyHumphrey:** | Hoe gaat het, onbekende? |
| **DrewGately:** | Ik moet steeds aan je denken. Ben je in je kamer? |
| **JennyHumphrey:** | Het is zaterdag. Waar zou ik anders moeten zijn? |
| **DrewGately:** | Goed zo. Blijf waar je bent. |

# 18

# Een Waverly Owl deelt haar wijsheid met onderbouwers, of ze dat nou willen of niet

Het was doodstil in Dumbarton toen Tinsley in de vroege ochtend naar Callies kamer liep. Ze stampte met de hooggehakte Miu Miu-pumps om te horen hoe lang de echo nog naklonk. Normaal gesproken was het rond deze tijd een grote chaos van deuren die open en dicht gingen terwijl de meisjes zich klaarmaakten om weg te gaan, om een uitwedstrijd te spelen bijvoorbeeld, of om te gaan shoppen. Bovendien had ze vandaag nog niet één e-mailtje ontvangen over wie de drank meenam en waar het feest werd gegeven. Sinds wanneer was Dumbarton in een klooster veranderd?

Sinds de overstroming leek het alsof het gebouw één groot slaapfeestje was geworden. De slachtoffers hadden door de gangen gezworven, op zoek naar een slaapplaats of een plekje om hun vochtige matras droog te föhnen. Met de hulp van Pardee, en in een zeker geval ook een beetje die van Tinsley, hadden alle meisjes een nieuwe tijdelijke kamer gevonden. Maar de lol die ze had toen ze Brett aan Kara koppelde, was nu al verdwenen. Gisteravond was ze in de woonkamer in slaap gevallen bij haar favoriete Franse film, *À bout de souffle*, en had ze zich nog afgevraagd of Kara en Brett het samen niet iets te gezellig hadden, en wist ze niet meer waarom het een goed idee had geleken om twee exen samen in een kamer te stoppen. Om precies te zijn, in háár kamer.

Callie lag waarschijnlijk nog te slapen. Ze had niets meer van zich laten horen sinds het feest. Ze nam haar mobieltje niet op, ze beantwoordde haar sms'jes niet. Het was echt stomvervelend als ze zich zo gedroeg. Voor de deur van Dumbarton 303 bleef ze even staan. Op de deur stonden allemaal berichtjes voor Jenny. Eigenlijk wilde ze al die berichtjes met: *Gefeliciteerd Cleopatra! Je bent onze koningin!* eraf vegen met de mouw van haar beige Generra-jurkje. Maar het was het niet waard. De jurk mocht niet in de wasmachine worden gewassen.

Binnen hoorde ze gegiechel, waardoor ze zich een beetje buitengesloten voelde. Gaf Callie soms een of ander geheim feestje waarvoor zij niet was uitgenodigd? Ze klopte twee keer op de deur en stormde vervolgens naar binnen. In de kamer hing een rookgordijn van wierook. Callies onopgemaakte bed zag er verlaten uit.

Aan de andere kant was Jenny's bed allesbehalve verlaten. Tegen het hoofdeind had Jenny zich opgekruld met een jóngen. Met tot spleetjes geknepen ogen bekeek Tinsley haar eens goed. Zoals altijd zag ze er piepklein en veel te vrolijk uit. Dit keer droeg ze een broek met lengtestrepen en een wit shirt met daaroverheen een strak Abbey Road-T-shirt. Hoe hipsterachtig van haar. Hoewel de broek er duur uitzag, wist Tinsley bijna zeker dat het een Banana Republic was. Naast Jenny zag ze die vervelende, knappe bovenbouwer die haar ooit eens een lift had willen geven in zijn Mustang toen ze vanuit Rhinecliff naar school liep. Ze had hem natuurlijk uitgescholden omdat hij zo arrogant overkwam. Drew. Zo heette hij.

'Hé,' zei Jenny, 'kun je niet kloppen?' Ze keek Tinsley minachtend aan, hoewel ze behoorlijk vrolijk klonk. Het was wel duidelijk dat ze ergens die manier van spreken had opgepikt die meisjes wel vaker gebruikten als ze wilden katten zonder dat jongens het mochten merken. En die manier van spreken was uitgevonden door Tinsley.

'Ik klopte toch,' zei Tinsley, net iets feller dan ze had gewild. 'Waar is Callie?' Ze leunde tegen de deurpost en probeerde nonchalant over te komen. Helaas merkte ze toen pas dat haar jurk vastzat aan een houtsplinter.

'Ze is naar een of ander kuuroord in Maine gegaan,' antwoordde Jenny. Ze leunde achterover tegen haar kussen.

Drew knipoogde naar Tinsley bij wijze van begroeting, maar ze negeerde hem.

'Waar heb je het over? Welk kuuroord in Maine?' Tinsley zette haar handen in haar zij. Ze wist ook wel dat Callie soms behoorlijk onverwachte dingen kon doen. Zoals in de kerstvakantie, toen ze de rest achterna was gegaan naar Aspen, terwijl ze eigenlijk naar een of ander deftig dinertje in Atlanta had gemoeten. Maar naar Máíne gaan, gewoon voor de lol? Dacht het niet. 'Heeft Easy haar meegesleurd of zo?' vroeg ze. Die wierooklucht werkte op haar zenuwen.

'Volgens mij niet,' zei Jenny hoofdschuddend. 'Ik dacht dat haar moeder het voor haar had geregeld. Heeft ze je dan niets verteld?' Ze zat dicht tegen Drew aan, en haar lippen waren roder dan anders. Het was wel duidelijk dat ze hier hadden zitten zoenen.

Tinsley speelde zenuwachtig met haar Cartier-herenhorloge dat ze ooit had geleend van een oud vriendje dat ze al bijna was vergeten, en nooit had teruggegeven. Hier klopte iets niet, maar ze kon maar niet ontdekken wat het was. Ze moest en zou Callie spreken. Het maakte haar niet uit of Jenny haar aardig vond of niet, maar elke keer dat ze haar zag, miste ze de periode van toen Jenny er nog niet was. De tijd dat Tinsley, samen met Brett en Callie, de grote leider van het Waverly was. En Callie moest haar helpen om alles weer te laten zijn zoals het vroeger was.

Jenny stond op. 'Ben je klaar?' vroeg ze met een gespeelde glimlach. 'Ik wil liever niet dat Pardee onze wierook ruikt.'

'Kan ik je even spreken?' vroeg Tinsley zacht. Even keek ze langs Jenny heen en zag dat Drew druk bezig was met Jenny's iPod.

Jenny zuchtte. 'Wat nou weer?'

'Gaat alles goed hier?' vroeg Tinsley met een knikje in de richting van Drew.

'Hoe bedoel je?' Jenny's glimlach verdween van haar gezicht. 'Natuurlijk gaat alles goed.'

'Wees voorzichtig, oké?' waarschuwde Tinsley. Ze wist niet waarom ze Jenny advies wilde geven, en eigenlijk was het haar verdiende loon om een verkeerd vriendje te hebben. Maar zelfs al had ze de pest aan Jenny, toch wilde ze niet dat iemand met de Casanova-achtige trekjes van Heath Ferro meer zou krijgen dan hij verdiende. 'Die jongen is niet geschikt voor je.'

'O nee?' Jenny hield haar gevouwen handen voor haar grote boezem.

'Nee. Kijk alsjeblieft uit.' Tinsley zag dat haar waarschuwing geen enkel effect had op Jenny. Ze voelde zich als een moeder die preekte over je groente opeten.

'Dank je,' zei Jenny. 'Maar ik denk dat ik liever niet naar iemand als jij luister.' Meteen sloot ze de deur van Dumbarton 303. Tinsleys vroegere kamer.

Tinsley zette snel een stapje achteruit om de deur niet in haar gezicht te krijgen. Pech dan maar voor haar, dacht ze. Toen ze wegliep, haalde ze diep adem, net zoals voor het serveren in een spannende tenniswedstrijd.

Dit keer zorgde ze ervoor dat haar Miu Miu-pumps geen lawaai maakten terwijl ze terugliep naar haar kamer. Een van de deuren vloog open en een meisje dat ze niet kende liep naar de badkamer. Nu de deur openstond, hoorde ze allemaal gelach uit de kamer komen. Toen ze erlangs liep, gluurde Tinsley naar binnen en zag Sage en Benny en een hele hoop andere meisjes druk bezig jurken te passen en te showen. Dus het was toch niet doodsaai geworden in Dumbarton. Ze lag er gewoon helemaal uit.

Shit, dacht ze nog. Ik zou ook helemaal niet naar iemand als ik luisteren.

# 19

*Owls van het andere geslacht mogen overdag op bezoek komen, maar moeten minstens een meter uit de buurt van hun gastvrouw blijven*

Dankzij Drews doordringende zeeplucht rook Jenny's kamer voor het eerst eens niet naar haarproducten. Ze zaten naast elkaar op bed tegen het verweerde hoofdeind geleund, en Jenny voelde haar hele lichaam tintelen toen hij zijn handen door haar haren haalde.

Het was zo makkelijk geweest om Tinsley de kamer uit te gooien. Waarom had ze dat nooit eerder gedaan? Waarom had ze zich altijd maar door Tinsley laten opjagen? Nog niet zo lang geleden had ze zich bijna van school laten trappen, en nu deelde zij hier de lakens uit. Ze had een bovenbouwer als vriendje die duidelijk helemaal weg was van haar, en Tinsleys tijd aan de top leek voorgoed voorbij.

'Je bent zo mooi,' zei Drew toen hij over haar wang streek. Hoe vaak had hij dat nu al niet gezegd?

Maar alweer moest Jenny blozen. 'Dat heb je al gezegd,' zei ze koeltjes. Eigenlijk was ze zelf ook weg van haar nieuwe manier van doen.

'Waarom heb je nog geen vriendje?' vroeg Drew. Hij wreef over de stoppeltjes op zijn kin. Dankzij die stoppeltjes zag hij er nog mannelijker uit.

'Hoezo zou ik geen vriendje hebben?' Jenny verschoof een eindje, in een poging een beetje beter rechtop te zitten. Haar vader had haar wel eens gewaarschuwd dat als ze dan zo nodig met een jongen op bed moest zitten, ze nooit moest gaan liggen. Snel sprong ze op om een nieuw stokje wierook te branden. Toen ze weer terugkwam, ging ze in kleermakerszit zitten.

Het zag er niet naar uit dat Drew het erg vond. 'Ik heb navraag over je gedaan,' zei hij. 'Ik heb mijn huiswerk goed gedaan, al zeg ik het zelf.' Hij leunde achterover met zijn armen op zijn borst. Door die donkergroene trui leken zijn ogen nog groener.

'O ja?' Ze vond het wel spannend te horen dat iemand haar de moeite waard vond om mensen over haar te ondervragen. Ze kon zich al voorstellen dat hij in de kleedkamer had gestaan, zijn gym-kleren had aangetrokken en onverschillig had gevraagd: 'En, wat weten jullie allemaal over die Jenny Humphrey?' Natuurlijk wilde ze niet echt dat er over haar werd gepraat in de kleedkamer. Tenminste, niet het platte soort gepraat. Liever de is-ze-niet-lief-praat. Als die al bestond.

'Nou ja, je moet niet alles geloven,' zei ze speels. Ze schoof nog een stukje dichter naar hem toe, en begon zich toch af te vragen wat hij dan precies had gehoord, en van wie.

Glimlachend legde Drew zijn arm om haar heen. Ze wachtte op het moment waarop zijn hand haar naar hem toe zou trekken, maar er gebeurde niets. Drews hand lag alleen maar losjes op haar schouders, alsof ze kinderen waren die samen van school naar huis liepen. Niet slecht, eigenlijk.

'Hoezo?' vroeg Drew. Hij krabde met zijn vrije hand aan zijn achterhoofd. Een plukje van zijn rossige haar stond overeind. 'Ik heb slechts het allerbeste gehoord.'

Jenny kneep haar ogen tot spleetjes. 'Wat dan?' vroeg ze, hopend dat het niet te gretig klonk.

Drew trok Jenny dichter naar zich toe. 'Nou, dat je niet alleen lief en grappig bent, maar ook nog de meest zoenbare lippen hebt.'

'Echt waar?' begon Jenny, voordat Drews mond die van haar raakte. Zijn lippen smaakten naar tandpasta. Drews hand dwaalde af naar haar knie, en greep haar stevig vast. Het voelde alsof zijn hand door haar broek brandde. Hoewel ze eerst blij was geweest dat Callie er niet was en hen dus niet zou kunnen storen, werd ze nu toch wel zenuwachtig. Het veilige gevoel dat er altijd iemand naar binnen kon wandelen, was nu verdwenen.

'Wacht eens even!' riep ze terwijl ze zich terugtrok. Ze pakte zijn hand, zodat die niet meer over haar lichaam kon dwalen. 'In Berkman draait *Casablanca*.' In Berkman-Meier, het muziekgebouw, werden in het weekend soms ook films vertoond.

'Heb ik al gezien,' reageerde Drew. Hij gaapte, waardoor zijn perfecte tanden zichtbaar werden. Jenny vroeg zich af of allebei zijn ouders soms orthodontist waren.

'Maar het is een klassieker!' Jenny protesteerde nauwelijks toen Drew weer probeerde haar krullen uit haar gezicht te strijken en haar achter haar oor te kussen. Het voelde zo fijn dat ze bang was onderuit te gaan. 'En het is in zwartwit.' En heel erg romantisch, dacht ze.

Drew haalde zijn schouders op. 'Ik kijk eigenlijk nooit twee keer naar dezelfde film.' Zijn adem voelde warm in haar hals.

'Nooit?' vroeg Jenny verbaasd. Ze deed haar best om aan heel onsexy dingen te denken. Het stinkende kattenvoer dat ze aan haar kat Marx gaf, die ouderwetse broek met strakke pijpen die Pardee die ochtend aan had... Ze duwde Drew een eindje van zich af.

'Nooit,' antwoordde Drew. Hij bleef maar naar Jenny's mond kijken, alsof hij niet kon ophouden aan haar kussen te denken. Het was best een beetje schattig.

'Ik heb *Pulp Fiction* echt al duizend keer gezien,' gaf Jenny toe. Ze kwam overeind en probeerde haar haren op te steken in een knotje. 'En *True Romance* bijna net zo vaak.'

'Brad Pitt is echt goed in die film,' zei Drew. '*They, uh, went out for cleaning supplies*,' zei hij in zijn beste Brad Pitt-als-Floyd-imitatie, terwijl hij deed alsof hij rookte uit een waterpijp.

'*Fight Club* was ook heel erg goed,' ging Jenny verder. Ze had de film maar één keertje gezien, en was niet door het boek heen gekomen omdat ze niet zeker wist of ze het wel snapte. Iemand had haar uitgelegd dat Brad Pitt en Edward Norton een en dezelfde persoon waren, maar nog steeds snapte ze er niets van.

'Nooit gezien,' zei Drew. 'Al dat macho-gedoe is niks voor mij. Ik blijf liever bij de zachtaardige sekse.' Hij trok Jenny weer dichter tegen zich aan.

Jenny moest giechelen. Ze gaf hem een zacht kusje op zijn mond en sprong van het bed af. 'Kom mee. Iets zachter en romantischer dan *Casablanca* bestaat bijna niet.'

Drew haalde zijn schouders op. 'Goed dan,' zei hij. Hij stond op en trok zijn schoenen aan. Het was Jenny niet eens opgevallen dat hij ze had uitgetrokken. Omdat hij niet tegenstribbelde, besloot ze zich een keer te laten zoenen tijdens de film. Misschien zelfs twee keer. Hij had haar tenslotte gered.

En een held is om te zoenen.

| **Van:** | TinsleyCarmichael@waverly.edu |
| **Aan:** | Ontvangers |
| **Datum:** | Zaterdag 2 november, 16:15 |
| **Onderwerp:** | mañana-impromptu-filmdag! |

Lieve allemaal,

Ik heb het geluk gehad om via via een versie van de nog niet uitgebrachte Ryan Gosling/Jennifer Connelly-film te kunnen bemachtigen. Vraag me niet hoe, vraag me alleen wanneer en waar. Morgenmiddag om 14:00 in het bioscoopzaaltje van de Cinephiles. Iedereen welkom, neem je vrienden mee! Gratis popcorn en andere hapjes.

Tot dan!

xxx

Tinsley

# Owlnet instant message inbox

**HeathFerro:** Hoe is-ie, bro? Kom naar de eerste MANNEN VAN WAVERLY-bijeenkomst. Een stel mannen met bier.

**JeremiahMortimer:** Klinkt goed. Het bier tenminste. Maar ik ben geen Man van Waverly. =)

**HeathFerro:** Daar kunnen we mee leven. Vanavond, fitnessruimte, 18:00.

**JeremiahMortimer:** Man, dan zit ik nog in de bus. Kom pas laat thuis na een uitwedstrijd. Misschien volgende keer.

**HeathFerro:** Goed dan. Dan mis je wel al het ge-kietel!

# 20

# Het Waverly maakt van jongens echte mannen

'Mannen,' zei Heath Ferro vanaf zijn positie boven op een stuk of wat blauwe matten in de hoek van de gymzaal, 'laat het feest beginnen!' Hij stond vlak naast een groot donkerrood bord waar 2E DIVISIE KAMPIOENEN, 1978, en een mannetje met een lacrossestick op stond. Hij hief zijn enorme fles King Cobra-maltbier en nam het applaus in ontvangst. Vlak bij hem stonden Brandon, Lon, Ryan, Alan en Teague Williams, allemaal gekleed in sportkleding.

Easy schudde zijn hoofd toen hij langs dit alles liep in zijn Levi-spijkerbroek en zwarte fleecetrui. De fitnessruimte stonk nog vaag naar zweet. Hij voelde zich net als toen in Lexington, waar ze alle zomers in de bossen doorbrachten met gestolen whisky. Ze hadden de lege flesjes naar de langsrijdende treinen gegooid. Was het nou echt zoveel beter om met een stel rijkeluisjochies in polo's en dure sportschoenen in een onverwarmde gymzaal te zitten?

'Walsh,' zei Heath, toen hij Easy in de gaten had gekregen. Hij sprong van de matten af en duwde Easy in de richting van een Waverly-tas op de grond. 'Ze zijn nog koud.'

Easy bukte om de bordeauxkleurige trui uit de tas te halen waaronder het Cobra-bier samen met een zak ijsblokjes zat verborgen. De eerste slok was vreselijk, maar al snel raakte hij aan de smaak gewend.

Sinds Halloween had hij niet meer echt tot rust kunnen

komen. De gebeurtenissen van die avond spookten almaar door zijn hoofd, en Callie was nog steeds nergens te bekennen. Hij had haar berichtjes en e-mails gestuurd, maar er kwam geen antwoord. Hij was nog steeds woedend op haar, maar toch wilde hij niet op deze manier een einde maken aan wat er tussen hen was geweest. Dus had hij geprobeerd zijn excuses aan te bieden. Eerder had hij haar gezocht in Maxwell Hall, waar ze altijd haar huiswerk voor zich neerlegde en dan stiekem de *Vogue* ging lezen, maar zelfs daar was ze niet. Waarschijnlijk was ze naar een hotel in de stad gegaan en gaf daar een hele hoop geld uit.

Hij nam nog een grote slok van zijn bier om zijn gevoelens te verdrinken.

'Zijn we er allemaal?' vroeg Brandon ongeduldig. Hij draaide de dop van zijn flesje bier, nam een klein slokje en draaide de dop er weer op.

'Jeremiah, ons erelid van het St. Lucius, kan niet komen,' zei Heath. Hij keek de groep rond, en knikte naar de jongens die hem verwachtingsvol aankeken. 'Maar volgens mij is verder iedereen er. Welkom bij de eerste bijeenkomst van Mannen van Waverly.' Weer hief hij zijn flesje, dat nu nog maar halfvol was.

De zaal viel stil terwijl alle mannen hun bier dronken. Het leek wel alsof iedereen wachtte op wat de anderen te zeggen hadden. Wat nu? Easy vroeg zich af wat mevrouw Horniman zou vinden van deze nieuwe buitenschoolse activiteit.

'Iemand gezien wat Jenny Humphrey aanhad tijdens de lunch?' vroeg Lon Baruzza. 'Een rokje zo kort.' Hij hield zijn hand tegen zijn dij om te laten zien hoe kort het was geweest.

'Ze is echt sexy,' reageerde Alan. Hij liet zijn hand over de stoppeltjes op zijn kin glijden. Easy's kamergenoot was iets eerder vertrokken om nog even in het bos een jointje te roken. Vorig weekend was hij naar Vermont gegaan, en toen hij terugkwam, had hij een beetje van de wiet meegenomen die zijn hippie-ouders verbouwden.

'Ze zag er ook goed uit tijdens het feest,' zei Brandon. Hij nam nog een slokje bier.

Nu voelde Easy zich erg van Jenny vervreemd. Soms voelde hij zich nog genoodzaakt om haar te beschermen, en dit gesprek maakte dat hij zich erg ongemakkelijk voelde. Maar sinds ze bijna van school was getrapt, leek ze een heel ander meisje. Ze had voortdurend vriendinnen om zich heen, terwijl ze voorheen altijd alleen met Brett en Alison leek om te gaan. Julian had hij niet meer in haar buurt gezien. Wat zou er zijn gebeurd?

'Jongen.' Lon wees met de hals van zijn bierfles naar Brandon, en leunde tegen het rek met gewichten. 'Wat zou Sage daarvan vinden?'

'Niks,' zei Brandon schouderophalend. 'We zijn toch niet getrouwd?'

'Daar drink ik op,' zei Heath, tussen twee grote slokken bier in. 'Vriendinnetjes zijn leuk, maar dat betekent niet dat we nu niet meer naar andere meisjes mogen kijken.'

'En dat betekent ook niet dat zij niet meer naar andere jongens mogen kijken. Of meisjes, als ze dat willen,' zei Ryan zo onverschillig mogelijk, terwijl hij tegen de matten leunde. Hij droeg een grijswollen vest dat er veel te zacht uitzag voor een jongen.

'Goed geprobeerd, Reynolds.' Op Heath' gezicht verscheen een dromerige glimlach, die daar wel vaker te zien was wanneer Kara ter sprake kwam. 'Kara mag naar zoveel meisjes kijken als ze maar wil.' Hij leunde nonchalant naar achteren en sloeg zijn benen over elkaar. 'Ik ben een verdomde geluksvogel.'

Door al dat bier voelde Easy zich warm worden vanbinnen. Eigenlijk was hij helemaal geen grote drinker, maar nu hoopte hij dat Heath genoeg bier had meegenomen zodat iedereen nog een flesje kon krijgen. Niet veel later was hij de draad van het gesprek helemaal kwijt, en sloot hij zijn ogen om van zijn lichte dronkenschap te genieten.

'Geen dutje doen, Walsh!' riep Heath. 'Als je je ogen dicht-doet, moet je drinken.'

Easy's ogen vlogen open. 'Watte?'

'Zuipen,' beval Heath. 'Nu meteen. Dat zijn de regels.'

'Dus eh, gaan we nog iets doen of zo? Of is deze club alleen maar een dekmantel om dronken te worden?' vroeg Brandon. Hij keek gapend op zijn zilveren Dolce & Gabbana-horloge, alsof hij hierna nog ergens naartoe moest.

Easy leunde naar voren, zette zijn ellebogen op zijn knieën en wachtte op Heath' antwoord.

'Wees toch niet zo'n sul,' zei Alan. Hij kwam overeind en rekte zijn beenspieren, waarna hij op een van die blauwrubberen bal-len ging zitten die de meisjes gebruikten voor hun oefeningen. Vroeger had Callie zo'n bal in haar kamer gehad, maar ze had hem lek geprikt met haar hak toen Easy weer eens te laat was gekomen en ze woedend op hem was geweest. Alan schommelde even op en neer, maar vond toen zijn evenwicht en hief triomfantelijk zijn bierflesje.

'Misschien heeft Brandon nog een leuk verhaaltje over zijn eerste ongesteldheid,' zei Ryan. Iedereen moest lachen.

'Jongens, jongens,' zei Heath. Hij moest zich vasthouden aan de matten om niet om te vallen. 'Wees beschaafd. We zijn hier op het Waverly, en niet op een of andere openbare school. Bovendien heeft Brandon gelijk. We moeten hier meer doen dan alleen maar zuipen.' Hij liep naar het schoolbord.

Brandon grijnsde. 'Hé, bedankt.'

'Laten we brainstormen over het nut van onze organisatie. Daarna stemmen we. Maar nu eerst...' Heath slenterde naar de tas met bier en haalde er een nieuw flesje uit. 'Een opfrissertje!' Hij haalde de dop eraf en gooide die naar de vuilnisbak een eind ver-derop. Het dopje viel ongeveer dertig centimeter van de prullen-bak op de grond.

'Ik vind dat we voor recycling moeten staan,' riep Ryan.

'Iedereen is tegenwoordig groen. Bovendien hebben alle meisjes het er steeds over.'

Heath schreef het op het bord. Zijn onleesbare handschrift was nu nog lelijker dan anders. 'Dat is een goeie.'

'Wat dachten jullie van bomen planten?' stelde Alan voor. Hij streek weer over zijn stoppelige kin. 'Meiden praten ook altijd over bomen en zo.'

Heath schreef op het bord: bomen planten.

'Waarom geen aidsvoorlichting?' grapte Brandon. Hij zette zijn nog bijna helemaal volle flesje naast zich neer.

'Er is al een of ander onderbouwersgroepje dat zich daarmee bezighoudt,' reageerde Lon.

Easy pakte nog een biertje. Zo langzamerhand begon hij zich hier wel te amuseren. Hier hoefde hij tenminste niet steeds aan Callie te denken.

Heath schreef onder elkaar op het bord: walvissen redden, en: dierenmishandeling. Bij elk woord werd zijn handschrift rommeliger, totdat hij uiteindelijk de stift liet vallen, die over de vloer wegrolde.

'Walsh, begin eens met dat recyclen,' zei Heath. Hij wees op de twee flesjes die naast Easy op de grond stonden. Easy bukte en raapte de flesjes op. Toen hij ze aan Brandon overhandigde, voelde hij zich echt goed duizelig.

Hoewel Brandon naar de flesjes keek alsof ze geïnfecteerd waren met een of andere vreselijke ziekte, pakte hij ze toch aan en stopte ze terug in de tas.

Langzaam ging de buitendeur open, en er verscheen een gestalte in de deuropening. Easy kneep zijn ogen tot spleetjes, in de verwachting dat het Jeremiah in zijn sportjack zou zijn. Maar hij schrok zich helemaal dood toen in plaats van Jeremiah rector Marymount op hen af stapte. Meneer Marymount droeg een bruine regenjas over zijn donkerblauwe coltrui, en zijn haar was kletsnat van de regen.

Easy raakte bijna in paniek. Dit was zijn eerste buitenschoolse activiteit, en ze waren nu al gesnapt. Hij zag nog dat Heath snel zijn flesje bier in zijn tas wist te stoppen, voordat Marymount het in de gaten kon krijgen. Alle anderen volgden zijn voorbeeld, en Heath ritste langzaam zijn tas dicht, alsof er niets aan de hand was.

'Ik heb vernomen dat er een groep weldoeners bijeen is gekomen in de fitnessruimte,' zei Marymount. Zijn stem schalde door de doodstille ruimte.

'Dat zijn wij, meneer,' zei Heath meteen. Hij stak zijn handen in de zakken van zijn loszittende bruine broek.

Marymount keek de zaal rond. 'Alan, Ryan, Lon, Brandon, Teague, Easy.'

Iedereen mompelde een begroeting, sommigen met hun handen voor hun mond, zodat Marymount de alcoholstank niet zou kunnen ruiken.

'Wat is er hier aan de hand?' Marymount liep naar het grote bord waarop Heath de zogenaamde doelen van de club had geschreven. Hij las alles hardop voor. 'Heel overtuigend, jongens,' zei hij met een knikje. Zijn handen hield hij op zijn rug.

Heath Ferro keek verbaasd naar Brandon. 'Dank u, meneer!'

'Ik ben wel tevreden met deze ontwikkeling,' zei Marymount, terwijl hij met zijn ene hand over zijn kalende hoofd streek. 'Ik ben blij dat jullie toch iets nuttigs hebben kunnen vinden om te doen nu het zo regent.' Hij keek weer de groep door. 'En ik ben zeker blij dat jíj je hiervoor inzet, meneer Walsh.'

Tot nu toe had Easy zich alleen maar een toeschouwer gevoeld van wat er zich om hem heen afspeelde, maar nu werd hij terug de realiteit in geroepen. 'Dank u,' zei hij, terwijl hij deed alsof hij in zijn hand kuchte om de alcohollucht te verbergen.

Nu liep de rector naar Easy toe en legde zijn hand op zijn schouder. Het voelde ijzig aan, en Easy was dan ook opgelucht toen hij hem weer weghaalde. Nog steeds glimlachte Marymount naar de groep jongens. 'Nou, ga dan maar verder, heren. Laat mij jul lie niet afleiden van jullie goede daden.' Glimlachend schudde hij zijn hoofd. 'Ik wou maar dat zulk soort clubjes bestonden toen ík nog op het Waverly zat.'

Vlak daarna was Marymount alweer verdwenen in de regen.

Zodra hij de deur achter zich had dichtgetrokken, sloeg Heath op zijn knie en lachte luid. 'Mijn god,' zei hij met zijn hand voor zijn mond. 'Was-ie goed of was-ie niet goed?'

'Niet goed,' zei Brandon. 'Jezus, we hadden wel allemaal van school gestuurd kunnen worden!'

Maar Heath negeerde Brandon en pakte de stift van de vloer. Die was naar de tas met bier gerold. Daarna rende hij weer naar het schoolbord toe en schreef onder aan de lijst: puppy's redden. 'Dit is het beste idee ooit! We hebben de beste dekmantel ooit, en Marymount staat aan onze kant.'

'Op Mannen van Waverly!' riep Ryan uit.

'Nee, wacht even!' Heath stak zijn hand op. 'Wat dachten jullie van Heren van Waverly? Heren klinkt bijna net als heersers. En jullie zijn het toch met me eens dat wij dat zijn.'

'Briljant,' zei Brandon sarcastisch.

Voor de verandering was Easy het helemaal met hem eens.

'Heren, heersers,' probeerde Alan.

Al snel probeerde iedereen hoe de twee woorden samen klonken, en het kostte Easy nog moeite om niet meteen rechtsomkeert te maken.

Maar hoe dan ook, dit heerschap was de enige manier om in een goed boekje te komen bij Marymount. Zo was hij tenminste veilig, en kon hij proberen om het weer goed te maken met Callie.

## 21

### Een slimme Owl weet dat je meer gedaan krijgt in een groep

Brandon moest zich vastgrijpen aan een van de smeedijzeren trapleuningen voor Dumbarton om niet onderuit te gaan. Heath had hem gedwongen een van de laatste twee biertjes op te drinken nadat de andere Mannen, eh… Héren van Waverly waren weggegaan. Heath had pas te laat gemerkt dat er nog twee volle flesjes helemaal onderop in zijn tas zaten. Hij riep dat het misbruik van alcohol zou zijn om ze daar te laten zitten, en hoewel het een behoorlijk zwak argument was, had Brandon toch toegegeven. Haat en schaamte waren twee goede drijfveren, zelfs al wist Brandon nooit zeker om welke het ging als hij bij Heath was.

'Ze zijn hier toch niet,' zei hij tegen Heath. Zijn kamergenoot hield zijn gezicht tegen het raam van de huiskamer op de begane grond gedrukt. Geen van beiden wilden ze Dumbarton dronken binnenvallen als het niet per se nodig was. Gelukkig regende het niet meer.

'Rustig nou, man. Het is onze opdracht, weet je nog? We hebben beloofd het vandaag te doen. Ze zijn er vast wel,' zei Heath. Hij opende zijn BlackBerry en begon een bericht te typen.

'Wat heb je tegen ze gezegd?' vroeg Brandon. Hij moest zich nu nog steviger vasthouden. Het was alsof iemand een ballon had opgeblazen in zijn hoofd.

Maar Heath negeerde hem. 'Daar zijn ze al!' riep hij opgetogen. Hij bonsde hard tegen het raam om de aandacht van Sage en Kara te trekken.

Ze draaiden zich tegelijkertijd om, en Brandon voelde een grijns opkomen.

'Hoi jongens,' zei Kara, terwijl ze de deur opende en een paar treden af liep. Ze droeg een strakke zwarte spijkerbroek met heel nauwe pijpen, en een dikke zwarte coltrui. Toen ze eenmaal bij de jongens was aangekomen, gaf ze Heath een grote, smakkende zoen. 'Wat voor tandpasta gebruik jij? Budweiser?'

'Cobra, schatje,' grauwde Heath. Hij trok haar weer naar zich toe voor nog een zoen.

'Jullie kunnen binnenkomen. Bezoek mag nog toegelaten worden, en Pardee is zaterdagavond meestal bezig mét de toneelclub.' Sage stond nog in de deuropening. Ze wreef over haar armen, en haar zwarte panty was nog net zichtbaar onder haar blauwe tweedrok. Brandon strompelde naar haar toe, en meteen sloot ze hem in haar armen. 'Heb jij je tanden ook net gepoetst?'

'Zeker,' antwoordde Brandon. Hij probeerde haar vol op de mond te kussen, maar belandde op haar zachte wang.

De woonkamer was verlaten. Er lagen nog een paar achtergelaten schriften, een felroze fleecetrui en een regenlaars met pied-de-poulemotiefje. Het was eigenlijk precies zoals de woonkamer in Richardson eruitzag, maar dan een stuk vrouwelijker. Het donkere eikenhout van Richardson was hier wit geverfd, en de muren waren grijsblauw in plaats van woudgroen. Er stonden zeilbootjes en bloemetjes op getekend, en de glanzende houten vloeren waren bedekt met oude Perzische tapijtjes.

Heath porde in de koude as in de haard. 'Ik heb het koud, man,' zei hij toen Brandon vroeg waar hij in vredesnaam mee bezig was.

'De warmte blijft hier nooit hangen.' Kara liet zich op een van de met donkerblauw fluweel beklede banken vallen en trok haar benen op. 'Sinds die overstroming is het alleen maar erger geworden. Nu is het hier nat én koud.'

Brandon ging op de sofa tegenover haar zitten, en meteen

plofte Sage naast hem neer. Haar korte tweedrokje liet een groot stuk van haar fraai gevormde dij zien. Zelfs al was het inderdaad ijskoud in de kamer, Brandon had er nu zeker geen last meer van. Het zien van Sage' prachtige lichaam was genoeg om hem een heerlijk warm gevoel te geven. Hij grijnsde breed.

'Oké, laten we beginnen.' Heath streek over zijn kin alsof hij diep moest nadenken. Toen wees hij met de pook naar Kara. 'Welke standjes heb je altijd al willen proberen, maar nooit durven doen?'

'Hola, hola, hola.' Sage hield haar handen omhoog als een scheidsrechter. Haar korte, roze gelakte nagels deden Brandon denken aan lolly's. 'Zoals mevrouw Horniman zou zeggen, het lijkt me geen geschikt onderwerp voor een werkstuk.'

Heath grijnsde. 'Ja, maar ik dacht dat we elkaar over van alles moesten ondervragen, totdat we uiteindelijk een goed onderwerp hadden verzonnen,' zei hij, zo onschuldig als hij maar kon.

'Nou, helaas ben ik niet van plan naar de Playboy Universiteit te gaan,' zei Kara glimlachend.

Heath sloeg zijn handen in elkaar, en deed alsof hij een gebedje prevelde. 'Was er maar een Playboy Universiteit!'

Brandon lachte luid. Hij was bang geweest dat Sage niet wist wat voor idioot Heath eigenlijk was. Ze had ooit gezegd dat ze hem helemaal zo kwaad nog niet vond, en daar ergerde Brandon zich nog steeds aan. Maar een avond met een dronken Heath doorbrengen moest voldoende zijn om haar ervan te overtuigen dat er geen greintje romantiek in hem zat. Hoe lief en schattig hij ook kon zijn met Kara in de buurt, diep vanbinnen was hij nog steeds dezelfde Heath Ferro.

'Voordat je op dreef komt, denk ik dat Kara en ik dit wel kunnen gebruiken.' Sage zocht in haar enorme rode YSL-tas, en haalde er vier matglazen borrelglaasjes uit, en een elegante flacon waarop in sepia kersenbomen stonden afgebeeld. 'Jullie hebben een voorsprong.' Ze schonk twee glaasjes in en gaf er eentje aan

Kara. Ze klonken, en Sage dronk haar glas in één teug leeg. 'Dat is beter. Laten we met iets makkelijks beginnen. Favoriete band.'

'Radiohead,' zeiden Heath en Kara tegelijkertijd. Ze keken elkaar aan en zeiden, weer tegelijkertijd: 'Citroen!'

'Lijkt me zuur,' zei Heath. Even later kreeg hij een por van Kara, die meteen daarna haar lege glas aan Sage gaf, die het opnieuw vulde.

'En jij?' vroeg Brandon aan Sage. Hij botste niet-echt-per-ongeluk met zijn knie tegen de hare. Even bleef zijn Ben Sherman-broek haken aan haar dunne panty, waardoor zijn hoofd even op hol sloeg. Was hij altijd al zo'n geile beer geweest, of lag het allemaal aan Sage? Of misschien lag het aan de combinatie van Sage en haar jaren-veertig-look?

'Ik weet niet... De Cowboy Junkies, denk ik,' gaf ze toe.

Even was het stil, en toen klonk er bulderend gelach van Heath. 'Watte? Ik heb echt nog nooit van ze gehoord!'

Kara keek hem geërgerd aan.

'Ik vind de Cowboy Junkies ook heel goed,' loog Brandon. Eigenlijk wist hij niet zeker of hij ze ooit wel had gehoord, en hij hoopte maar dat Sage hem er later niet nogmaals naar zou vragen. Daarna zei hij dat Linkin Park zijn favoriete band was. Eigenlijk was dat niet helemaal waar, maar als hij toe zou geven dat hij graag naar *NSYNC luisterde, en dat hij Madonna opzette wanneer hij zijn oefeningen deed, zou Sage het vast ter plekke uitmaken.

'Goed dan, wat dachten jullie van favoriete foute films?' vroeg Brandon. Hij leunde achterover en voelde Sages arm tegen zich aan drukken. Eigenlijk had hij graag gezien dat Kara en Heath eventjes naar de andere kant van het universum zouden oprotten, zodat hij met Sage alleen kon zijn om nog meer over bands en films te praten, en te zoenen, en nog meer te zoenen...

'Volgens mij bestaan er geen foute dingen.' Heath legde zijn hand op Kara's knie, maar die sloeg ze weg. Alle anderen negeerden hem.

'*Sweet Home Alabama*,' riep Sage snel, alsof het een wedstrijdje was. Ze lachte schaapachtig naar Brandon, die al wist dat Sage gek was op elke film waarin Reese Witherspoon speelde. 'Het is een heel stomme film, maar elke keer dat hij op tv is, kijk ik ernaar.'

'Dat is een goeie,' zei Kara. Op haar wangen waren blosjes verschenen. Waarschijnlijk vanwege de wodka. 'De mijne is *13 Going on 30*.'

'Bedoel je niet *Big?*' Heath legde weer zijn hand op Kara's knie. Maar dit keer gebruikte ze geen geweld. Ze sloeg haar armen over elkaar en keek Heath streng aan totdat hij uiteindelijk zelf zijn hand wegtrok. 'Die film is gewoon een remake met Tom Hanks.'

'Volgens mij is het geen remake,' zei Brandon.

'Man,' zei Heath. 'Het is echt dus wel een remake.'

'En de jouwe?' vroeg Kara aan Heath. Ze bood hem een slok van haar nieuwe drankje aan.

'*Weekend at Bernie's*,' antwoordde hij meteen. 'Hoewel het de beste film ooit is, dus zo fout is het niet.'

'En de jouwe?' vroeg Kara nu aan Brandon.

Bijna had Brandon toegegeven dat zijn favoriete foute film *Love, Actually* was, maar hij besloot dat het misschien iets te metroseksueel was. '*The Fast and the Furious*,' zei hij met een kuchje.

'Die is goed, man.' Heath hield zijn hand op voor een high five. Brandon stak zijn vuist uit, waar Heath tegen stompte.

'Denken jullie dat ik met mijn essay over *Sweet Home Alabama* in Bennington zal komen?' vroeg Sage. Giechelend begroef ze haar gezicht in Brandons hals.

'Je meest beschamende geheimpje,' zei Kara.

Plotseling vloog de buitendeur open en stampten een paar meisjes voorbij in felgekleurde regenjassen, waardoor ze wel een stroom van oranje en rood leken. Het werd een stuk kouder in de woonkamer, en Sage wreef zichzelf warm, waardoor haar been nog steviger tegen Brandon werd aan gedrukt.

'Ik liet per ongeluk de puppy van mijn zusje ontsnappen toen we nog klein waren, en toen werd hij overreden.' Sage keek naar haar benen. Snel sloeg ze haar hand voor haar mond, alsof ze spijt had van wat ze net had gezegd. 'Wauw. Dat heb ik nog niemand verteld.'

'Wat verschrikkelijk,' zei Kara. Ze leunde naar voren, en het leek alsof ze Sage een grote knuffel wilde geven. 'Hoe kwam dat?'

'Ik dacht dat hij naar buiten wilde, dus opende ik de deur, en toen rende hij zomaar weg. Ik ging er nog achteraan, maar hij was de weg al op gerend en toen kwam er een grote vuilniswagen.' Sage zag bleek, en Brandon wist niet zo goed wat hij nu moest doen. Hij sloeg zijn arm om haar heen, en was opgelucht toen hij haar voelde ontspannen.

'Au!' zei Heath. 'Pijnlijk.'

'Ik loog en zei dat de hond zelf naar buiten was gegaan. Ik had zelfs met een mes aan de onderkant van de deur gekrabd zodat het er een beetje echter zou uitzien.'

'Ja, maar je wist toch niet beter?' zei Brandon. Hij kon zich Sage al voorstellen als een klein kleutertje met haar lange blonde haren in twee schattige staartjes. 'Het ging per ongeluk.'

'Ik durf mijn zusje nog steeds niet te vertellen hoe het echt is gegaan,' mompelde Sage. 'Ze hield heel veel van die hond. Ze praat er nu nog over alsof het een overleden familielid was of zo.' Alweer begroef ze haar gezicht in Brandons hals.

'Wat is jouw geheim?' vroeg Heath aan Kara.

'Jij eerst.' Kara stak haar tong uit.

'Eens denken,' zei Heath. Even staarde hij naar het plafond. 'Ik heb er zo ongelofelijk veel.' Hij fronste zijn wenkbrauwen, en deed alsof hij echt moeite moest doen om een goeie te kiezen. Brandon schudde geërgerd zijn hoofd. 'Mijn vrienden en ik hebben een keer een beker pis over een fietser heen gegooid,' zei Heath schaapachtig. 'Het was niet míjn idee!' voegde hij eraan toe toen niemand lachte.

Brandon zag dat Kara en Sage vol afschuw naar Heath keken.

Kara bleef hem aanstaren, terwijl Heath maar door en door ging over hoe hij en zijn vrienden in hun auto waren gaan rijden naast een man in een Taco Bell-uniform die ongelofelijk snel doorrapte.

'Hij kwam waarschijnlijk net van zijn werk,' zei Kara met minachting in haar stem.

'Misschien.' Heath was zo aangeschoten dat hij Kara's afkeurende blik niet eens opmerkte. 'Het was best grappig. Ik bedoel, geloof het of niet, we gebruikten een Taco Bell-beker.'

'Wat een toeval,' zei Brandon. Hij genoot er echt van om te zien dat Heath zichzelf steeds minder populair maakte.

'Getver! Kunnen we hier niet over ophouden?' Sage stopte haar vingers in haar oren.

'En jij dan, brave meid?' vroeg Heath aan Kara.

'Ik weet niet of ik echt zo braaf ben, maar ik weet wel zeker dat ik niet over jouw verhaal heen kan,' zei Kara. Ze frunnikte aan een knoopje op haar mouw.

'Kom op,' probeerde Heath.

'Jullie willen het toch niet horen,' reageerde Kara.

'Natuurlijk willen we het wel horen.' Heath keek naar Sage en Brandon.

'Het hoeft niet, als je echt niet wilt,' zei Brandon, voornamelijk om het maar zo min mogelijk met Heath eens te zijn. Eigenlijk wilde hij dolgraag horen wat Kara te zeggen had. Hij vond haar nog steeds een mysterieus meisje.

'Ik heb mezelf op het koolsoepdieet gezet toen ik van het Waverly af ging. Wat ik trouwens onder andere deed vanwege jouw pesterijen.' Kara keek naar Heath, die duidelijk niet goed wist wat hij moest zeggen. 'Ik heb een hele maand lang koolsoep gegeten. Elke dag.'

'Dat heeft mijn moeder ook een keer gedaan,' zei Sage zacht. 'Alleen hield ze het nog geen dag vol.'

'Het is ook echt vies,' zei Kara, nu weer luchtig. 'En je gaat er vreselijk van stinken. Maar het heeft wel gewerkt.'

'Ik kan me helemaal niet herinneren dat ik je heb gepest,' fluisterde Heath. Hij sloeg met zijn rechterhand op zijn hartstreek, om aan te tonen dat hij de waarheid sprak.

'Je was er behoorlijk fanatiek in,' gaf Kara toe.

'Hoe dan? Wat zei ik dan?' vroeg Heath. Zijn hand viel in zijn schoot, en Brandon kon de sfeer voelen veranderen. Heath leek echt ten onder te gaan.

Kara zuchtte diep. 'Laat maar zitten,' zei ze. 'Ik heb het toch al diep weggestopt.'

'Nou, ik ben blij dat je weer bent teruggekomen,' zei Brandon. Hij glimlachte terwijl Heath duidelijk weer niet wist wat hij moest zeggen.

'Ik ook,' zei Sage.

Iedereen keek naar Heath, die nog steeds zweeg. Uiteindelijk richtte Kara zich tot Brandon. 'En, wat is jouw geheim?'

Brandon wilde het niet zeggen, maar dankzij al die alcohol die hij had gedronken, leek het alsof zijn stem een eigen wil had. 'Ik sliep met mijn babydekentje totdat ik elf was.'

Even was het doodstil, en Sage keek hem aan alsof hij een kleutertje was dat net zijn ijsje had laten vallen.

Brandon voelde zijn hart sneller kloppen, en zijn hoofd bonkte van de spanning. Of van de alcohol. Had hij echt toegegeven dat hij nog zo lang met zijn dekentje had geslapen? Had hij niet iets stoerders kunnen verzinnen? Iets echt gevaarlijks? Ineens drong het tot hem door dat hij in één klap zijn hele James Bond-imago onderuit had gehaald. Sage vond hem nu vast een watje.

'Wat schattig,' zei Sage ineens. Ze kneep in zijn hand.

Brandon zette grote ogen op. Vond ze zijn kinderachtigheid leuk? Had hij zich om niets zorgen gemaakt?

'Wat voor kleur dekentje, man?' vroeg Heath grinnikend. Hij probeerde zijn lachen in te houden, maar zo te zien lukte het maar half.

'Blauw,' zei Brandon. Hij wilde zich niet in een hoekje laten drijven. 'Er stonden de logo's van alle honkbalteams op.' Hij haalde onverschillig zijn schouders op. 'Maar na een paar jaar was het helemaal grauw geworden.'

'Voordat ik het vergeet,' zei Kara, 'niets van wat er hier is gezegd, mag onder enige omstandigheid buiten deze kamer worden besproken.'

'Goed,' zei Sage.

'Zeker.' Brandon liet zich achterover zakken in de zachte blauwe bank. Hij voelde zich nu een stuk opgeluchter.

Sage trok Brandon dichter bij zich. Haar adem voelde warm aan in zijn oor, en kleine plukjes blond haar kietelden zijn neus. 'Ooit moet je me je dekentje laten zien,' fluisterde ze.

Brandon grijnsde. Hij voelde zich beter dan hij de afgelopen tijd had gedaan. Blijkbaar was het juist wel goed om sommige geheimen te delen.

## Owlnet instant message inbox

**BrettMesserschmitt:** Hé, heb je mijn e-mail ontvangen?

**BrettMesserschmitt:** Sebastian?

**BrettMesserschmitt:** Ik weet dat je er bent!

# Een Waverly Owl weet wat
# haar kwelgeesten zijn

Callie zat samen met een paar anderen in een groepje. Ze zaten heel dicht bij elkaar om het een klein beetje warm te krijgen, maar toch durfde Callie te zweren dat ze de adem van de anderen nog in wolkjes uit hun mond kon zien komen. Natasha keek haar kwaad aan toen ze haar stoel een eindje naar achteren had geschoven, dus schoof ze weer naar voren, tegen de vrouw naast haar aan. Die vrouw had de hele dag nog niets gezegd.

In de kamer rook het naar afgestreken lucifers, alsof iemand wanhopig had geprobeerd een vuurtje te stoken, en daarin niet was geslaagd. Callie sloeg haar armen om zich heen. Haar ruime sweatshirt zat veel te wijd om enige warmte vast te houden, dus deed ze haar best te denken aan die keer dat haar vader haar had meegenomen naar Egypte, alweer een paar jaar geleden. Daar was het zo ongelofelijk heet geweest dat ze het helemaal niet leuk had gevonden. Maar nu verlangde ze terug naar de hitte die haar als onder een deken had verstikt.

'Iedereen is verslaafd, of ze het nou weten of niet,' zei Natasha ineens. Om de een of andere reden hoefden de medewerkers van de Whispering Pines niet van die lelijke uniformen te dragen die de gasten —of de patiënten— aan moesten trekken. Tenzij de grijze UPENN-trui die Natasha droeg hier als uniform gold. 'Sommige mensen eten elke dag hetzelfde, en beseffen niet dat ze hieraan verslaafd zijn geraakt. Niet vanwege de smaak, maar omdat ze zich daarom niet aan andere etenswaren hoeven te wagen. En als je ze vraagt waarom ze het doen, zullen ze ontkennen dat er enige logica achter zit. Jullie verslavingen zitten in het onderbewuste.'

'Ik ben niet verslaafd,' zei de stille vrouw naast Callie. Haar armen waren nog steeds over elkaar geslagen, en ze had haar muts met de oorflappen nog altijd op haar hoofd. Verlegen keek ze naar de grond.

Natasha glimlachte voor de eerste keer die dag. Haar blonde haar was extreem kort geknipt, en haar schouders waren net zo breed als van iemand die aan wedstrijdzwemmen doet. 'Dat is nou precies wat ik van jullie verlang. Denk eens na, wat is jouw verslaving? Ik wil graag dat jullie je ontspannen en vrijuit over jullie verslavingen spreken. Dit is een veilige plek, niemand hier kent elkaar.'

Callie was zeker niet van plan iets in de groep te gooien. Het was wel duidelijk dat zij niet de enige was die er zo over dacht, want het bleef doodstil. Alle anderen keken elkaar aan, in de hoop dat iemand anders iets had op te biechten. Callie ging rechtop zitten. Zij was absoluut nergens aan verslaafd. Het idee alleen al... Nou ja, vroeger was ze wel verslaafd geweest aan milkshakes met kersensmaak en aan DuWop-lippenbalsem, maar die waren toch niet slecht voor je?

'Ik begin wel,' zei een slank meisje, dat een beetje op Brett leek. Ze had kort, roodgeverfd haar met bruine uitgroei, en een viezig gouden ringetje in haar neus. Zo zou Brett eruitzien als ze zich twee jaar lang niet zou hebben gewassen en op straat leefde. Het speet Callie dat ze haar mobieltje niet bij de hand had, anders had ze Brett een foto van dit meisje kunnen sturen en haar meteen om hulp vragen.

'Ogen dicht,' beval Natasha. Dat was een van die regels die Natasha had besproken aan het begin van deze zogenaamde groepstherapie. Geen gelach, geen beledigingen, geen gekoekeloer.

Callie wachtte even voordat ze haar ogen sloot. Sommige van de anderen keken zelfs naar het plafond, zodat ze niet eens door hun wimpers zouden kunnen gluren. Wat een uitslovers, vond Callie. Ze liet haar vermoeide hoofd hangen. Nu het zo donker was, voelde ze pas echt hoe moe ze was. Ze hoopte maar dat ze niet opeens zou gaan snurken.

'Ik ben een compulsieve winkeldief,' zei de nep-Brett. 'Ik kan er niets aan doen. Als ik een winkel binnen loop, zie ik altijd wel drie dingen die ik gewoon móét hebben.'

Callies ogen vlogen open, en het duurde even voordat ze besefte dat ze niet mocht kijken. Waarschijnlijk stond Natasha ergens achter de groep met een enorme tuinslang, om de spiekers een plens koud water over zich heen te geven.

'Mijn ouders vinden het best dat ik hun Centurion AmEx-creditcard gebruik, maar daar gaat het helemaal niet om. Kopen is gewoon te makkelijk,' zei de nep-Brett.

Callie glimlachte minachtend. Als de ouders van de nep-Brett een Centurion AmEx-creditcard hadden, waar hun dochter vrij gebruik van kon maken, dan was haar leven dus zo'n beetje perfect. Waarom zeurde ze dan zo? Waarom maakte ze niet rechtsomkeert en ging ze gezellig winkelen in de bewoonde wereld?

'Het gaat me om het gevaar, weet je. De spanning van of je gesnapt gaat worden. Dan gaan ze tegen je schreeuwen, of ze bellen de politie. Maar die spanning als je die Hermès-sjaal in je tas probeert te krijgen zonder gezien te worden... Daar kan niets tegenop. Je krijgt bibberbenen, en bijna maakt het je niet meer uit of het je gaat lukken of niet. Want dat hoort er allemaal bij.'

Callie gluurde door haar wimpers naar de nep-Brett, die wilde handbewegingen maakte. Met gesloten ogen noemde ze een lijst met spulletjes op die ze de afgelopen paar jaar had weten te jatten.

Betaal er gewoon voor, idioot, dacht Callie. Ze was altijd al van mening geweest dat stelen het domste was wat je kon doen. Zij vond het heerlijk om de verkoopster haar creditcard te geven, en te kijken hoe al die mooie nieuwe kleren in zacht papier werden gewikkeld en in een mooi, stevig tasje aan haar overhandigd. Een keer was ze met Tinsley gaan zoeken naar een goede jurk voor het eindfeest, en hadden ze wel honderd jurken gepast in de kleedkamers van Brendel's. Callie had maar niet kunnen kiezen tussen een mouwloos Vera Wang-jurkje van zwarte zijde of een rood zijden A.B.S.-jurkje. Dus had Tinsley haar uitgedaagd om er eentje te stelen. Toen ze de A.B.S.-jurk afrekende, leek het net alsof haar hart uit elkaar zou spatten van de spanning, en ze ieder moment zou kunnen omvallen. Maar toen ze eenmaal buiten stond en met haar twéé jurken over Fifth Avenue liep, voelde ze zich geweldig. Het was een vreemd soort spanning. Net zoals de spanning die ze voelde als Easy haar kuste.

'Ik begrijp precies wat je bedoelt,' zei Yvette, de vrouw die eerst zei dat ze geen verslavingen had... 'Waarom zou je dingen op de normale manier doen? Iedereen betaalt al voor die troep, dus dat wordt saai. Mijn vrienden noemen me wel eens een dwangmatige rebel, maar dat komt alleen maar doordat zij gewoon te bang zijn om eens iets op een andere manier te doen. Net aapjes. Ze doen alles wat de anderen doen.'

Callie giechelde zacht en probeerde dat te verdoezelen met een kuchje. Hoewel het Yvette niet leek te storen. Ze opende haar ogen en keek haar buurvrouw aan, maar toen ze Natasha's valse gezicht zag, deed Callie ze meteen weer dicht.

'Nou ja, ik kan er eigenlijk niks aan doen,' ging Yvette verder. 'Soms lijkt het alsof ik altijd het tegenovergestelde moet doen. Ik ben het altijd met mensen oneens... En dan beginnen we te ruziën, of ben ik gewoon een irritante etter.'

Callie vroeg zich af hoe een dwangmatige rebel te werk ging. Als iemand begon te praten, zou Yvette dan meteen zwijgen? Jezus, was iedereen hier totaal gestoord of zo? Callie werd woedend toen ze dacht aan haar moeder, die dit allemaal voor haar had gepland. Ze wist dat ze op haar intuïtie had moeten vertrouwen en nooit had moeten terugbellen. Dachten ze bij haar thuis nou echt dat ze de weg helemaal kwijt was? Trouwens, deze hele groepstherapiesessie zou nog niet eens zo erg geweest zijn, als de anderen met betere verhalen zouden komen. Alcohol, drugs en seks of zo. Maar winkeldiefstal? Een irritante etter zijn? Niet echt.

'Dat is een goed begin.' Natasha klapte in haar handen zodra Yvette haar mond dicht hield. Verder bleef het stil. 'Nu gaan we een oefening doen, zodat jullie er allemaal achter kunnen komen wat jullie verslaving eigenlijk is. En daarna gaan we die verslaan.'

Callie keek de vrouw tegenover zich zuchtend aan, maar die keek alleen maar fronsend terug.

'Doe wat ik zeg en je persoonlijke verslaving zal voor je gees-tesoog verschijnen. Je kunt er niet vanaf komen zonder dat je weet waaraan je verslaafd bent.'

Het was doodstil. Mijn god, waar ben ik nu weer in beland, dacht Callie. Het was zaterdagavond, ze zou nu in bed moeten liggen onder haar lekker warme deken, om even uit te rusten voordat ze zich optutte voor het grote feest die avond.

'Sluit je ogen,' zei Natasha.

Callie sloot gehoorzaam haar ogen, en wilde niets liever dan een zacht kussen om tegenaan te liggen.

'Het is belangrijk dat jullie allemaal stil blijven zitten,' zei Natasha zacht. Zoals ze nu praatte, leek het alsof ze helemaal geen accent had. 'Concentreer je op je voeten en op je tenen. Voel de vloer tegen je voetzolen aan komen. Misschien lijkt het wel alsof de vloer tegen je voeten aan duwt.'

Maar Callie kon haar voeten nauwelijks voelen, en haar tenen al helemaal niet.

'Denk nu aan je lievelingskleur,' zei Natasha. 'Je voeten ver-drinken in een zee van die kleur.'

Callie stelde zich voor dat haar voeten baadden in het geel.

'Voel nu hoe de kleur wordt opgenomen door je lichaam. Het stroomt door je enkels naar je knieën, door je benen.' Natasha liep zachtjes om het kringetje heen, zodat haar stem steeds dichterbij of juist verder weg klonk. 'Terwijl de kleur door je heen stroomt, wil ik dat jullie je concentreren op de stoel. Voel hoe het materiaal tegen je lichaam duwt. Voel hoe de kleur naar je schouders stroomt. Het stroomt langzaam door je armen tot in de topjes van je vingers.'

Callie voelde het koude metaal van de stoelleuning in haar rug duwen, maar toch werd ze helemaal kalm vanbinnen. Bijna was ze bang dat ze in slaap zou vallen. Ze stelde zich voor dat haar vingertoppen gevuld waren met zonnestralen, en voor het eerst sinds ze hier was aangekomen, voelde ze zich warm vanbinnen.

'Volg je gedachtestroom,' zei Natasha zacht. 'Laat je meevoeren, maar denk dan terug aan je kleur.'

Callie voelde zich echter zo heerlijk warm dat ze niet meer op Natasha's bevelen wilde letten. Ze glimlachte terwijl ze in het geel baadde, totdat ineens het beeld van Easy op zijn paard Credo voor haar geestesoog verscheen. Het beeld blokkeerde de heerlijke warmte, en Callies glimlach veranderde in een frons.

'Focus je aandacht op de kleur,' zei Natasha weer.

Callie probeerde zich weer op het geel te concentreren, maar de intensiteit was er niet meer. In plaats van zonnestralen had ze nu een soort waterige noedelsoep. Ze dacht terug aan die keer dat ze noedelsoep had gemaakt voor Easy in het keukentje van Dumbarton, omdat hij koorts had. Daarna was het alsof ze een fotoalbum doorbladerde, met steeds weer afbeeldingen van Easy. Hun eerste ontmoeting in de onderbouw, toen hij naast haar ging zitten tijdens de wiskundeles en zijn schetsboek per ongeluk verstrikt raakte in haar haren. Hun verdere ontmoetingen vlogen door haar hoofd, totdat ze aankwam bij de laatste keer dat ze hem had gezien. De keer dat hij had gezegd dat ze een verwend kreng was.

Easy Walsh. Ze was verslaafd aan Easy.

'Wat staat er tussen jezelf en de kleur in?' vroeg Natasha. 'Wat staat er tussen jullie en het ware geluk in? Je kunt het zelf stopzetten. Jullie allemaal.'

Een helder geel spoelde de beelden van Easy weg uit Callies hoofd. Ze kneep haar ogen stijf dicht, alsof ze zo meer kracht zou krijgen om Easy voor altijd uit haar hoofd te zetten. Het was alsof de hele kamer zacht zoemde, en net toen ze zich voelde verdrinken, zei Natasha dat ze hun ogen weer konden openen.

'Wauw,' zei de vrouw naast Callie. 'Wauw.'

Callie knikte. Ze was nu helemaal wakker geworden, en haar lichaam voelde weer opgefrist, net als na pilates. Ineens dacht ze terug aan wat de nep-Brett had gezegd over haar winkeldiefstallen, en de spanning die ze voelde tijdens het stelen. Zij voelde zich precies zo als Easy in de buurt was. Vanaf het moment dat ze hem had leren kennen, voelde ze vlinders in haar buik rondvliegen, elke keer dat ze hem zag of alleen maar aan hem dácht. Het was een verslaving, een verslaving die ze niet had willen opgeven toen hij haar liet zitten voor die Jenny.

Maar het geel had haar een nieuw begin gegeven. Na regen kwam zonneschijn. Ze wist nu dat Easy een ziekte voor haar was. Dat ze hem kwijt moest raken. En ze wist zeker dat ze nooit, nooit meer van hem moest gaan houden.

Eindelijk was het voorbij.

# Een Waverly Owl is overal op voorbereid, zelfs wanneer ze slaapt

Brett droomde dat ze rondliep in de woestijn. Nergens was water of schaduw te zien, en de verzengende zon was meedogenloos. Ze had een kapsel als die van de meisjes in missverkiezingen, en strompelde op blote voeten met roodgelakte teennagels door het brandende zand. Van ver klonk hard geklop. Het werd harder en harder, totdat alles ineens zwart werd en Brett zwetend overeind in bed zat.

'Wat is er aan de hand?' vroeg ze in het wilde weg. Het laken plakte aan haar warme huid. Eerder die nacht hadden de reparateurs die met de overstroming bezig waren, op de een of andere manier de verwarmingsketel kapotgemaakt, die nu op een ongelofelijk hoge temperatuur was blijven steken. Tinsley wilde het raam niet verder dan een klein kiertje openen, ze zei dat ze verkouden aan het worden was. Dus waren ze allemaal gedwongen geweest om in hun ondergoed naar bed te gaan. Het was behoorlijk vreemd geweest om naast Kara te liggen, die alleen maar haar grijze topje en bijpassende Calvin Klein-boxershort droeg.

'Ga dan kijken,' zei Tinsley slaperig. Zelfs in haar slaap was ze bazig.

'Waarschijnlijk is het Pardee.' Brett sprong uit bed, opgelucht om bij Kara vandaan te zijn. Terwijl ze naar de deur liep, trok ze haar Cosabella-jongensonderbroek, die was opgekropen, weer recht. Ze hoopte maar dat haar tepels niet door haar zachte, korte

T-shirt heen te zien waren. Wat wilde die Pardee nu weer van hen? Op de klok stond met rode cijfers: 1:34. Midden in de nacht!

Brett opende de deur een heel klein stukje en gluurde door de kier. In plaats van Pardee stond Jeremiah voor hun deur. Een pluk rood haar zat tegen zijn voorhoofd geplakt.

'Hoi,' zei hij zacht. Even keek hij achterom. 'Ik ben net terug van de wedstrijd. We zijn wat eerder, en ik wilde je heel graag even zien.' Hij gluurde door de kier van de deur. 'Is Tinsley daar?'

'Ik ben hier,' riep Tinsley. Ze knipte het licht aan en kwam overeind, waardoor haar zwarte beha en platte buik te zien waren. Aan de andere kant van de kamer wreef Kara de slaap uit haar ogen.

Toen Jeremiah het halfnaakte meisje in Bretts bed zag liggen, zette hij grote ogen op. 'Wonen jullie nu ook al samen?' vroeg hij. Er klonk paniek in zijn stem. 'Ik dacht dat je zei…'

'Nee, nee,' zei Brett. Ze probeerde zachtjes te praten, zodat hij dat misschien ook zou doen en iedereen niet mee hoefde te luisteren.

'Waarom liggen jullie dan samen in bed?' vroeg Jeremiah luid. Nu klonk hij alleen nog maar kwaad.

'Mag ik het uitleggen?' vroeg Brett geduldig. Jeremiah sloeg zijn armen over elkaar, en ze zag dat hij zijn spieren spande, alsof hij op een klap wachtte. Ze wist bijna zeker dat hij er liever meteen vandoor was gegaan. Ze had hem zo al duizend keer zien reageren, maar dan op het sportveld.

'Dat weet ik niet. Kun je dat?' antwoordde hij. Het was wel duidelijk dat hij volledig op de hoogte was van alle roddels, en dat een verklaring van zijn vriendin niet voldoende was om hem te overtuigen.

'Er is een overstroming geweest op de begane grond,' zei Brett defensief. 'Een boom raakte een van de badkamers op de eerste verdieping…'

'Ik dacht dat je het over de begane grond had,' onderbrak

Jeremiah haar. Eindelijk veegde hij de lok weg die eerst over zijn gave voorhoofd had gehangen.

'De badkamer was op de eerste verdieping, maar de waterleiding is geknapt en het water zette de begane grond onder water. Kara's kamer was overstroomd,' zei Brett. Ze keek hem bijna smekend aan. Ze wilde zo graag alles vertellen. De muis, de boiler, dat iedereen dat gedoe met Kara had zitten opblazen om er een leuk verhaal van te maken, dat ze bijna van school was gestuurd en nu op haar tenen moest lopen. Alle dingen die ertoe hadden geleid dat Kara nu in haar ondergoed bij haar in bed lag.

'Ze vertelt de waarheid,' zei Kara slaperig. Ze zat nu overeind op bed en trok het dekbed over zich heen. 'Ik ben hier ingedeeld. Zij heeft er niets mee te maken gehad.'

Brett glimlachte naar Kara. Ze was blij dat er ten minste íemand aan haar kant stond. Kara zelf keek haar alleen maar aan, waarschijnlijk om niet samenzweerderig over te komen. Ook daar was Brett haar dankbaar voor.

'Dus ze hebben jullie samen in bed gestopt?' vroeg Jeremiah ongelovig. 'Denken jullie nou echt dat ik zo dom ben? Waarom ligt ze niet op de grond? Of bij Tinsley?'

Nu kon Tinsley zich niet meer afzijdig houden. 'Ik deel mijn bed met helemaal niemand,' zei ze koeltjes. Toch vond ze het leuk om te zien dat ze alsnog voor problemen had gezorgd. Trouwens, het was alleen maar eerlijk. Waarom zou Brett een lesbische verhouding mogen hebben en daarna ook nog haar sexy vriendje terugkrijgen?

Tinsley draaide zich om en verstopte haar gezicht in haar kussen. Eigenlijk moest ze blij zijn dat iemand anders haar verdiende loon kreeg, maar toch... Ik deel mijn bed met helemaal niemand... Zodra ze dat had gezegd, besefte ze dat het waar was. Niemand wilde haar bed delen, en Julian al helemaal niet. Hij was de enige jongen die ze maar niet uit haar hoofd kreeg. Ze huiverde onder haar laken, ook al was het tropisch warm in de kamer.

Ineens voelde ze zich zo intens verdrietig dat ze niet eens meer hoorde wat er zich verder afspeelde in de kamer.

'Toe nou, Jeremiah,' smeekte Brett. Ze greep zijn arm beet en trok hem mee de donkere gang op. Ondertussen luisterde ze of ze Pardee uit bed hoorde kruipen, maar alles bleef stil. 'Ik weet dat het er raar uitziet, maar het is gewoon een nogal onfortuinlijke samenloop van omstandigheden waardoor...' Ze wist niet wat ze verder moest zeggen en haalde een hand door haar haren. Waarschijnlijk had ze al een hele klittenboel op haar hoofd.

Jeremiah trok aan zijn jas. Hij had een kop als een biet. 'Het is hier inderdaad heel erg warm.' Hij keek naar beneden, naar Bretts halfnaakte lichaam. Ze droeg geen beha onder haar dunne shirtje, en haar benen waren lang en slank. 'Misschien ging ik een beetje te ver. Sorry liefje, maar kijk nou. Vind je het zo vreemd dat ik de enige in jouw bed wil zijn?'

Brett kreeg vlinders in haar buik toen Jeremiah haar in zijn sterke armen nam. 'Dat zul je snel genoeg zijn,' zei ze met een gelukzalige zucht.

En die tijd kon niet snel genoeg komen.

## 24

◆ *Een Waverly Owl kiest altijd voor het beste,*
◆ *maar moet ook tevreden zijn met wat ze heeft*

In het zaaltje van de Cinephiles hing de geur van verse popcorn. Tinsley was net klaar met het klaarleggen van alle gratis hapjes voor de andere Owls. Naast de verse popcorn had ze ook voor schaaltjes met kleine Snickers, pepermuntjes en dropjes gezorgd. Voor de Owls die niet zoveel suiker wilden eten, had ze een stuk of wat Pixie Stix' neergezet. Onder de tafel lagen de lightdrankjes in een emmer met ijs, met helemaal onderin flessen wijn.

Ze was niet van plan om ook maar iemand te laten weten wat ze allemaal voor de film had moeten doen, maar ze hoopte dat de FOR YOUR CONSIDERATION onder in het beeld indrukwekkend genoeg zou zijn. Het betekende dat deze versie van de film oorspronkelijk was bedoeld voor iemand van de Academy Awards, veel interessanter dan een versie van een van die piraten die op de hoekjes in Chinatown hun waren uitventten. Dat was net zoiets als goedkoop namaakparfum, of nep Fendi-tassen.

Tinsley keek weer op haar horloge. Ze droeg een Citizens of Humanity-spijkerrokje dat tot halverwege haar dijen kwam, en een strak geel truitje van Urban Outfitters. De oude Gucci-knielaarzen die ze aanhad, had ze ooit eens gewonnen na een hevig gevecht op eBay. Ze probeerde niet te zenuwachtig te worden... Waar bleven de anderen toch?

De deur ging langzaam open, en Tinsley slaakte bijna een opgeluchte zucht.

Een onderbouwertje met sproetjes keek verlegen naar binnen.

'Ben ik de eerste?' vroeg ze. Haar korte donkere haar werd uit haar gezicht gehouden met een rood sjaaltje. Verder droeg ze een grijze trui met kabelsteek, en een bruine, ribfluwelen broek. Ze zag eruit alsof ze zo uit een van de folders van J.Crew was gestapt, waar Tinsleys postvakje elke week mee vol lag. Maar dan niet op een goeie manier.

Diep vanbinnen had Tinsley gehoopt dat Julian ineens zou komen binnen wandelen. Hoe onwaarschijnlijk het ook was, toch had ze al de hele nacht gehoopt dat hij toch naar haar toe zou komen, haar een zoen zou geven, en dat vervolgens alles weer zou goedkomen. Dan zou ze niet meer over het schoolterrein hoeven lopen alsof ze drager was van zo'n dodelijk virus waarover ze hadden gelezen tijdens de geschiedenisles van mevrouw Robinson. Dan zou ze zich geen zorgen meer hoeven maken over groepjes leerlingen die giechelden of fluisterden wanneer ze langsliep. Een zoen van Julian zou alles weer goed maken.

Ineens moest ze denken aan een onderstreepte quote van Kurt Vonnegut, uit een boek dat ze in de onderbouw een keer van Easy had geleend: Je bent wat je pretendeert te zijn; daarom kun je maar beter oppassen met wat je pretendeert te zijn. Toen ze dat voor het eerst las, dacht ze dat Easy het speciaal voor haar had onderstreept. Maar natuurlijk was dat helemaal niet zo, het had hem op dat moment vast niks uitgemaakt hoe Tinsley zich voordeed. Dat werd wel duidelijk toen hij er even later met Callie vandoor ging. Nu ze daaraan terugdacht, voelde ze zich heel erg eenzaam. Ze had ook gedacht dat Julian haar ware aard had ontdekt, maar dat bleek achteraf ook niet waar te zijn. Of misschien had hij haar ware aard wel degelijk ontdekt, en wilde hij haar daarom niet meer kennen.

'Tast toe,' zei Tinsley. De onderbouwer liep naar de tafel en stopte een stukje popcorn in haar mond. Ook keek ze verlangend naar de Snickers en pepermuntjes, maar ze nam er geen.

'Ik wil deze film zó graag zien!' riep ze uit. Ze keek de zaal rond, alsof ze zich ook begon af te vragen waar de anderen bleven. 'Hoe ben je eraan gekomen?'

'Gewoon,' zei Tinsley vaag. De sterke popcorngeur maakte haar een beetje misselijk.

'Zijn er... Eh, komen er ook jongens?' vroeg het J.Crew-meisje. Ze lachte naar Tinsley alsof ze beste vriendinnen waren.

Tinsley wreef vermoeid over haar gezicht. 'Ik ga buiten even een sigaret opsteken. Neem maar wat je wilt.'

Snel draaide ze zich om en liep met grote passen het zaaltje uit, het koude herfstweer in. Met haar hand boven haar ogen om ze tegen de regen te beschermen keek ze over het schoolterrein, op zoek naar een groepje bioscoopbezoekers. Een stelletje jongens in fleecetruien zat elkaar achterna, alsof ze een of ander primitief veroveringsspel deden. Er renden groepjes Owls met stapels boeken in hun armen langs, op weg naar de bibliotheek. Maar het zag ernaar uit dat niemand op weg was naar Hopkins Hall. Dus iedereen liet haar zitten? Iedereen? Het J.Crew-meisje telde natuurlijk niet echt mee.

Ze wist dat het cool was om te laat te komen, maar het ging hier anders wel om Ryan Gosling. Een illegale Ryan Gosling, om precies te zijn. Tinsley nam een trekje van haar Marlboro Light-sigaret, en beschermde hem met haar hand tegen de regen.

Ineens vloog de deur open. 'Je hebt zeker geen alcohol, hè?' vroeg J.Crew.

Tinsleys laatste sprankje hoop vervloog. 'Onderop, in de koeler.' Dus dit was haar toekomst. Een eenzame bovenbouwer zonder vrienden, die voor de drankvoorraad van overmoedige onderbouwers zorgde.

'Dank je wel,' zei J.Crew. Ze verdween weer in het donkere zaaltje.

Zelfs de tabak kon niet voorkomen dat Tinsley haar ondergang kon zien aankomen. Ze kreeg een brok in haar keel. Dit was vreselijk. Stond dan helemaal niemand nog aan haar kant? En waar was Callie gebleven? Goed, ze was een weekendje weggegaan. Maar waarom had ze haar telefoon uitgezet? Ze had nog geen sms'je gestuurd, geen berichtje geschreven, helemaal niks. Het was alsof ze dood was neergevallen. Een eng idee dat Tinsley toch niet uit haar hoofd kon krijgen. Ze sloeg haar armen om zich heen toen een ijskoude windvlaag de takken van de bomen deed schudden. Een stuk of wat bladeren vielen naar beneden, om Tinsley heen. Nu miste ze Callie nog meer. Het gevoel van leegte was lichamelijk. Ze kon zich niet herinneren iemand ooit zo gemist te hebben. Voorzichtig gooide ze de sigaret op de grond en drukte hem uit. Daarna pakte ze de peuk op en nam hem mee naar binnen.

Binnen in het gebouw rook het naar alcohol en popcorn. Tinsley werd er misselijk van. Toen het meisje ook nog vroeg of ze niet liever even konden kletsen in plaats van naar de film te kijken, moest Tinsley echt moeite doen om niet over haar nek te gaan.

'Ik vind het allebei best, hoor,' zei de onderbouwer met een zogenaamd cool stemmetje. Ze stak haar handen in de zakken van die sullige bruine broek.

'Eigenlijk moet ik ergens anders zijn,' mompelde Tinsley. Alweer draaide ze zich snel om en duwde de deur open. 'Drink maar zoveel wijn als je wilt. En vergeet niet het licht uit te doen als je klaar bent.'

Heeft iedereen dan echt zo'n hekel aan me, vroeg Tinsley zich af toen ze door de regen terug naar Dumbarton liep. Ze had niet eens de moeite genomen om haar paraplu op te steken. En vonden ze die Jenny dan zo geweldig dat ze zich nu allemaal massaal tegen Tinsley hadden gekeerd? Dat betwijfelde ze. Waarschijnlijk was het nog niet zover gekomen dat de leerlingen echt de pest aan haar hadden. In plaats daarvan was ze gewoon van haar plekje in het middelpunt van de aandacht verstoten, en zagen de mensen haar gewoon niet meer staan.

En dat was nog veel, veel erger.

# 25

# Een Waverly Owl zoekt niet naar geheimen in andermans ondergoed

De regen tikte tegen het raam van Dumbarton 303. Drew schon[k]
nog een glas voor Jenny in van de heerlijke rode wijn die hij in d[e]
stad had gekocht.

Jenny wist niet voldoende van wijn om te weten of het dure o[f]
goedkope wijn was, maar wel dat deze lekker was. Toen Drew zon[...]
dagavond ineens voor haar neus had gestaan met een picknick[...]
mandje in zijn ene hand en een rode roos in de andere, was haa[r]
duistere stemming meteen omgeslagen.

'Ik dacht dat het wel leuk zou zijn om op de grond te pick[...]
nicken,' had hij gezegd. Hij keek naar de rommelige vloer. In zij[n]
olijfkleurige kraagloze trui en donkere stonewashed spijkerbroe[k]
van True Religion zag hij er heel erg sexy uit. Toen hij haar ee[n]
zoen op haar wang gaf, merkte Jenny dat hij naar aloë vera rook.

Het duurde niet lang voordat Jenny de vloer vrij had gemaakt[.]
De kleren, rondzwervende schoenen, bekladde schriften en wa[t]
er nog meer zo hier en daar lag, had ze onder de bedden gescho[...]
ven, zodat er plek was voor de enorme gebreide Ralph Lauren[...]
deken die Drew over de vloer uitspreidde. Ze voelde zich er[g]
volwassen in haar antracietkleurige stretchbroek van BCBG me[t]
daarop een zwart wikkeltopje. Daar zat ze dan, romantisch op d[e]
grond van haar kamer te picknicken en rode wijn te drinken me[t]
een bovenbouwer.

De wijn kietelde in haar keel, en haar maag zat vol sandwiche[s]
met komkommer en brie. Het leek wel alsof Drew er oneindig vee[l]

had meegebracht. Zodra ze er eentje op had, kwam er weer een nieuwe uit de mand. Daarna haalde hij een enorme tros gewassen pitloze rode druiven tevoorschijn.

'Mond open en ogen dicht,' zei hij met opgetrokken wenkbrauw. Hij leunde tegen Jenny's bed, waardoor haar oude blauwwitte lappendeken een beetje kreukte.

'Waarom?' vroeg Jenny giechelend, terwijl ze haar wikkeltopje rechttrok. Ze stelde zich al voor dat ze als Cleopatra op een vergulde divan lag terwijl een knappe Egyptenaar in een toga haar koelte toewuifde met een palmblad, en een ander haar druiven voerde. In haar fantasie zag het er wel goed uit, maar ze vond het niet echt passend voor een zondagavondje in New York.

'Ik dacht het niet. Doe jíj je ogen maar dicht,' zei ze op verleidelijke toon. Ze vroeg zich af waar ze de moed vandaan haalde.

Misschien lag het er wel aan dat er een sexy bovenbouwer tegen haar bed aan leunde, die nu braaf zijn ogen sloot en zijn mond opende. Zachtjes trok Jenny een druif los en gooide hem naar zijn mond. Natuurlijk miste ze en raakte ze zijn neus.

Drew opende een van zijn sprankelende groene ogen. 'Je kunt niet mikken.'

'Kom op. Geef me nog een kans,' smeekte Jenny. Ze gooide nog een druif, maar voordat deze ook maar bij Drew in de buurt kon komen, was hij al boven op haar gesprongen. Ze belandden boven op de deken.

'Geen druiven meer. Je bent te gevaarlijk.' Drew hield Jenny in zijn armen en keek in haar ogen. Zijn lippen waren maar een paar centimeter van de hare verwijderd. Uiteindelijk kwam hij overeind, en ging hij glimlachend tegen het hoofdeinde aan zitten.

Zaterdag was als in een waas voorbijgegaan. Ze waren in de auto naar Sleepy Hollow gegaan, waar ze in kleine boekwinkeltjes hadden geneusd, en daarna waren ze romantisch gaan eten in een restaurantje dat over de Hudson uitkeek. Eenmaal uitgegeten waren ze in het maanlicht over het schoolterrein gaan wandelen Ze hielden elkaars hand vast, en af en toe had Drew haar een donker hoekje in getrokken, waar hij zijn lichaam tegen haar aan drukte en haar zoende. Na afloop had haar lichaam nog zo vol spanning gezeten dat ze nauwelijks kon slapen.

Drew streelde Jenny's wang. 'Ik heb het zo fijn met je,' zei hij

Het leek alsof Jenny's hele lichaam onder stroom stond. 'Het was echt leuk, gisteren,' zei ze. Zodra ze hoorde wat ze net had gezegd, schaamde ze zich. Leuk? Hoe oud was ze, twaalf?

'Zullen we in het tuinhuisje gaan zitten en naar de regen kij-ken?' stelde Drew voor. Hij pakte de fles wijn en keek even weg Het tuinhuisje stond bekend als een goede plek om te vrijen. Er werd vaak over gefluisterd door de andere leerlingen. Jenny zelf was er nog nooit geweest.

'Het hoeft niet, als je niet wilt,' zei Drew. Hij schonk de rest van de wijn in Jenny's lege glas.

Jenny glimlachte en liet haar vingers over de rand van haar glas dwalen. Haar donkere krullen vielen om haar schouders, en ze voelde zich een beetje als iemand uit zo'n romantische film waar ze altijd nog dagenlang over bleef nadromen. 'Misschien wil ik wel mee,' zei ze speels.

Drew plukte nog een druif van de tros en stak hem uit naar Jenny. Die schudde haar hoofd. Voordat ze met hem verder zou gaan, wilde ze zeker weten dat hij haar redder in nood was. Ze had gehoopt dat hij er uit zichzelf over zou beginnen, en soms had ze bijna zelf gevraagd of hij er iets mee te maken had, maar het juis-te moment deed zich steeds niet voor. Bovendien leek het alsof hij bij alles wat ze deden ervanuit ging dat ze het al wist. Tijdens het Halloween-feest, de ritjes door Rhinecliff, het tochtje naar Sleepy Hollow, het geknuffel, en nu weer de picknick. Maar Drew had het nooit echt toegegeven. Jenny wilde best mee naar het tuin-huisje, maar eerst wilde ze zekerheid.

'Mag ik je iets vragen?' vroeg ze. Even beet ze op haar lip. Rufus had haar altijd geprobeerd te leren om gewoon een vraag te stellen, in plaats van eerst toestemming te vragen. Maar ze kreeg het maar niet voor elkaar.

Drew stopte de druif in zijn mond. 'Je mag me alles vragen,' zei hij ondeugend.

Ze kwam een beetje dichterbij, deels omdat ze zich schaamde, en deels om hem beter uitzicht op haar decolleté te geven. 'Heb jij mevrouw Miller omgekocht om mij op school te houden?' vroeg ze zacht.

Drew hield op met kauwen en leek even in verwarring gebracht te zijn. 'Natuurlijk, gekkie. Ik dacht dat je dat wel wist,' antwoordde hij uiteindelijk. Hij keek haar diep in de ogen, en Jenny kreeg inderdaad het idee dat ze het altijd al geweten had. Ineens voelde ze zich ongelofelijk stom dat ze het nog had moeten vragen.

'Maar waarom?' voeg Jenny uit nieuwsgierigheid. 'Je kende me niet eens.'

'Klopt,' gaf Drew toe. Hij frunnikte met de gerafelde boord van zijn olijfkleurige trui. 'Maar ik dacht… Ik wilde een kans om je beter te leren kennen. Je bent zo mooi, en ik hield al van je toen ik je voor het eerst zag.' Hij keek Jenny aan.

De vlinders in Jenny's buik begonnen weer wild rond te vliegen. Drew hield van haar, en hij liet haar niet vallen als ze het moeilijk kreeg. Easy en Julian hadden helemaal geen vinger uitgestoken. Ze dacht terug aan dat moment in het kantoor van Marymount. Iedereen had haar maar aangestaard, en niemand was voor haar opgekomen. Zelfs al sloeg het nergens op dat zij van de brand werd verdacht. De mensen die ze zo goed dacht te kennen, bleken niet achter haar te staan. En Drew, die haar niét kende, durfde zo'n groot risico te nemen. Omdat hij van haar hield. Het was het meest romantische wat ze ooit had gehoord.

Ze stond op. 'Kom op. Laten we naar de regen gaan kijken voordat het weer droog wordt.' Ze zag Drew glimlachen.

Snel ging ze naar Callies ladekast en opende de bovenste lade.

Ondertussen zorgde Drew ervoor dat de fles wijn goed leeg werd gemaakt. Ze voelde zich een beetje vreemd. Gisteren zou ze zich nog voor gek verklaren als ze hier in de kast van Callie op zoek zou zijn naar een condoom. Maar vandaag klonk het nog niet zo gek. Ze kon toch beter overal op voorbereid zijn? Bovendien voelde ze zich heel prettig bij Drew in de buurt. Alsof ze gewoon bij elkaar hoorden. Ook was ze hem nog steeds heel erg dankbaar. Ze huiverde toen ze terugdacht aan hoe ze bijna Easy haar eerste keer had laten zijn, vlak voordat hij haar dumpte en terugging naar Callie.

Jenny zocht door alle zijden Le Mystère-nachtjaponnetjes, toen ze ineens iets plastics voelde. Ze trok het uit de la, en merkte toen pas dat het geen condoom was, maar een envelop met een venstertje erin. Meteen viel haar op dat de afzender uit Georgia kwam. Waarschijnlijk dus een cheque van Callies moeder. Misschien haar zakgeld of zo. Ze gooide de brief terug de la in en zocht verder.

Even zocht ze verder, totdat het kleine blauwe stukje van de cheque in de envelop haar aandacht trok. Ze had zich al vaker afgevraagd hoeveel geld Callie eigenlijk kreeg van haar ouders om uit te geven aan kleren, cd's en make-up. Dit was haar kans om daarachter te komen.

Voorzichtig opende ze envelop, en de cheque viel eruit. Het was niet eens het bedrag dat haar deed schrikken. Het was de begunstigde: de boerderij van Miller.

Geschrokken wreef Jenny in haar ogen en keek nogmaals. Dat kon toch niet?

Cállie was haar redder in nood. Niet Drew.

Jenny voelde zich als de hoofdrolspeelster in een of andere horrorfilm die net heeft gemerkt dat de moordenaar zich ergens in huis bevindt, klaar om toe te slaan.

Langzaam draaide ze zich om. Drew lag op zijn buik en keek onder Callies bed. 'Volgens mij ben ik een druif kwijt,' zei hij.

Maar zijn magie was ineens verdwenen nu Jenny had ontdekt

dat hij had gelogen. Vreemd genoeg voelde ze zich voornamelijk opgelucht dat ze geen grote vergissing had begaan. Eigenlijk wilde ze hem verrot schelden, hem uitmaken voor leugenaar. Maar ze kon alleen maar aan Callie denken. Callie, die blijkbaar heel anders was dan ze zich voordeed.

'Gevonden!' zei Drew. Hij grijnsde jongensachtig en hield de druif omhoog alsof die een klompje goud was. Ineens zagen zijn witte tanden er vals en gemeen uit.

Snel draaide ze zich om en stormde de kamer uit. De deur sloeg ze achter zich dicht. Er was gewoon iets mis geweest, al sinds ze elkaar hadden leren kennen. Hij was te perfect. Nu voelde ze zich stom dat ze was gevallen voor een leugen die duidelijk alleen bedoeld was om haar het bed in te krijgen.

De enige die ze nu wilde spreken was haar kamergenoot, die van de aardbodem verdwenen was. Ze wilde haar bedanken. Niet alleen voor het redden van haar plekje op het Waverly, maar onbewust had Callie ook voorkomen dat Jenny iets heel stoms deed. Het spel was uit, en Jenny had de waarheid ontdekt. Callie Vernon was haar vijand niet, ze was een vriendin. En een heel goede.

# Een Waverly Owl is altijd eerlijk in een relatie

Brett sloeg het backgammonbord dicht. 'En, hoe voelt het om drie keer achter elkaar ingemaakt te worden?'

'Je weet best dat ik je heb láten winnen,' reageerde Jeremiah grijnzend. Hij rolde de mouwen van zijn donkergroene trui op. Op de achtergrond klonk de muziek van Bob Dylan uit Bretts iPod.

'Helemaal niet!' Brett leunde naar voren en gaf Jeremiah een stomp in zijn buik. 'Je bent gewoon vreselijk in dit spel.' Ze kneep haar lippen op elkaar. Ze had kersensmaak Balmshell-lipgloss op omdat Jeremiah had gezegd dat hij die zo lekker vond smaken.

Ze hadden de hele namiddag samen op de bank in Maxwell Hall doorgebracht met hun huiswerk. Jeremiah had Brett een heel stuk van *Le rouge et le noir* laten voorlezen, omdat hij zei dat hij het zo fijn vond om haar lippen te zien bewegen als ze Frans sprak. Daarna waren ze naar Chili's gegaan, Bretts favoriete foute restaurant. De laatste uurtjes voor het einde van de bezoektijd hadden ze in Bretts kamer doorgebracht met backgammon. Het was lekker relaxed, en eigenlijk de perfecte avond. De wateroverlast was eindelijk opgelost, dus vannacht zou Brett ook heerlijk alleen in haar eigen bed kunnen slapen.

Maar het allerbeste was wel dat het niet meer lang zou duren voordat ze met Jeremiah het bed zou delen. Ze hadden al een plan. Vrijdagavond hoefde Jeremiah geen wedstrijd te spelen, dus hadden ze besloten om met de trein naar New York te gaan. Jeremiah had al een kamer geboekt in het luxueuze Soho Grand. Na wat ze samen hadden meegemaakt, wilde hij zorgen dat haar eerste keer helemaal perfect zou zijn. En dat was dan ook de enige reden dat Brett niet ter plekke de kleren van zijn lijf scheurde.

Teder stopte Jeremiah een plukje haar achter Bretts oor. Meteen begonnen Bretts knieën te knikken. Ze zou zo alle plannen het raam uit gooien als het betekende dat ze nu dicht bij Jeremiah zou kunnen zijn. Maar net toen Jeremiah haar wilde zoenen, vloog de deur van haar kamer open.

'Brett, mag ik...' Kara stond in de deuropening. Haar bruine haren waren nog nat van de douche. 'O, sorry.' Ze deinsde achteruit toen ze Brett naast Jeremiah op het bed zag liggen. 'Laat maar zitten.'

'Doe niet zo gek.' Brett kwam overeind, zonder op de reactie van Jeremiah te letten. 'Kom binnen! Wat is er?'

Kara stopte een lok haar terug achter haar oor en liep langzaam naar binnen. Verlegen glimlachte ze naar Jeremiah. 'Ik vroeg me af of ik dat korte jack van je kon lenen. Die waarin je eruitziet alsof...'

'Alsof ik ga demonstreren voor de vrede?' Brett sprong op en snelde naar haar klerenkast.

'Dat wilde ik net zeggen.' Kara's mond viel open, en ze giechelde. 'Hoe wist je welke ik bedoelde? Je hebt wel iets van achthonderd korte jacks.'

Het duurde even voordat Brett haar Ben Sherman-legerjack had gevonden. Ze had het ooit gekocht in een tweedehandswinkeltje in de East Village, en toen ze zich een keer verveelde, had ze er allemaal nep-legeremblemen en vredestekens op genaaid. Het zag er best goed uit, maar het was net iets te hippieachtig voor Brett zelf. Dus overhandigde ze Kara het jasje. 'Volgens mij gaat het je heel erg goed staan.'

Terwijl Kara zich uitgebreid voor de spiegel bewonderde, keek Brett even naar Jeremiah. Zie je, we zijn gewoon vriendinnen, dacht ze. We babbelen een beetje over kleren, zoals alle vriendin-nen dat doen. Niets verontrustends. Maar Jeremiah keek alleen maar naar het backgammonbord.

Hulpeloos keek Brett Kara aan. Als goede gedachteleze-begreep Kara meteen wat er van haar werd verlangd. 'Zo, dus.. Wat zijn jullie twee aan het doen?'

Brett gluurde weer even naar Jeremiah, die er nog steeds nie-helemaal opgelucht uitzag. Die middag was Kara niet één keer te-sprake gekomen, en toen ze hand in hand over het schoolterrei-hadden geslenterd, was het of er geen vuiltje aan de lucht was.

Maar zodra Kara op het toneel was verschenen, kreeg Jeremial meteen weer zo'n pesthumeur.

'Ik moet weg,' zei hij ineens. 'Ik heb morgen een proefwerk e-ik heb mijn boeken nog niet eens opengeslagen.'

Brett keek hem smekend aan, maar Jeremiah had alleen oo-voor Kara, die op haar nagels beet.

'Eigenlijk moet ik ook weg,' zei Kara snel. Ze trok Bretts jac-aan en keek haar verontschuldigend aan. 'Ik moet naar...'

Heath Ferro verscheen hijgend in de deuropening. 'Dus daa-ben je!' zei hij tegen Kara. 'Ik heb je overal gezocht.'

'Wat is er?' vroeg Kara bezorgd. 'Ik dacht dat we in Maxwel Hall hadden afgesproken om rond vijven naar de poëzieavond t-gaan.'

'O, niks hoor.' Heath boog zich voorover en kuste Kara op haa-wang. 'Ik was alleen maar... Je weet wel... Ik dacht aan je.'

Brett knipperde met haar ogen. Zag ze dat goed? Heath? Aa-Jeremy's gezicht te zien was hij net zo verbaasd als zij. Heath Ferr-die naar een poëzieavond ging? Ze lachten naar elkaar achter d-ruggen van Kara en Heath om.

'Hoe is het, man?' vroeg Heath aan Jeremiah. Hij sloeg zij-arm om Kara's middel. 'Je hebt de bijeenkomst van Mannen var Waverly gemist.'

'Ja, sorry dat ik er niet was.' Jeremiah kwam overeind en stazijn hand uit om met Heath een high five te doen. Brett vond deze mannelijke genegenheid helemaal niet prettig. Ze wist dat ze bevriend waren, maar hoe goed kenden ze elkaar eigenlijk? Ze zag best dat Heath helemaal gek op Kara was, en dat hij was veranderd sinds die twee met elkaar gingen. Maar toch wist ze niet zeker of hij zijn grote mond wel kon houden. Ze kreeg een naar gevoel in haar buik.

'Geen probleem, man,' zei Heath. 'De volgende keer ben je er gewoon wel bij.'

'Wat doen jullie daar eigenlijk?' vroeg Kara spottend. 'Over je gevoelens praten?' Ze haakte haar duimen in de zakken van Bretts jack, zodat ze eruitzag alsof ze klaarstond om naar een of ander café in Brooklyn te gaan.

'We zijn, zeg maar…' begon Heath langzaam, 'bezig met goede doelen en zo.' Waarschijnlijk drong het ineens tot hem door dat het erg ongeloofwaardig klonk. Hij grinnikte. 'Goed dan, eigenlijk waren we gewoon aan het zuipen en over meisjes aan het praten.'

'Klinkt geweldig,' zei Kara droog, zonder Heath aan te kijken. Ze knoopte haar jack dicht.

'Klaar om te gaan, liefje?' Heath legde zijn hand eventjes op Kara's rug. Het leek wel alsof Kara bijna onzichtbaar naar voren bewoog, zodat Heath' hand haar niet meer aanraakte.

'Zeker. Sorry dat we jullie lastigvielen,' zei Kara. Ze zwaaide naar Brett en glimlachte zwakjes. Het was wel duidelijk dat ze aan iets heel anders dacht.

'Jullie hoeven niet op ons te wachten, als je begrijpt wat ik bedoel,' riep Heath vanaf de gang. Hun stemmen stierven weg totdat het weer helemaal stil was in Bretts kamer.

Brett liet zich op het bed vallen, blij om weer alleen met Jeremiah te zijn. 'Wat een idioten,' zei ze.

'Volgens mij heeft onze vriend Heath het flink te pakken,' reageerde Jeremiah. Hij lag naast Brett en legde zijn hand op haar buik. Voor de grap deed hij alsof hij in haar nek beet.

Brett huiverde toen ze zijn tanden voelde. 'Heb je ze tijdens het feest gezien?' vroeg ze. Haar hart klopte wild toen Jeremiah zijn handen over de riem van haar wijde Citizens-spijkerbroek liet glijden. 'Ze zaten zo ongeveer aan elkaar vastgeplakt.'

'Het spijt me dat ik eerst zo raar deed over, nou ja, over alles.' Jeremiah steunde op zijn elleboog en keek Brett aan. 'Ik had niet zo overstuur moeten raken van al die roddels. Het spijt me.'

'Het is al goed,' zei Brett. Ze keek even weg. Eigenlijk zou dit het goede moment zijn om hem de waarheid te vertellen, maar Jeremiah zag er zo opgelucht uit... Ze had nooit gedacht dat de komst van Heath ooit nog ergens goed voor zou zijn. Bovendien viel er niets te vertellen. En zelfs als er iets was, waarom zou ze het er nu nog over moeten hebben? Wat was gebeurd, was gebeurd. Een uitgebreide beschrijving van alles wat er zich had afgespeeld, was wel het laatste waar Jeremiah nu behoefte aan had. Sommige dingen kun je maar beter voor je houden.

Ze drukte haar lippen tegen de zijne, en hij hield haar in zijn gespierde armen.

Ze hoefde alleen nog maar tot vrijdag te wachten.

# 27

# Een Waverly Owl gaat met opgeheven hoofd de confrontatie aan

Callies maag rammelde zo luid dat ze bijna zeker wist dat ze het op het Waverly nog konden horen. Twee dagen geleden had ze niet kunnen vermoeden dat ze ooit blij zou zijn met een groot bord grijsbruine stukjes varkensvlees met waterige appelmoes, maar nu ze een leeg bord in haar bevende handen hield en in de rij stond voor het eten, kon ze bijna niet wachten om het allemaal naar binnen te mogen werken. Ze hield zich vast aan het metalen rek waarop haar lege dienblad stond. Net als alle anderen. Het uitputtende werk deed haar lichaam geen goed.

Ze glimlachte naar de persoon die het eten opschepte. Het zag er niet bepaald heerlijk uit, maar dat maakte niet uit. Ze had razende honger, en was in tijden niet zo gelukkig geweest. De groepstherapie van gisteren was eigenlijk nog best leuk geweest. Na afloop was ze met een stelletje andere meisjes in een hoekje gaan zitten, en hadden ze plannetjes gesmeed om Natasha terug te pakken omdat ze zo'n slavendrijver was. Als ze nou ergens een behoorlijk sterk ontharingsmiddel vandaan konden halen om in Natasha's shampoofles te stoppen, zou hun plan nog goed kunnen werken ook.

Callie greep een pakje melk en draaide zich om naar de eetzaal, op zoek naar een plekje. Nep-Brett, die eigenlijk Meri heette, een afkorting van Meredith, knikte naar Callie. Ze schoof opzij om plaats te maken op de harde houten bank.

'Dank je,' zei Callie zachtjes. Haar dienblad botste tegen dat

van Meri en dat van een vrouw die Callie had zien houthakken me
maar één bijlslag toen ze zich tussen die twee perste. Die stoer
dame heette Julie of Julia of zoiets.

'Deze prak is toch niet te geloven,' zei Meri, wijzend op he
eten. Ze prikte een stukje varkensvlees aan haar vork en hield he
omhoog alsof het een bewijsstuk in een rechtszaak was. 'Volgen
mij hebben ze hier in Maine nog nooit van vegetariërs gehoord.
Ze liet het stukje op haar bord vallen en prikte een eenzame erw
aan haar vork.

'En de appelmoes smaakt naar gist,' zei Julie/Julia.

Callie lachte. 'Getver.' Het was fijn om even te kunnen lachen
De hele middag had ze alleen maar gedacht aan wat ze allemaal zo
moeten doen om Easy uit haar hoofd te zetten. Dat kon toch nie
zo moeilijk zijn? Het enige wat ze had moeten doen, was de goed
herinneringen wegstoppen en zich op de slechte richten
Bovendien was het veel makkelijker om op die manier te denke
met kleren aan die niet van haar waren. Ze voelde zich een hee
ander persoon in de lelijke Whispering Pine-kleding. Zo onprin
sesserig als maar kon.

Ze kauwde op een groot stuk vlees en spoelde het weg met melk
Het zoute vlees activeerde haar smaakpapillen. Het was net also
ze nu pas merkte dat ze die had. De anderen aan haar tafel, di
allemaal met hun eten klooiden of over Natasha roddelden, leke
een stuk normaler dan gisteren, toen ze hun verslavingen over
spoelden met hun lievelingskleur. Nu kon ze zich bijna voorstel
len dat ze met zijn allen op het Waverly aan tafel zaten, en het had
den over de lessen, of de slechte smaak op kledinggebied van d
een of andere bovenbouwer.

'Zijn jullie er klaar voor?' vroeg Talia zachtjes aan de anderen
Meteen hield iedereen op met eten.

'Waarvoor?' vroeg Callie. Haar stem klonk als een kanonscho
door de stilte.

'Ik heb gehoord dat een vrouw in het bos is verdwenen,' ze

ulie/Julia. 'Ze hebben haar nooit meer teruggevonden.' Met grote ogen keek ze van de een naar de ander. Callie zag dat ze een heel klein beetje eyeliner op had gedaan. Hoe had ze dat nou weer voor elkaar gekregen? Misschien had Callie ook wel haar mascara van Clinique onder haar matras kunnen verstoppen, als ze de eerste avond niet zo snel in slaap was gevallen.

'Ik heb Natasha horen zeggen dat er ooit bij iemand een teen is afgevroren,' zei Meri zachtjes, zodat Natasha het niet zou horen. Die zat ondertussen aan een andere tafel en propte twee stukjes vlees tegelijk naar binnen.

'Waar hebben jullie het over?' vroeg Callie. Ze legde haar vork neer, naast het overgebleven eten.

'Je mag het er niet over hebben,' waarschuwde Julie/Julia.

Meri knikte. Zenuwachtig voelde ze aan de gaatjes in haar oren. 'Als ze horen dat je erover praat, maken ze het alleen maar erger. Ik heb dit gevonden.' Meri keek even naar Natasha en de andere bewakers, en haalde toen een opgevouwen stukje papier uit haar beha.

'Wat is dat?' vroeg Callie fluisterend, die langzamerhand toch wel een beetje bang was geworden.

Voorzichtig vouwde Meri het papiertje open. Er stond een ruwe schets van de omgeving op getekend, met een windroos in een andere kleur inkt. In het noordwesten, helemaal in de hoek, stond een grote X.

'Dit heb ik onder mijn bed gevonden,' legde Meri uit.

'Wat is het dan?' vroeg Julie/Julia. 'Een soort schatkaart?'

'Ik denk dat degene die dit heeft gemaakt, ons probeert de weg te wijzen. Of te waarschuwen,' fluisterde Meri. Ze gaf het papiertje door aan Callie. 'Ik wilde het jullie laten zien, misschien komt het daar buiten nog van pas.'

'Waar buiten?' vroeg Callie. En waarom gaf Meri het kaartje juist aan haar?

'Het is een soort test. Ze droppen je in het bos zonder eten, drinken of warme kleren, en dan kijken ze of je de weg terug kunt vinden.' Meri vouwde het briefje weer op. 'Gebruik jij dit maar, Callie. Dan kun je het later aan Julia geven.'

'Jij moet morgenavond,' zei het meisje dat dus duidelijk Julia heette. 'Ik werk 's middags in Amanda's kantoortje, en ik zag de planning liggen.'

'Amanda's kantoortje?' vroeg Callie. Ze zag er al een computer met internetaansluiting staan. 'Waar is dat?'

'Vlak bij de lobby, bij de ingang.' Julia leunde achterover in haar stoel. Ze zag er een stuk rustiger uit dan Callie zich voelde.

'Wanneer ga ik?' vroeg Meri met iets van paniek in haar stem.

Julia schudde haar hoofd. 'Ik heb alleen het rooster van morgen gezien,' antwoordde ze. Ze keek de langzaam leegstromende eetzaal rond. De meesten waren nu op weg naar bed om hun moede hoofd te ruste te kunnen leggen.

Callie zou er iets liefs voor over hebben gehad om zich nu op een grote, zachte bank te kunnen opkrullen onder haar Ralph Lauren-dekentje van kasjmier, met een grote zak popcorn voor de tv. Het was zondagavond, en ze vermoedde dat de meisjes in Dumbarton nu waarschijnlijk allemaal precies zo voor de tv zaten, in hun pyjama te ruziën om de afstandsbediening. Nog nooit eerder had ze zoveel heimwee gehad.

'Maar het is net gaan sneeuwen,' protesteerde ze. 'Wat nou als het morgen nog sneeuwt? Dan mag ik toch wel binnenblijven? Toch?'

Julia keek haar waarschuwend aan. Reken er maar niet op.. 'Trouwens, je moeder heeft vandaag gebeld om te vragen hoe het met je ging,' zei ze.

'Mijn moeder heeft hiernaartoe gebeld?' vroeg Callie verbaasd.

'Ze belt bijna elke dag met Natasha,' antwoordde Julia. Ze schoof een klodder appelmoes heen en weer over haar bord en keek toen met een sluwe blik op naar Callie. 'Heb je echt een cheque van je moeder gebruikt om je drugdealer te betalen?'

Callies ogen puilden bijna uit haar hoofd. Haar drugdealer? Eindelijk vielen de puzzelstukjes op hun plaats. Ze had haar moeder om het geld gevraagd voor de boerderij van Miller, en toen haar moeder had geïnformeerd waarvoor ze zo'n enorm bedrag nodig had, had ze vaag geantwoord dat het voor een vriend in nood was. Maar dat was natuurlijk precies wat mensen zeiden als ze in de schulden waren gekomen vanwege de drugs! Het was altijd voor een 'vriend'. Ze keek de kamer rond, en zag eindelijk hoe zenuwachtig alle anderen eruitzagen. Hun nerveuze gedrag, al dat gepraat over verslavingen en winkeldiefstal... Jezus, was ze in een ontwenningskliniek terechtgekomen?

'Over een kwartiertje gaat het licht uit!' bulderde Natasha. De overgebleven meisjes werkten allemaal gauw hun laatste beetje eten naar binnen om in hun kamer te kunnen zijn voordat het donker zou worden.

'Hier, neem dit ook maar mee,' zei Meri. Ze gaf Callie een konijnenpootje aan een diamanten sleutelhanger.

'Waar is dit voor?' vroeg Callie, klaar om op te staan.

Meri haalde haar schouders op. 'Veel geluk.'

'Ja, veel succes,' zei Julia, die nu ook opstond.

Callie keek naar de konijnenpoot. Eigenlijk wilde ze Meri vragen of ze hem had gestolen, maar dat leek nu niet belangrijk. Het Waverly was iets van zo lang geleden dat het bijna was alsof ze er alleen maar van had gedroomd.

Ze klemde de sleutelhanger in haar hand en verstopte hem toen in de zak van haar overall, hopend dat hij genoeg geluk zou brengen.

| | |
|---|---|
| **Van:** | HeathFerro@waverly.edu |
| **Aan:** | BrandonBucharan@waverly.edu; |
| | AlanStGirard@waverly.edu; |
| | EasyWalsh@waverly.edu; |
| | JeremiahMortimer@stlucius.edu; |
| | RyanReynolds@waverly.edu; |
| | LonBaruzza@waverly.edu |
| **Datum:** | Maandag 4 november, 11:15 |
| **Onderwerp:** | Hell yeah! |

Attentie Heren,

Laten we onszelf even toejuichen omdat onze eerste bijeenkomst
zo'n succes is geweest. Gefeliciteerd, jongens. Jullie kunnen goed
doen alsof jullie nuchter zijn waar Marymount bij is.

De volgende bijeenkomst komt eraan zodra ik iemand voor de
drankjes heb gevonden.

Omdat ik wil dat onze groep een veilige omgeving is waar we al
onze problemen kwijt kunnen, en om Brandon een plezier te
doen, stel ik voor dat iedereen zijn babydekentje meeneemt. En
als iemand anders ermee heeft geslapen tot zijn elfde, zeg het
even. Dan hoeft Brandon zich niet zo alleen te voelen. Tot ziens,
Heren!

Met vriendelijke groet,

H.F.

| | |
|---|---|
| **Van:** | BrettMesserschmitt@waverly.edu |
| **Aan:** | SebastianValenti@waverly.edu |
| **Datum:** | Maandag 4 november, 14:19 |
| **Onderwerp:** | Laatste waarschuwing |

Sebastian,

Dit is mijn laatste waarschuwing. Als je nu niet reageert, stap ik naar mevrouw Horniman toe en vertel ik haar dat je weigert mee te werken. Ik weet niet waarom je me probeert te ontlopen, maar als je niet met me wilt samenwerken, zul je toch echt zelf met mevrouw Horniman moeten regelen dat je een andere bijlesleraar krijgt.

Als je wel wilt doorgaan, laat me dan weten wanneer je deze week kunt afspreken.

B.M.

**Van:** CallieVernon@waverly.edu
**Aan:** TinsleyCarmichael@waverly.edu
**Datum:** Maandag 4 november, 15:30
**Onderwerp:** SOS!!!!!

T.

Je moet me helpen. Ik heb ingebroken in het kantoortje en heb maar heel even tijd. Mijn moeder heeft me naar een ontwenningskliniek gestuurd in Maine. Whispering Pines of zoiets. Ze denken dat ik verslaafd ben! Ze willen me vannacht de sneeuwstorm in sturen! Ik zou echt dood kunnen gaan in het bos! Help me!!!!

C.

**AlanStGirard:** Hé, is het waar wat je vriendje zegt over zijn kamergenoot?

**KaraWhalen:** Watte? Wat zegt hij dan?

**AlanStGirard:** Dat Brandon met zijn dekentje sliep tot op de middelbare school. Dat is echt nichterig.

**KaraWhalen:** Heeft hij je dat verteld?

**AlanStGirard:** Mij en alle andere Heren van Waverly. Wij hebben geen geheimen voor elkaar!

**KaraWhalen:** Blijkbaar niet.

## Owlnet Instant Message Inbox

SageFrancis: Vallen mensen jou ook lastig over Brandon en zijn dekentje?

KaraWhalen: Ja! Drie keer raden wie dat gerucht heeft verspreid.

SageFrancis: Brandon vermoordt hem nog...

KaraWhalen: Niet als ik hem eerst onder handen neem.

## Owlnet Instant Message Inbox

KaraWhalen: We moeten praten.

HeathFerro: Voor jou doe ik alles, liefje. Voor het eten?

KaraWhalen: De trappen voor Maxwell. Nu.

HeathFerro: Gaat het wel goed met je?

HeathFerro: Hallo?

# 28

# Een Waverly Owl heult met de vijand om een vriend te redden — tenzij ze elkaar eerst afmaken

Na de lessen bleef Jenny maandag wat langer in de huiskamer zitten, ook al was ze erg slaperig. Ze probeerde zo min mogelijk in haar eigen kamer te zijn, omdat ze daar steeds weer moest denken aan die stomme picknick met Drew.

Nadat ze de kamer uit was gestormd, had ze zich in de wasruimte verstopt. Ze was boven op een wasmachine gaan zitten en was gaan lezen in een beduimeld exemplaar van *De woeste hoogte* dat daar al jaren lag. Daar was ze gebleven totdat de bezoekuren voorbij waren, en ze Drews dreunende voetstappen voorbij had horen komen. Het was niet erg dapper van haar om zich te verschuilen in plaats van hem te confronteren met zijn leugens, maar ze wilde liever geen scène. Als ze was gaan ruziën, waren er waarschijnlijk hordes meisjes uit hun kamers gekomen om te zien wat er aan de hand was. Bovendien maakte het haar niet echt veel uit wat hij nog te zeggen had. Hij was gewoon een eikel. En zij was gewoon stom omdat ze het bijna met hem had gedaan.

Jenny huiverde. Het was behoorlijk koud in de woonkamer. Waarom zette Pardee de verwarming toch niet hoger? Ze trok haar CeCe-vestje strakker om zich heen en krulde zich op op de met blauw velours beklede bank. Eigenlijk had ze zich nog nooit zo stom gevoeld. Zelfs niet toen Easy haar had ingeruild voor Callie, of toen Julian haar had verteld over zijn avontuurtjes met Tinsley.

Ze voelde zich misselijk. Wat Easy en Julian ook hadden gedaan ze hadden haar niet expres verdriet willen doen. Drew daarentegen wilde duidelijk maar één ding van haar.

Ze kon niet wachten om Callie weer te zien. Waar was die eigenlijk gebleven? Eerlijk gezegd had Jenny toch verwacht dat ze gisteravond wel weer thuis zou komen van haar weekendje weg, maar ze was nog steeds nergens te bekennen. Had ze dan geen les vandaag? Nooit had ze verwacht dat ze ooit ongeduldig op Callie zou zitten wachten, maar nu wilde ze niets liever dan haar bedanken. Ze had haar toch twee keer gered. Maar waarom had ze niets gezegd?

'Ga je niet eten?' vroeg Alison Quentin ineens. Jenny had haar niet horen aankomen. Alison knoopte haar witte caban dicht en zette een rode muts op haar hoofd. 'Kom op!'

Maar eigenlijk had Jenny niet zoveel honger. 'Ik voel me niet zo lekker. Ik denk dat ik later wel iets haal bij de snackbar,' zei ze.

Alison keek haar bezorgd aan. 'Anders neem ik wel een appel voor je mee.' Ze zwaaide met haar rode wantje en verdween toen door de deur.

Zuchtend stond Jenny op van de lekker zachte bank. Waar was ze eigenlijk mee bezig? Treuren om een of andere klootzak als Drew? Woedend besloot ze haar leukste outfit aan te trekken en gewoon naar de eetzaal te gaan. Misschien dat ze hem daar tegenkwam. Dan kon ze hem eens flink de waarheid vertellen, waar iedereen bij was. Ze glimlachte bij de gedachte aan zijn gezicht.

Net toen ze terugliep naar de lobby, zag ze Tinsley naar de deur stormen, gekleed in een rood Patagonia-ski-jack en wandelschoenen. Ze had een enorme roomwitte sjaal om haar nek gewikkeld. Ineens herinnerde Jenny zich weer dat Tinsley haar voor Drew had willen waarschuwen. Dat was aardig geweest. En verrassend, aangezien Tinsley haar van school had proberen te krijgen.

'Hoi,' zei Jenny. Ze stopte haar handen in haar zakken, en keek

Tinsley zo onverschillig mogelijk aan. 'Je hebt zeker ook nog niets van Callie gehoord?'

'Hoezo?' vroeg Tinsley koeltjes. Ze frutselde met de overblijfselen van een of ander kaartje van een skilift dat aan de rits van haar jas hing. Jenny had gehoord dat Tinsleys familie een huisje in de Alpen had, waar je zo naar buiten kon stappen en de berg af roetsjen.

'Ze is nog steeds niet terug,' zei Jenny. Ze sloeg haar armen over elkaar, voor haar enorme boezem. Ze voelde zich altijd onzeker als ze zo vlak voor de perfecte Tinsley stond.

Tinsley keek haar vragend aan. Ze haalde een Burt's Bees-lippenbalsempje uit haar zak en vette haar lippen in. 'Wat maakt jou het uit?' vroeg ze.

'Ze is nog steeds mijn kamergenoot. Natuurlijk maakt het mij wat uit,' zei Jenny kwaad. Eigenlijk was ze eerst blij geweest dat Callie er niet was, omdat ze dan alleen kon zijn met Drew. Maar nu wilde ze alleen nog maar dat Callie terugkwam.

Tinsley kneep haar viooltjesblauwe ogen tot spleetjes. Wie dacht Jenny eigenlijk wel niet dat ze was? Eerst pakte ze Callies vriendje in, dan Tinsleys vriendje, daarna iedereen... En nu durfde ze te zeggen dat ze om Callie gaf? Normaal gesproken zou Tinsley haar waarschijnlijk vernietigend hebben aangekeken, zodat Jenny weer zou weten dat ze net zo belangrijk was als een los draadje in de zak van Tinsleys Rock & Republic-spijkerbroek. Maar de laatste tijd leek het niet erg goed te gaan met Tinsleys eigen reputatie. Ze werd genegeerd, en niemand was komen opdagen bij het filmzaaltje. En bovendien kon ze Jenny's hulp goed gebruiken.

'Ik heb net een e-mail van Callie gekregen. Ze is de wanhoop nabij,' zei Tinsley. Nonchalant streek ze haar haren achter haar oren, terwijl Jenny haar geschokt aankeek.

'Wat is er dan met haar?' vroeg Jenny. Ze hield haar handen uit bezorgdheid tegen haar wangen gedrukt.

'Nou...' Tinsley keek Jenny met een onderzoekende blik aan. Ze vroeg zich af wat die onschuldige trut allemaal met Drew had gedaan. Of hem met haar had laten doen. 'Ze is niet naar een kuuroord gegaan. Ik kreeg een SOS'je uit een martelkamp in Maine, waar ze wordt vastgehouden. Ik ga haar ophalen.' Ze bleef even stil zodat het laatste gedeelte goed tot Jenny kon doordringen. Inderdaad, Callie had háár om hulp gevraagd, en niet Jenny.

'Ik ga met je mee,' zei Jenny meteen. Ze rende naar de trap. 'Ik haal even mijn jas.'

'O, nee.' Tinsley schudde haar hoofd. 'Je gaat helemaal niet met mij mee.' Nooit van mijn leven, wilde ze zeggen.

'Waarom niet?' vroeg Jenny, haar hand al op de trapleuning.

Tinsley haalde haar schouders op. 'Omdat ik je niet mag, en volgens mij zie jij mij ook helemaal niet zitten.'

Jenny fronste haar wenkbrauwen. 'Hoe ben je van plan naar Maine te gaan?'

Ineens kwamen Verena Arneval en Benny Cunningham de trap af gestormd. Hun haren en sjaals fladderden achter hen aan. 'Komen jullie mee naar de eetzaal?' riep Benny, eenmaal bij de deur aangekomen. Een vlaag koude wind kwam naar binnen.

Jenny en Tinsley keken elkaar langdurig aan. 'Nee,' riep Tinsley uiteindelijk naar Benny. Even later was de deur weer dicht.

'Ik verzin wel wat,' zei Tinsley. Ook al had ze tot nu toe nog niets kunnen bedenken. Op Google had ze naar dat Whispering Pines gezocht, en een paar vage routebeschrijvingen gevonden, en het advies van oud-bewoners om hier nooit heen te gaan, tenzij je met twee stokjes een lekker warm vuurtje kon maken. Maar ze moest nog een taxi regelen om er te komen. En ze was bang dat ze op dit uur geen taxi zou kunnen krijgen voor een rit van minstens zes uur.

'Ik ken iemand met een auto,' zei Jenny.

Tinsley fronste. 'Wie dan?'

'Dat vertel ik je zo wel.' Jenny rende triomfantelijk de trap op. 'Deal?' riep ze van boven. Haar stem galmde door het trappenhuis.

Bijna had Tinsley geweigerd, maar ze kon niet anders dan ermee instemmen. Alweer had Jenny gewonnen.

Een minuut later kwam Jenny weer tevoorschijn, dit keer in een rode caban en kleine roze Keds-laarzen.

'Laten we gaan,' zei Tinsley. Ze volgde Jenny over het schoolterrein naar de parkeerplaats.

'De zwarte Mustang,' zei Jenny.

'Getver. De auto van Drew?' Tinsley fronste naar Jenny.

'Nee, van zijn kamergenoot.' Jenny klonk kwaad, en Tinsley begon zich af te vragen of er misschien zo snel al een einde aan haar relatie met Drew was gekomen. Toen ze Jenny naar Baxter zag lopen, een jongenshuis, voelde ze zich zelfs bijna trots. Zíj had haar voor Drew gewaarschuwd, en zoals altijd was het fijn om gelijk te krijgen. Maar wat had Drew gedaan dat de onschuldige Jenny hem zo plotseling niet meer zag zitten?

Tinsley bleef buiten staan terwijl Jenny het gebouw binnen stormde, alsof ze het op haar duimpje kende. Even later ging Tinsley ook maar naar binnen. Ze kreeg best bewondering voor die kleine meid.

Jenny klopte hard op een groengeverfde deur. Eventjes voelde Tinsley zich ongemakkelijk. Ooit had ze in deze gang heftig met een jongen gezoend die Jamie heette. Wat nou als híj ineens zou verschijnen? Maar al snel ging de deur open en keken ze recht in het gezicht van een knappe jongen met een bos vochtig zwart haar en alleen een handdoek om zijn heupen. In verwarring gebracht keek hij hen aan. Zijn ogen waren knalrood en hij stonk naar marihuana.

'Hallo dames,' zei de rommelige jongen. 'Droom ik soms?' Zijn gespierde borst was onbedekt, en Tinsley kon het niet laten er even een waarderende blik op te werpen. Eindelijk herkende ze hem. Het was die arrogante bovenbouwer die alleen maar met zijn eigen groepje omging, en altijd in de problemen kwam. Af en toe kwam hij onuitgenodigd op een van de feesten.

'Is Drew daar?' vroeg Jenny. Ze klonk nerveus en probeerde naar binnen te gluren. Sebastian, zo heette hij. Met zo'n naam kon hij toch niet verkeerd zijn, dacht Tinsley. Jammer dat hij een beetje te slijmerig was voor haar. Maar hij had dus wel een eigen auto.

Seb geeuwde en trok de handdoek strakker om zijn middel. 'Dat wilde ik je nog zeggen: volgens mij is die klootzak te min voor je.'

'Vertel mij wat,' zei Jenny. 'Maar luister eens... We hebben je hulp nodig.'

'Ik help jullie graag.' Gretig keek Seb naar Jenny, en nam toen Tinsley van top tot teen op. Het duurde zo lang dat Tinsley bijna in lachen uitbarstte. 'Waarom komen jullie dames niet even binnen, dan kunnen we het er gezellig even over hebben.'

'Nou, eigenlijk...' begon Jenny. Ze beet op haar lip, waarschijnlijk om er zo onschuldig en hulpeloos mogelijk uit te zien. 'We willen je auto graag even lenen.' Ze bewoog haar hoofd zodat haar bos haar glansde in het schemerige ganglicht. Deed ze dat nou expres? Ze was echt een heel onvoorspelbaar meisje. Tinsley ergerde zich er dood aan.

'Dat nooit,' zei Seb meteen. Blijkbaar was het net niet genoeg geweest om hem te overtuigen. Hij hield zich vast aan de deur, en schudde zijn hoofd. 'Ik vind het helemaal niet fijn om nee te moeten zeggen tegen twee mooie meisjes die voor mijn deur staan, maar ik kan jullie gewoon niet mijn auto lenen.'

'Maar het is een noodgeval,' zei Tinsley. Ze stapte naar voren. Had ze maar iets aantrekkelijkers aangetrokken dan haar enorme ski-jack... Eigenlijk vond ze het helemaal niet prettig om te moeten smeken, maar zonder auto konden ze nooit op tijd in Maine aankomen. De laatste bus was uren geleden al vertrokken, en de volgende zou pas in de ochtend komen. En hoe zou ze Callie met een bus moeten redden?

'Wat staat er tegenover?' vroeg Seb met een knipoog.

Tinsley lachte liefjes naar hem. 'Wat dacht je van jou niet in elkaar slaan?' vroeg ze. Meestal kon ze iedereen overtuigen met haar combinatie van honingzoet en vergif.

'En na afloop zorgen we ervoor dat je weer helemaal bent vol getankt,' stelde Jenny giechelend voor. 'Hoort bij de afspraak.'

Seb zuchtte. Het was wel duidelijk dat hij er over nadacht. Tinsley keek hem aan, en zei met hese stem: 'Goed dan. Je weet dat we bij je in het krijt staan, hè?'

'Verdomme.' Seb haalde zijn hand door zijn haar, zodat het over zijn voorhoofd viel. Grijnzend keek hij naar Tinsley, en dacht waarschijnlijk aan alle mogelijke manieren waarop ze hem zou kunnen terugbetalen. 'Ik zie jullie wel bij mijn auto.' Nog een laatste keer keek hij hen onderzoekend aan. 'Tenzij jullie er liever bij willen zijn terwijl ik me aankleed.'

'We zien je daar wel.' Tinsley grijnsde en trok aan Jenny's jas.

Seb sloot de deur, en de twee meisjes snelden terug naar de parkeerplaats. Hun adem vormde wolkjes in de koude avondlucht.

'Maar ík rijd,' zei Tinsley bazig. Jenny meenemen was al erg genoeg, ze liet haar niet ook nog de touwtjes in handen nemen.

Jenny lachte naar Tinsley. 'Ik vind het best. Ik kan toch niet autorijden.'

Dat had Tinsley niet verwacht. Ze lachte luid. 'Dat is dan geregeld. Waarom kun je eigenlijk niet rijden?'

Jenny haalde haar schouders op. 'Ik ben nog maar vijftien,' antwoordde ze. 'Bovendien kom ik uit New York. Maar ik kan wel kaartlezen. En ik kan voor de muziek zorgen.'

'Geen bubblegum pop,' zei Tinsley waarschuwend.

Al snel kwam Seb eraan. Hij droeg zwarte jeans en een zwarte fleecetrui. Met zijn sleutels wees hij naar de auto.

'Als er ook maar een krasje op komt...' zei hij waarschuwend.

'Ja ja,' zei Jenny. 'Dat snappen we ook wel.'

'En zeg tegen die rooie dat ik best een goeie gozer ben.' Seb deed een stapje achteruit, en keek naar de meisjes die instapten.

Jenny fronste. Kende hij Brett? Leende hij hun de auto vanwege háár?

In de auto rook het naar goedkope aftershave en patat van McDonald's. Meteen draaide Jenny het raampje open. Ze kon nog nauwelijks geloven dat ze zich vrijwillig in een auto opsloot met Tinsley. In deze auto nog wel, en urenlang. Maar ze deed het voor Callie. Callie had haar ook gered, ook al kon Jenny het zich nog steeds moeilijk voorstellen.

Ze zakte achteruit in haar stoel, en zocht door de cd's. Net zoals toen met Drew. Ze werd misselijk toen ze terugdacht aan het geklets met hem, en dat hij haar had laten geloven dat hij haar grote held was, terwijl hij eigenlijk gewoon een pervers kereltje was. Ze keek naar Tinsley, die naast haar had plaatsgenomen, haar perfecte gezichtje geconcentreerd op de weg gericht. Nu begon Jenny zich af te vragen of Tinsley zich misschien ook zo vreselijk rot had gevoeld toen ze het van Jenny en Julian had ontdekt. Was ze gewoon kwaad en beledigd geweest omdat Julian een onderbouwertje boven haar verkoos, of had het haar echt diep gekwetst?

Alsof Tinsley haar blik voelde, draaide ze haar gezicht naar haar toe. 'Wat is er nou weer?' snauwde ze. Ze roffelde met haar mooie nagels op het stuur. 'Heb je moeite met de cd-speler of zo?'

Nou ja, op naar het avontuur, dacht Jenny. Ze zette de radio aan.

Even hadden ze tenminste geen last van jongens.

# 29

# Een goede Owl deinst nergens
## voor terug

Brandon staarde naar het scherm van zijn laptop. Zijn handen lagen nog op het toetsenbord. Natuurlijk was het ongelofelijk stom van hem geweest om Heath zijn geheim toe te vertrouwen, en al helemaal iets beschamends als zijn knuffeldekentje. Zelfs al had Sage alleen maar positief gereageerd, hij had toch liever niet gehad dat de hele school het wist. Stel dat Sage er genoeg van zou krijgen om steeds een ander gevat antwoord te verzinnen wanneer haar werd gevraagd of haar vriendje zijn dekentje wel meenam wanneer ze samen het bed in stapten? Wat nou als ze er zo ziek van zou worden dat ze besloot dat de relatie het niet waard was?

Met moeite schudde Brandon die gedachte van zich af en besloot nogmaals te proberen een e-mail terug te sturen. Zijn vierde poging al, die ochtend.

Hola, Heren van Waverly. Als jullie liever geen pis in jullie eten willen...

Hij ergerde zich opnieuw aan de toon die hij altijd aansloeg in e-mails. Hij klonk net als een vals kreng. Gefrustreerd drukte hij op delete en staarde weer naar het lege scherm. Achter hem ging piepend de deur open, en Brandon draaide zich om. Het verraste hem Heath in hoogsteigen persoon in de deuropening te zien staan. Hij was helemaal doorweekt en zijn blik stond op oneindig. Het was alsof hij zich niet eens goed realiseerde waar hij was.

'Hallo,' bromde Brandon, voordat hij zijn aandacht weer op

zijn laptop richtte. Het was altijd beter om Heath niet te laten merken dat je kwaad was, anders deed hij er alles aan om je nog erger op de kast te jagen.

Maar Heath zei niets terug. Hij plofte neer op zijn bed zonder eerst zijn natte broek uit te trekken. Nieuwsgierig keek Brandon hem aan. Druppels water gleden van zijn haar in zijn nek, en er was geen spoor te bekennen van de zelfvoldane grijns die gewoonlijk op zijn gezicht stond. In plaats daarvan zag hij er verward en verslagen uit.

Brandon klikte zijn e-mail weg. 'Gaat het?' vroeg hij, ook al was hij niet erg geïnteresseerd in het antwoord.

'Jongen,' zei Heath, 'Kara heeft het uitgemaakt.'

'Waar heb je het over?' vroeg Brandon verbaasd. Hij huiverde. Nu wilde hij wel meer weten, ook al deed hij zijn best niet te gretig te klinken.

'Ze heeft het uitgemaakt,' zei Heath opnieuw. 'Daarnet. Op de trap van Maxwell.'

Brandon kon het nauwelijks geloven. Was dit een soort uitgebreide grap of zo? Onbewust bereidde hij zich voor op de onthulling. 'Wat zei ze dan precies?' vroeg hij.

'Ze zei dat ik...' Heath kon het duidelijk niet over zijn lippen krijgen. Verloren staarde hij uit het raam, alsof hij de gebeurtenis opnieuw afspeelde in zijn hoofd. 'Ze zei dat die e-mail van mij over jouw dekentje haar deed denken aan de tijd dat ik haar pestte.' Het leek er niet op dat Heath zich erg schuldig voelde, of zelfs had nagedacht over zijn gedrag. Daardoor klonken zijn woorden een beetje leeg.

Waarom zei je het dan, wilde Brandon vragen. Nu Heath zich rot voelde, moest hij eigenlijk van de gelegenheid gebruikmaken en hem eens aanspreken op zijn totale gebrek aan medeleven met anderen. Maar toen hij Heath zo zag zitten, besefte hij dat dit niet het juiste moment was. Hij had zijn kamergenoot nog nooit zo overstuur gezien. 'Dat is klote,' zei hij. Iets beters kon hij niet bedenken. Hij krabde zijn enkel met de neus van zijn John Varvatos-instapper.

'Ze zei dat ze me eigenlijk niet zag als vriend. Meer als een soort grappig maatje. Dat is toch niet te geloven?' Heath haalde zijn hand door zijn warrige haar.

'Wauw,' zei Brandon. Hij kwam overeind en ging op zijn donkerblauwe Ralph Lauren-deken zitten. Zijn laptop zette hij naast zich neer. Als Heath zich in de buurt van Kara bevond, was hij niet dezelfde Heath die iedereen kende en vreesde. Hij was gevoelig geworden. Maar blijkbaar was er voor Kara toch nog te veel van die oude Heath overgebleven. Eigenlijk was het al duidelijk geworden toen hij met die verhaaltjes over pisbekers kwam, en dan dat e-mailtje over Brandons dekentje...

Brandon keek naar de enorme zee van boxershorts die om Heath' bed heen lag. Nog maar vijf minuten geleden had hij er nog eentje in Heath' gezicht willen gooien. Dit was ten slotte Heath Ferro, de jongen die alleen maar aan zichzelf kon denken. En aan zijn pik, die hij Bruno had genoemd. Tenminste, die indruk had Brandon gekregen nadat hij Heath eens in zichzelf had horen praten toen die onder de douche stond. Maar nu leek hij totaal niet meer op de oude Heath.

Zuchtend sloot Brandon zijn laptop. 'Misschien betekent het alleen maar dat ze even helemaal geen zin heeft in relaties,' opperde hij. Hij leunde achterover tegen de muur naast zijn bed. Ook al was het Heath, hij gunde het niemand om zo bedroefd te zijn.

Heath glimlachte zwakjes naar Brandon, alsof hij zijn best deed hem te geloven. 'Maar ze zei niet dat ze helemaal geen vriendje wilde,' zei hij treurig. 'Ze zei alleen dat ze in mij geen geschikt vriendje zag.'

'Jij geen geschikt vriendje?' zei Brandon. Dat klonk niet echt als iets wat een meisje zou zeggen. Zeker Kara niet.

'Maar dat is bullshit,' zei Heath. 'Ik ben een geweldig vriendje. Ik bedoel, ik zou een goed vriendje kunnen zijn. Ik ben dan wel geen artistiekeling zoals Easy of zo'n andere klojo…' Er klonk een snik in zijn stem.

'Volgens mij is het heel natuurlijk om een beter vriendje te willen zijn,' zei Brandon. 'Heb je haar dat gezegd?' Hij haalde een paar tissues uit de doos naast zijn bed, en vroeg zich af of Heath zich zou schamen als hij er eentje aan hem gaf. Maar hij moest echt nodig zijn neus snuiten.

Heath schudde zijn hoofd. 'Ik wist niet wat ik moest zeggen,' gaf hij toe.

'Je kunt mensen best zeggen wat je voelt,' zei Brandon. Hij stopte de tissue terug in de doos. Het zag er niet naar uit dat Heath al klaar was voor zo'n gebaar van medeleven. 'Zeker tegen iemand als Kara. Je hoeft niet altijd maar op je best te zijn.'

'Maar iedereen vindt me leuker als ik op mijn best ben,' zei Heath. Hij liet zijn hoofd zakken. 'Ze verwachten altijd een hele voorstelling van me. Dus dan geef ik ze er een.'

'Ja, misschien.' Brandon had er een van zijn ballen voor over om Heath te doen ophouden met zijn voorstellingetjes. Hij raapte een Nike-sportshirt van de grond en gooide het in zijn Pottery Barn-wasmand. Het was het enige kledingstuk op de grond dat van hem was. 'Misschien moet je een beetje gas terugnemen? Het kan best dat het wat te veel van het goede is, en daardoor niet meer zo grappig, snap je?' Brandon kon bijna niet geloven dat hij hier zat en Heath bemoedigend toesprak. Maar iets aan dit gesprek beurde hem ook op.

'Ja, maar ze moest altijd om mijn grappen lachen,' zeurde Heath. Eindelijk stond hij op, trok zijn doorweekte Waverly-trui uit en gooide die in een hoek. 'Ik dacht dat we juist goed bij elkaar pasten.'

'Van te veel lachen ga je huilen,' zei Brandon. Hij had zoiets wel eens gehoord in een filmpje van *Dr. Phil* op YouTube. 'Kara is een gevoelig meisje. Ik bedoel, iedereen heeft natuurlijk een gevoelige kant, zelfs jij.' Hij wist eigenlijk zelf niet goed wat hij bedoelde, maar hij wilde Heath laten toegeven dat ook hij een gevoelige kant had. Dat zou al een stap in de goede richting zijn.

'Wat zou jij doen?' vroeg Heath. 'Haar uit je hoofd zetten?'

'Is dat wat je het liefste wilt?' vroeg Brandon.

'Ik... vind haar gewoon heel erg leuk,' antwoordde Heath verslagen. 'Ik heb geen idee. Ik...' Zijn stem stierf weg. Buiten verdween de zon achter de wolken, waardoor het donkerder werd in de kamer. Op dat moment verschenen de eerste tranen in de ogen van Heath, en Brandon gaf hem een tissue. Heath accepteerde die dankbaar.

'Laat haar dan zien dat je wel een geschikt vriendje bent.' Brandon kuchte, en opende zijn laptop. Zijn eerdere e-mailtje kon hij nu wel weghalen. 'Ik wil je best helpen,' zei hij. 'Maar dan wil ik niets meer over dekentjes horen.'

'Goed,' zei Heath. Hij hield zijn pink in de lucht,

Brandon stond op en haakte zijn pink in die van zijn kamergenoot. Door dit kinderachtige gebaar voelde hij zich stoerder dan hij zich ooit eerder had gevoeld.

# Waverly Owls steunen elkaar
## door sneeuw en ijs

Jenny probeerde een goed radioprogramma te vinden. Nu ze over de staatsgrens waren gereden, was het bijna onmogelijk om een zender te vinden die muziek uitzond. De weg voor hen was donker, waardoor de koplampen twee uitgerekte lichtbundels op de weg wierpen. In de auto lichtten paarse en rode lichtjes in het dashboard op, waardoor Jenny zich net een bewoonster van een of ander hightech ruimteschip voelde.

Die volgende ochtend zou ze een proefwerk Latijn moeten maken, en de kaartjes waarvan ze wilde leren zaten in haar zak. Ze had nauwelijks de tijd gehad om ze door te bladeren, maar dat maakte haar niets meer uit. Eerşt moesten ze Callie redden. Nog steeds wist Jenny niet waarom Callie haar had geholpen, maar nu vond Jenny dat ze iets terug moest doen. Het was alsof een geliefd familielid haar om hulp had gevraagd in plaats van een oude rivaal.

'Laat maar zitten,' zei Tinsley, waardoor Jenny uit haar dagdroom werd gehaald.

Ze leunde achterover in haar stoel en keek naar de tractor die hen links passeerde. Het begon te regenen toen ze over Route 99 richting Boston reden.

'Probeer anders een cd,' opperde Tinsley. Zonder op te kijken haalde ze een Pall Mall uit haar pakje en stak hem aan. Ook al had ze het raampje opengezet, het begon toch te stinken in de auto.

'Oké, oké. Rustig maar.' Jenny pakte een cd en propte die in de cd-speler. Het eerste nummer van The Raves schalde door de auto, en Tinsley zette het geluid harder. Ze drumde met haar vingers op het stuur.

'Ik heb ze ooit op een feestje zien spelen toen ze nog maar net waren begonnen,' schepte Tinsley op.

'Echt waar?' vroeg Jenny verveeld. Waarom dacht Tinsley toch dat iedereen mateloos was geïnteresseerd in wat zij allemaal had meegemaakt? En waarom wilde ze altijd bewijzen dat zij de eerste was die iets deed, iets droeg of iets zag, nog voordat het populair werd? 'Ik was vaak bij ze toen ze hun laatste album aan het opnemen waren. Je kunt me zelfs op een van de nummers horen,' zei Jenny. Overtroefd, Tinsley.

'Cool,' reageerde Tinsley onverschillig, alsof ze het niet eens de moeite waard vond om aan Jenny's verhaal te twijfelen.

Daar werd Jenny alleen maar kwader van. Het is echt waar, wilde ze roepen. In plaats daarvan bestudeerde ze de kaart die ze vlak voor haar neus hield om nog iets te kunnen zien in het donker. Het was een stuk makkelijker geweest toen ze nog ergens woonde waar je gewoon in de taxi of de ondergrondse kon stappen, die brachten je wel overal heen. Zelfs als je moest lopen, wist je tenminste nog waar je was vanwege het makkelijke stratenplan. 'Denk je dat we nog goed rijden?'

'Nou, jij hebt de kaart voor je liggen, ik niet,' zei Tinsley.

'Jawel, maar het is best moeilijk om in het donker iets te zien,' reageerde Jenny. Eerder was Tinsley bijna hysterisch geworden toen Jenny had geprobeerd het licht aan te doen.

'Kijk dan of je ergens een zaklantaarn kunt vinden.'

Moest Tinsley nou echt aldoor zo krengerig doen? Jenny keek in het handschoenenkastje, maar zag alleen maar een heleboel troep.

'Dus daarom is de rest van de auto zo netjes,' mompelde ze toen een deel van de inhoud uit het handschoenenkastje viel. Ze pakte twee tubes op, en probeerde het opschrift te lezen.

'Wat is dat nou weer?' vroeg Tinsley nieuwsgierig. De metalen

*S* die aan het spiegeltje hing, bewoog heen en weer terwijl ze een bocht nam.

'Haargel. Twee halfvolle tubes.' Jenny giechelde, en liet Tinsley het plaatje van een man met een enorme vetkuif zien dat op de tube stond. 'Ik denk dat hij bang is om zonder te zitten.'

'Mijn god, ik kan het hier al ruiken,' klaagde Tinsley. 'Stop gauw weg.'

Jenny mikte de twee tubes terug in het handschoenenkastje en keek of ze een zaklamp kon vinden. Dit keer trok ze een wit doosje uit het kastje omdat het in de weg lag. En goed dan, als ze toch aan het rondneuzen was, kon ze ook wel even kijken wat erin zat. Ze haalde het deksel eraf en zag een fotolijstje. Erin zat een foto van Seb die een oudere vrouw omhelsde in een grasrijke en zonnige omgeving.

'Een afgehakte vinger?' vroeg Tinsley. Ze nam nog een haal van haar sigaret en gooide hem toen het raampje uit.

'Ik denk dat het een foto is van Seb met zijn moeder.' Jenny pakte het zilveren fotolijstje uit de doos, maar liet het bijna vallen toen er ineens een elektronische vrouwenstem klonk: 'Ik ben trots op je, schat. We missen je.'

Even was het stil. De twee meisjes moesten allebei hun uiterste best doen om niet in lachen uit te barsten. 'Het praat,' zei Tinsley gniffelend.

'Het is een pratend fotolijstje.' Jenny keek weer naar de foto. 'Wat schattig.' Ze kon zich al voorstellen wat er zou gebeuren als Rufus haar zo'n foto zou sturen. Waarschijnlijk zou hij iets heel suffigs inspreken, zoals: 'Mijn lieve, mieterse bloemetje, je weet toch dat je de hagelslag op mijn bananenmuffin bent? Ga ervoor.' Maar het berichtje van Sebs moeder klonk normaal en gemeend.

'Of suf,' zei Tinsley verveeld. Met haar middelvinger drukte ze op de replayknop van de cd-speler, en Jenny vroeg zich af of ze juist díe vinger gebruikte om haar op de kast te jagen.

Ze stopte het fotolijstje terug in het doosje en legde het terug in het handschoenenkastje. Buiten begon het te sneeuwen, en een stel sneeuwvlokken plakten even tegen de voorruit voordat ze smolten en in kleine waterdruppels veranderden. Buiten stonden steeds meer bomen, totdat het gebied naast de weg veranderde in een dicht bos. Even was Jenny bang dat Tinsley haar ergens in het bos zou dumpen, en dat haar lijk pas zou worden gevonden in het voorjaar, wanneer de sneeuw was gesmolten.

'Deze banden zijn echt zwaar klote,' merkte Tinsley geeuwend op. Eigenlijk hadden ze onderweg een beker koffie moeten halen, voordat ze in deze wildernis waren terechtgekomen. 'Ik wou dat hij zijn banden net zoveel aandacht gaf als zijn haar.' Niet dat de weg in dit afgelegen gebied nou zo slecht was, maar Jenny maakte een zenuwachtige indruk omdat ze om de paar tellen de kaart raadpleegde, dus leek het Tinsley een goed idee haar nog banger te maken. De laatste paar weken gedroeg Jenny zich toch al alsof ze alles aankon, en het feit dat Tinsley haar meenam in de auto, betekende nog niet dat ze ineens beste vriendjes waren geworden.

Snel keek Tinsley op de klok. Ze waren nog niet eens halverwege. Na die rottijd die ze had gehad, allemaal dankzij Jenny, had ze helemaal geen behoefte om urenlang in een kleine ruimte met Jenny Humphrey te zitten. Maar Callie had hen nu nodig. En na wat er was gebeurd bij de Cinephiles, voelde het goed om weer eens belangrijk te zijn. Ze moest en zou Callie helpen, zelfs al betekende het dat ze uren in een auto moest doorbrengen met die vriendjesafpakkende, meeloperige dwerg met grote tieten.

Ze keek in de achteruitkijkspiegel en liet een Escalade passeren. Het zwarte voertuig leek op een schaduw in de winterse nacht en liet een spoor van opspattende waterdruppels achter op de voorruit. Jenny legde haar hoofd tegen het beslagen raampje. Het zag ernaar uit dat ze langzaam in slaap viel. Eerlijk gezegd was Tinsley best onder de indruk geweest toen Jenny had laten blijken dat ze echt graag mee wilde. Ze had zoiets zeker niet verwacht, dus hoewel dit zes uur durende tochtje met Jenny net zo aantrekkelijk was als een manicure met smerige oude nagelvijlen, toch was ze blij dat ze niet helemaal alleen in de auto hoefde te zitten. Tinsley vond het vervelend om 's nachts te moeten rijden, en al helemaal als ze dat in haar eentje moest doen. Hoewel ze dat natuurlijk nooit zou toegeven.

Er viel steeds meer sneeuw. Het leek wel een beetje op confetti, en deed haar denken aan de optochten in Johannesburg waar Cheido haar mee naartoe had genomen. Deze tijd van het jaar was altijd ijzig koud op het Waverly, en het speet haar dat ze nu niet ergens was met een aangenamer klimaat. Nu moesten ze nog verder naar het noorden, waar het nog veel kouder was. Ze draaide aan de biljartbal die Seb als knop van de verwarming gebruikte, en voelde de warme lucht over haar gezicht strijken. Langzaam voelde zij zich ook slaperig worden. Ze dacht aan Callie, die moederziel alleen gevangenzat in de kou, in het een of ander tehuis waar haar moeder haar naartoe had gestuurd. Meteen gaf ze meer gas en hoopte dat ze op tijd bij haar zouden zijn.

'Misschien kunnen we een spelletje spelen,' stelde mevrouwtje Hummelphrey voor.

Tinsley boog zich naar de geluidsinstallatie en zette het geluid harder. 'Hou je kop,' zei ze met een zucht.

**Van:** BrandonBuchanan@waverly.edu
**Aan:** HeathFerro@waverly.edu;
AlanStGirard@waverly.edu;
RyanReynolds@waverly.edu;
LonBaruzza@waverly.edu;
JeremiahMortimer@stlucius.edu;
TeagueWilliams@waverly.edu;
EasyWalsh@waverly.edu
**Datum:** Maandag 4 november, 18:17
**Onderwerp:** HvW

Drank mee. Dekentjes niet nodig.

Brandon

| | |
|---|---|
| **Van:** | SebastianValenti@waverly.edu |
| **Aan:** | BrettMesserschmitt@waverly.edu |
| **Datum:** | Maandag 4 november, 18:24 |
| **Onderwerp:** | Prima Hoor |

Brett,

Rustig maar, meissie. Als je me echt zo graag wilt hebben, zie ik je morgen wel. Eerste verdieping van de bieb (en ik weet waar ik die kan vinden).

Volgende keer kun je het best beleefd vragen, hoor.

S.V.

| | |
|---|---|
| **JeremiahMortimer:** | Hoi, lieverd. Morgen kom ik naar het Waverly vanwege een HvW-bijeenkomst. Kom je ook? |
| **BrettMesserschmitt:** | Die jongensclub van Heath? Denk je dat ik welkom ben? |
| **JeremiahMortimer:** | Sexy meisjes zijn altijd welkom. |
| **BrettMesserschmitt:** | Hoe kan ik dan nog weigeren? |
| **JeremiahMortimer:** | Cool. Laten we eerst iets gaan eten. Bij Nocturne? |
| **BrettMesserschmitt:** | Klinkt goed. Misschien kun je daarna bij me op de kamer komen. Het ziet ernaar uit dat T foetsie is. |
| **JeremiahMortimer:** | Jij flirt. We wachten toch op onze nacht in het Soho Grand? Maar ik wil je best een voorproefje geven... |

## 31

# *Een Waverly Owl*
# *geeft nooit op*

Callie stampte in het bos door de dwarrelende sneeuw. De maan die door de takken scheen, leek paars licht te geven. Ze droeg haar gevangenispakje, en haar blote handen waren ijs- en ijskoud. Met moeite wreef ze de twee stokjes tegen elkaar die ze eerder vlak buiten het terrein van de kliniek had gevonden. Ze gleden een beetje onhandig over elkaar heen. Er vlogen een paar stukjes bast door de lucht om te landen in het holletje dat Callie daarnet onder een enorme populier had uitgegraven. Door de wind waaide er af en toe een beetje sneeuw naar binnen, en Callies ogen voelden zo koud en droog aan dat ze dacht dat ze zouden barsten als ze knipperde.

Eerder die avond had ze uren verspild aan het vinden van dat grote kruis op Meri's kaart. Ze hoopte dat het misschien een hutje of een busstation of zoiets was. Even had ze gedacht dat ze de plek had gevonden, maar het bleek een schaduw van een van de bomen te zijn. Meteen daarna had ze alle hoop opgegeven.

Opnieuw wreef ze de stokken tegen elkaar aan. Het lijkt zo makkelijk op tv, dacht ze. Maar de stokken deden helemaal niets. Meteen begon ze te lachen als een of andere gestoorde idioot. En dat was precies wat Whispering Pines van haar had gemaakt. Een gestoorde idioot. Ze hoopte maar dat haar moeder tevreden zou zijn als ze haar lichaam terugvonden in het bos. Waarschijnlijk met paarse tenen en vingers, net zoals die bevroren holbewoners. In elk geval kon ze dan absoluut nooit drugs gebruiken.

Het kon nu niet lang meer duren voordat ze zou sterven. Ze wist bijna zeker dat ze de ochtend niet zou halen, en pas na het opkomen van de zon zou ze worden gered van deze stomme excursie. Halfbevroren tranen rolden over haar wangen. Het leek alsof ze boven haar eigen lichaam zweefde. Nu kon ze neerkijken op het buitengewoon trieste tafereel: een meisje op haar knieën in de sneeuw, hard aan het werk om iets gedaan te krijgen wat haar toch nooit zou lukken.

Ze dacht terug aan al die dingen die haar wél waren gelukt. Ze had Brandon Buchanan bedrogen met Easy, en daarmee had ze Brandons hart gebroken. Daarna had ze Easy gedwongen haar te zeggen dat hij van haar hield, en ze was zo veeleisend geweest dat ze hem regelrecht in de klauwen van Jenny Humphrey had gejaagd. Ze had Brett tegen zich gekeerd door Bretts grote geheim over meneer Dalton door te vertellen aan Tinsley, en daarna had ze de hele school over Kara verteld.

Het was nu te koud om zich te schamen, maar toch voelde Callie zich ongelofelijk stom. Hoe kon ze zich zo gedragen tegenover de mensen die van haar hielden? Niemand verdiende het om zo behandeld te worden. Zelfs Jenny niet. Ook al was ze dan iets met Easy begonnen, het was niet helemaal haar schuld. Door Callies schuld had Easy behoefte gehad aan iemand anders, en Jenny was toevallig in de buurt. Maar in plaats van het goed te maken met Jenny had ze meegewerkt aan Tinsleys gemene plannetje om Jenny van school te krijgen. En toen had ze verwacht dat alles weer goed zou komen door alleen maar even haar moeder te bellen voor geld voor de schuur van Miller.

Dolgraag had ze het aan Easy verteld, om zijn gezichtsuitdrukking te zien wanneer hij hoorde wat ze had gedaan. Ze had gedacht dat haar moeiteloze actie wel zou aantonen dat ze helemaal niet zo'n verwend prinsesje was als hij altijd had gedacht.

Ineens schoot haar te binnen dat ze naar dit kuuroord was gegaan om juist níét aan Easy te hoeven denken. Hoe stom was dat?

Nog meer tranen welden op in haar ogen. Twee dingen wist ze n
zeker: ze hield van Easy, en hij had haar hart gebroken met wat hi
had gezegd.

Kwaad gooide Callie de twee stokken weg. Ze ging in kleer
makerszit op de koude, harde grond zitten, en probeerde haa
armen warm te wrijven. Het begon harder te waaien, en Calli
voelde zich verzwakken. Was dit het einde? Lieten ze haar zomaa
sterven?

Het bloed in haar aderen leek stroperig te worden, en haar har
klopte steeds langzamer. Ze steunde met haar hoofd op haa
armen, en masseerde zachtjes haar ijzige oren. Ze voelden bran
derig aan, alsof ze aan het afsterven waren. In haar eerste jaar o
het Waverly had ze eens een afschuwelijk verhaal van Jack Londo
gelezen, over de een of andere goudzoeker in erg koude gebieden
bij de Yukon of zoiets. Hij was langzaam doodgevroren op d
besneeuwde toendra.

Als haar hetzelfde zou overkomen, hoe zou Easy dan aan haa
terugdenken? Natuurlijk zou hij overstuur zijn omdat zijn laatste
woorden zo hard waren geweest. Ze zag al voor zich dat hij he
Halloween-feest eindeloos in gedachten afspeelde en analyseer
de, totdat hij er gek van zou worden. Waarschijnlijk zou hij van he
Waverly af moeten, en zou hij de komende drieëntwintig jaar i
een kamertje boven de garage van zijn ouders gaan wonen
omringd door sigaretten en zakjes Cheetos. En hij zou aan niet
anders kunnen denken dan aan Callie. Die gedachte vrolijkte haa
een klein beetje op.

Maar eigenlijk wilde ze juist dat hij goede herinneringen aa
haar zou hebben. De eerste zoen in de bibliotheek. Die was zach
en heerlijk geweest. De sneeuwbalgevechten buiten op het school
terrein, en alle keren dat Easy haar tackelde en ze samen in d
sneeuw belandden, waar ze elkaar kusten en knuffelden, ondank
de enorme winterjassen en dikke kasjmier sjaals die ze droeg.

Callie snikte luid. Ze voelde zich ongelofelijk stom omdat z oit had geloofd dat ze zich over Easy heen had gezet. Hij was haar grote liefde. De liefde van haar veel te korte, ongelukkige leven. Het geluid van snikken vermengde zich met het gieren van de wind, en haar hart vulde zich met gedachten aan wat had kunnen zijn, maar nooit was geweest.

# Waverly Owls steunen hun vrienden door dik en dun

De eerste en tot nu toe de laatste keer dat Brandon in de activitei tenruimte van Maxwell Hall was geweest, was in de lente. Omda hij een oogje had gehad op een Frans meisje, Eloise Michaud, ha hij zich aangemeld voor de Franse club. Maar na een paar minu ten met Eloise op de bank te hebben gezeten, had hij alweer genoe gekregen van Frankrijk. Misschien dat ze in Parijs, waar ze van daan kwam, geen problemen hadden met zweetlucht, maar hij ha toch liever een meisje met deodorant. Gelukkig gebruikten d Heren van Waverly wel deodorant. Althans, de meesten.

Brandon keek eens om zich heen. Deze kamer werd meesta gebruikt voor groepsbijeenkomsten, zodat de meisjes rustig kon den ruziën over de versiering op feestjes, en de jongens konder proberen bij hen op de bank te komen zitten. Op de bank me vlekkerige groene bekleding zaten Alan St. Girard en Easy Walsh Ze staarden naar het plafond en zagen er niet erg helder meer uit Ryan Reynolds en Lon Baruzza stonden op elkaar te schelden bi de enorme pooltafel in de hoek. Heath zat in een oude blauw leunstoel. Hij droeg een smerig Darthmouth-sweatshirt waarva hij de mouwen bij de ellebogen had afgeknipt Zo zag hij eruit al een dakloze.

Heath nam een laatste slok uit zijn derde blikje Budweiser, er opende tegelijkertijd met zijn andere hand een vierde blikje Rond zijn voeten lagen allemaal vertrapte, lege bierblikjes.

'Doe eens rustig aan, man,' zei Brandon. Eigenlijk had hi

ehoopt dat de aanwezigheid van de andere jongens hem een beet-
e zou opvrolijken. Meestal deed hij heel enthousiast mee aan de
discussies over wie nou de lekkerste onderbouwer was, maar vandaag leek niets te helpen.

'Dit spul is toch ranzig,' zei Heath. Hij gooide zijn blikje op de
grond en haalde een flacon uit zijn groene Patagonia-rugzak.
Maar eerst droogde hij zijn ogen met zijn mouw, en Brandon
hoopte maar dat de andere jongens het niet hadden gemerkt. Hij
vond het prima als Heath in hun slaapkamer zat te janken, maar
huilen waar de Heren van Waverly bij waren ging zelfs hem te ver.
Niemand wilde dat zien.

'Kop op, man.' Ryan, die zelf nooit langer dan een halfuurtje
dezelfde vriendin had, staarde Heath aan alsof die van een andere planeet kwam. 'Er staat zo weer een nieuwe voor je neus.' Hij
frunnikte aan het platina knopje in zijn neusvleugel dat eruitzag
als een ontstoken wrat.

'Precies,' zei Lon, die zijn keu op de tafel liet vallen en op een
lege bank neerplofte. Hij legde zijn modderige laarzen op het toch
al smerige tafeltje. 'Ik bedoel, Benny en ik maken het zo vaak uit…
Wat geeft dat nou? Als ze de ware voor je is, komt ze wel weer terug.'
Hij pakte een biertje uit de tas en smeet het lipje in de vuilnisbak
aan de andere kant van de kamer. 'Zeker als je wat te bieden hebt,'
voegde hij er grijnzend aan toe.

Uit zijn ooghoeken keek Brandon naar Heath om te zien hoe
hij hierop reageerde. Maar Heath leek niemand te zien of te
horen. Hij staarde met een lege blik naar de plek waar de folders
en aankondigingen hingen.

'We hadden het zo leuk samen…' mompelde hij. Bijna smekend keek hij naar Brandon. 'Toch?'

Brandon knikte wijs en nam een slok bier. Aangezien alle banken eruitzagen alsof er diep vanbinnen van alles in leefde, leunde hij maar tegen de pooltafel.

'Tijdens mijn eerste jaar was ik met Emily Jenkins,' zei Ryan ineens, terwijl hij zijn keu terug in het rek zette. 'En toen dump te ze me op mijn verjaardag. Op mijn verjáárdag!' Hij keek om zich heen om te zien of iedereen wel echt geschokt was. 'Ik was dus jarig en ze had beloofd een milkshake met me te gaan halen, en toen maakte ze het uit. Met een sms'je nog wel!'

'Man, dat is zwaar klote,' zei Lon. Hij klopte op de bank, also hij Ryan uitnodigde een knuffel te komen halen of zoiets. 'Maar ik ging dus op m'n dertiende een jaar lang met een meisje, en we waren van plan om samen naar het Waverly te gaan. Dat was ech het enige waar we over praatten, weet je? Met elkaar afspreken in de slaapkamer en zo.' Hij liet zijn blik over de jongens dwalen. 'En toen werd ik toegelaten, en zegt zij ineens dat ze zich helemaal nie heeft ingeschreven.'

Vanaf de andere kant van de ruimte keek Easy hem meelevend aan. Hij was nog pas aan zijn eerste biertje. 'Toen ik veertien was dumpte een meisje me helemaal boven in het reuzenrad van Six Flags. Toen draaide dat stomme ding nog iets van acht keer rond voordat we er eindelijk uit konden,' zei hij hoofdschuddend. Zijn zwarte haar vloog alle kanten op. Het moest nodig eens worden geknipt. 'We moesten daar dus gewoon blijven zitten, zonder elkaar aan te kijken en zo.'

'Waarom dumpte ze je dan?' vroeg Brandon. Niet dat het hem nou zoveel kon schelen, maar hij vond het fijn om te weten dat Easy ook eens was gedumpt. Hij greep een van de biljartballen die nog op tafel lagen en probeerde hem in de richting van een zakje te rollen.

Easy masseerde zijn nek en keek hem grijnzend aan. 'Volgens mij vond ze het vervelend dat ik geen auto had,' zei hij schouderophalend. 'Ze was achttien.'

Bijna kreunde Brandon hardop. Was dat nou het pijnlijkste moment uit Easy's leven? Het feit dat hij als een nauwelijks volgroeide puber iets met een volwassen meisje had gehad, was toch een soort triomf? En dan Brandon, die op een feestje was gedumpt door Callie omdat ze er liever met Easy vandoor ging. Nou, dat was dus nog eens een pijnlijk verhaal.

'Dit is een goeie,' zei Heath ineens. De andere jongens waren al bijna vergeten dat hij bestond, nu hij daar zo in een hoekje verdrietig zat te zijn. Hij stak zijn iPhone op zodat iedereen de foto kon zien van Heath en Kara op het feest, verkleed als superheld. Ze hadden allebei enorme, zorgeloze grijnzen op hun gezicht, en het zag er helemaal niet naar uit dat zo'n stelletje een paar dagen later uit elkaar zou gaan.

Heath hield de iPhone stevig vast en scrolde langs nog meer foto's. Af en toe nam hij een slok bier uit het blikje dat hij naast zich had neergezet.

Brandon verwachtte nu elk moment een luide snik te horen. Hij zette zich al schrap, alsof hij zich voorbereidde op een enorme klap en niets kon doen om zich ertegen te verzetten. Hij wist niet helemaal zeker of het wel zijn verantwoordelijkheid was. Natuurlijk leefde hij erg met Heath mee, maar hij had het vermoeden dat alles weer net zo als altijd zou zijn zodra Heath weer nuchter was. Waarschijnlijk zou hij zich een poosje extra macho en eikelig gedragen om te bewijzen dat hij het nog in zich had. En drie keer raden wie de klappen mocht opvangen.

Er werd op de deur geklopt. Iedereen, op Heath na, verstopte zijn bier. Langzaam ging de deur open, en daar keek Jeremiah om het hoekje. Hij grijnsde toen hij zag dat hij de goede kamer gevonden had. 'Sorry dat ik zo laat ben.'

'Kom binnen,' zei Brandon. Hij vond het best fijn om eens voor gastheer te kunnen spelen. Maar toen Jeremiah de deur verder opende, viel zijn mond open. Achter hem stond Brett.

'Geen meisjes!' riep Heath meteen uit. Hij kwam wankelend op zijn benen overeind.

'Doe eens normaal, man,' reageerde Jeremiah lachend. 'Ik heb genoeg voor ons allemaal.' Meteen haalde hij een fles Absolut onder zijn geel met paarse St. Lucius-jack vandaan.

'Dus dit is jullie clubje?' zei Brett. Ze keek de kamer rond. In haar groene Nicole Miller-jurk met col en de zwartleren laarzen met spitse neuzen viel ze erg op tussen al die jongens, die nu allemaal net iets rechter zaten dan gewoonlijk. Brandon zag Lon zelfs even in zijn hand ademen, om te zien of zijn adem niet te erg stonk.

'Dit zijn de Heren van Waverly,' zei Heath. Hij wendde zich tot Brandon. 'Zeg jij het eens, Brandon. Er mogen hier geen meisjes komen.'

Brandon keek van Heath naar Brett, niet goed wetend wat hij moest doen.

'Rustig maar, Heath.' Brett zette haar handen in haar zij. 'Volgens mij kwam jij naar onze Vrouwen van Waverly-bijeenkomsten, of niet soms?' zei ze. 'Waarom mag ik dan niet hier zijn?' Ze deed haar best om luchtig te klinken omdat ze niet wilde dat de perfecte avond die ze net met Jeremiah had gehad, zou eindigen in een groot drama. Ze hadden romantisch gedineerd in Nocturne, en daarna waren ze langzaam terug naar het schoolterrein gereden. Jeremiah had zijn auto net buiten het terrein geparkeerd, zodat ze zich nog even achter de bibliotheek konden verschuilen om een beetje te vrijen.

'Ik wou dat ik daar nooit naartoe was gegaan,' zei Heath. 'Dan zou dit allemaal nooit zijn gebeurd.' Hij keek weer naar zijn iPhone, terwijl de andere jongens een beetje verlegen naar de grond staarden. Brett had het vermoeden dat Jeremiah en zij precies op het verkeerde moment waren binnengekomen.

'Wat zou nooit zijn gebeurd?' vroeg Jeremiah, die er niets van snapte. Hij opende zijn fles wodka en bood Brett een slok aan. Maar ze weigerde.

'Kara,' antwoordde Heath. Meteen nam hij nog een grote slok bier en zette het nu lege blikje naast alle andere.

Brandon wilde Brett uitleggen wat er hier aan de hand was, maar voordat hij iets kon zeggen, sprak Heath zelf al. 'Ik

...eb alleen nog een paar foto's,' zei hij theatraal.

Brett voelde zich een beetje misselijk. Had ze dat goed gehoord? Had hij het over díé foto's?

'Welke foto's?' vroeg Ryan. Hij kon een goede roddel altijd wel waarderen. Meteen sprong hij van de pooltafel af en liep naar Heath toe.

'De foto's,' mompelde Heath haast onhoorbaar. Hij hield de iPhone vlak voor zijn gezicht.

'Heath,' zei Brett met paniek in haar stem. Ze liet Jeremiahs hand los. 'Je bent dronken.'

'Goed idee,' reageerde Heath. Hij kwam met moeite overeind, maar had duidelijk geen moeite om zijn iPhone nog te besturen.

'Waar heb je het over?' vroeg Lon gretig aan Heath. Hij leunde voorover. 'Laat eens zien.'

Bevend liep Brett naar de jongens toe. Ze wist niet precies wat ze eigenlijk wilde doen. De iPhone uit Heath' handen rukken? Het was mogelijk, maar dan zou ze zeker in de problemen komen. En Jeremiah zou alleen maar nog achterdochtiger worden. Het enige wat ze nodig had, was een wonder dat Heath zijn kop zou houden. Nu meteen. Ze stak haar hand naar hem uit, hopend dat het zou lijken alsof ze hem kwam troosten.

'Hier is er eentje.' Heath hield de iPhone boven zijn hoofd. Het scherm was groot en duidelijk, waardoor iedereen de foto van de twee zoenende meisjes te zien kreeg. De foto was te dichtbij genomen en een beetje wazig, maar in de hoek was overduidelijk een lok vuurrood haar te zien.

Brett werd knalrood. Alles draaide om haar heen.

Bijna alle jongens floten, en Heath keek grijnzend om zich heen. 'Ik heb er nog meer, allemaal even geweldig.' Hij zette zijn biertje weg om zich volledig op zijn iPhone te kunnen concentreren.

'Jij klootzak,' snauwde Brett. Ze probeerde tevergeefs de iPhone uit zijn handen te rukken, en keek toen naar Jeremiah. Hij

stond nog in de deuropening, met open mond en wijd openge
sperde ogen. Zo zag iemand eruit die net zijn hele familie heef
zien afslachten. Hij wierp Brett een minachtende blik toe en zett
een stap achteruit.

'Wacht even!' riep Brett. Ze wist niet wat ze eerst wilde doen
de iPhone bemachtigen of Jeremiah achternagaan.

Maar Brandon was haar voor. Hij griste de iPhone uit Heath
handen. 'Zoiets doe je toch niet?' zei hij terwijl hij de dronken e
geschokte Heath terug de stoel in duwde. Daarna stopte Brando
de iPhone in zijn eigen zak.

Brett nam nauwelijks de tijd om Brandon te bedanken
Meteen daarna rende ze achter Jeremiah aan. 'Wacht even!' rie
ze weer. Ze volgde hem de gang op, waar haar laarzen behoorlij
hard op het linoleum klikklakten. Een eindje verderop blee
Jeremiah staan.

'Dus het was wél waar,' zei hij beschuldigend. 'Ongelooflijk
dat je zó tegen me hebt gelogen. Het was allemaal wél waar.' Eve
keek hij Brett vol afkeer aan, en stompte vervolgens met zijn vuis
tegen een poster van een kikker. KISS ME, I DON'T SMOKE ston
eronder.

Brett had hem nog nooit zo kwaad gezien. 'Ik kan het uitleg
gen,' probeerde ze. Toch voelde ze zich alsof ze net voor iets hee
smerigs was uitgemaakt.

'Jij kunt altijd alles uitleggen.' Jeremiah streek een pluk rossi
haar uit zijn gezicht en ritste zijn jack dicht. 'Maar ik heb schoo
genoeg van al je uitleg.'

'Dat is niet eerlijk,' zei Brett. Ze sloeg haar armen over elkaar
Ze kón alles toch steeds uitleggen?

'Ik geloof niks meer van wat je zegt,' zei Jeremiah zacht. I
plaats van woedde stond er nu walging op zijn gezicht te lezen. 'He
is voorbij. Voorgoed, deze keer.' Hij draaide zich om en stampt
met veel lawaai de trap op.

Het geluid bleef nog lang nadreunen in Bretts oren. Ze leun

le tegen de muur en staarde naar de kikker op de poster. Langzaam gleed ze tegen de muur naar beneden, totdat ze op het koude en merige linoleum zat. Haar mond was droog en ze beefde, maar och huilde ze niet. Alles was voorbij. En het zou nooit meer goed omen met Jeremiah. Geen spelletjes backgammon meer, geen Soho Grand, geen Thanksgiving in Sun Valley.

Nu hoefde ze zich tenminste niet meer af te vragen wat eremiah zou doen als hij de waarheid hoorde.

# Bij twijfel vraagt een Waverly Owl altijd om hulp

Jenny probeerde zich vast te grijpen aan haar stoel toen de Mustang een schuiver maakte, maar haar vingers gleden steeds af van het leer. Door de voorruit zag ze de weg verdwijnen, verschijnen, en opnieuw verdwijnen. Al die regen die op het Waverly was gevallen, was hier in de vorm van sneeuw neergedaald, waardoor de weg onder het witte spul lag.

Tinsley leunde naar voren en veegde de binnenkant van de voorruit schoon. 'Zet de ontwaseming eens aan, alsjeblieft,' zei ze geërgerd. 'Ik kan helemaal niks zien.'

Alleen al aan het feit dat Tinsley het beleefd vroeg, merkte Jenny dat zij net zo zenuwachtig was als Jenny zelf. Ze drukte op een paar knopjes en liet per ongeluk een warme windvlaag in hun gezicht waaien.

Verkrampt zat Tinsley over het stuur gebogen. Ze had haar ogen samengeknepen om nog iets te kunnen zien. Zo leek ze wel een van die oude vrouwtjes die maar niet toegaven dat ze nu echt niet meer konden rijden.

'Zullen we even stoppen en wachten totdat het ergste voorbij is?' opperde Jenny voorzichtig. Ze beet op haar lip. Het busje dat vlak voor hen reed, gaf nu het signaal dat ze het opgaven en in de berm zouden wachten totdat het ergste voorbij was.

Maar Tinsley gaf geen antwoord. Opnieuw probeerde ze de voorruit schoon te vegen, en droogde daarna haar hand aan haar broek. 'Ik heb een keer in L.A. in een zandstorm gezeten,' zei ze afwezig. 'Dat was net als dit, maar dan in het bruin. Je kon echt helemaal niks meer zien. Het duurde twee dagen voordat ze alles weer schoon hadden gekregen. En de meeste auto's waren helemaal verkloot door al dat zand.'

Dat verhaal stelde Jenny niet bepaald gerust. Ze was bang dat ze binnenkort regelrecht tegen een andere auto zouden aanknallen, en daarna van de weg zouden rijden. Ineens vroeg ze zich af of Tinsley misschien dood wilde. Zat ze in een auto met iemand die toch niets te verliezen had? Meteen had ze spijt dat ze haar nieuwe populariteit er nog eens goed had ingewreven bij Tinsley. Haar kon het niet zoveel schelen of ze nou populair was of niet. Niet genoeg om dood te willen, tenminste. Bovendien was het Waverly zo ver weg... Maar Callie was helemaal verloren en alleen.

'Zitten we nog wel op de weg?' vroeg ze.

'Volgens mij wel,' zei Tinsley fronsend. 'Maar ik zie nergens meer strepen.'

Een lichte paniek borrelde in Jenny op. Ze wilde Tinsley dwingen om nu meteen de auto tot stilstand te brengen, voordat ze zelf verdwaalden en doodvroren. Maar het was niet nodig. Langzaam ging de auto steeds langzamer rijden, totdat de motor er helemaal mee ophield. De auto schoof nog een klein eindje door terwijl Tinsley wanhopig het gaspedaal bleef indrukken.

'Wat gebeurt er?' vroeg Jenny. Ze keek hulpeloos om zich heen. 'Waarom stoppen we ineens?'

'Die klotemotor houdt er verdomme mee op.' Tinsley sloeg tegen het dashboard. Er klonk een soort van *oef*-geluidje toen de auto zich in een berg sneeuw boorde. Tinsley draaide het sleuteltje een paar keer om, maar de motor gaf geen kik.

'Hij kan er niet helemaal mee opgehouden zijn. De radio werkt nog!' riep Jenny uit. Maar het laatste nummer van James Blunt klonk zachter en zachter totdat het griezelig stil werd.

'Nu kunnen we niet eens naar muziek luisteren terwijl we doodvriezen,' merkte Tinsley op. Ze schakelde, trok het sleuteltje uit het contact en pakte haar Balenciaga-tas. 'Waar heb ik het nou gelaten?' mompelde ze in zichzelf terwijl ze in haar tas zocht 'Aha!' Ze haalde haar mobieltje tevoorschijn. Door het beeld schermpje viel er een vreemde oranje gloed door de auto.

Met een frons keek Tinsley naar haar mobiele telefoon 'Verdomme.' Ze schudde het toestel en zette daarna het portie. open. Meteen sprong ze uit de auto en hield haar telefoon voor zich uit als een soort wichelroede.

Jenny volgde haar. Haar gympen zonken weg in de sneeuw en lieten ijskoud water door. Op het schermpje van haar eigen mobieltje knipperde de afbeelding van een batterij. Dus haar telefoon stierf ook langzaam in de nacht. Instinctief gebruikte ze het laatste beetje stroom om een berichtje aan Easy te schrijven, waarin ze alles uitlegde. Haar duimen vlogen zo snel als ze maar konden over de toetsen, en voordat haar telefoon het begaf, drukte ze op het groene knopje. Verstuur bericht. Een paar tellen later gaf het toestel de geest.

'Ik krijg hier geen ontvangst, jij?' vroeg Tinsley klappertandend.

'Mijn telefoon is nu ook dood,' zei Jenny. 'Maar ik heb Easy nog net een berichtje kunnen sturen.'

'Maar we weten toch niet waar we zijn? Hoe moet hij ons dan komen redden?' vroeg Tinsley. Ze zwaaide met haar armen om zich heen, om Jenny erop te wijzen dat ze verloren waren in de wildernis. Als het niet zo koud was, en hun auto het nog had gedaan, en ze hier niet met Tinsley Carmichael was geweest, dan had Jenny zo'n authentieke winteravond met veel sneeuw wel kunnen waarderen. Haar broer Dan zou hier waarschijnlijk een gedicht over hebben geschreven.

'Dat heb ik hem ook niet gevraagd,' zei Jenny. 'Ik heb hem alleen verteld waar Callie is.' Haar sokken waren nu doorweekt Waarom was ze dan ook zo stom geweest om Keds aan te trekken in plaats van echte schoenen?

'Waarom heb je je laatste beetje stroom niet gebruikt om het larmnummer te bellen?' vroeg Tinsley kwaad. 'Wil je hier soms terven?'

Jenny haalde haar schouders op. 'Ik ga terug de auto in,' zei ze. Zo klonk ze een stuk onverschilliger dan ze zich eigenlijk voelde.

'Prima,' zei Tinsley geïrriteerd. Ze volgde Jenny naar binnen. Was Jenny dan echt mentaal gestoord of zo? Als ze het alarmnummer had gebeld, zouden ze waarschijnlijk algauw worden gered. Maar nu? Nogmaals schudde ze haar eigen telefoon, maar het had geen zin. Geen signaal, zeker niet hier binnen. De korte tijd die ze buiten had doorgebracht, had haar tot op het bot verkild. Bovendien was alle warmte uit de auto verdwenen.

'Misschien houdt het zo meteen op met sneeuwen,' opperde Jenny hoopvol. Ze wreef haar handen warm.

Heel misschien, dacht Tinsley. Nou ja, sneeuwstormen duren niet eeuwig. En ze konden niet ver van de weg af gedwaald zijn. Misschien was het toch allemaal niet zo hopeloos als ze eerst had gedacht. Trouwens, het was eigenlijk best schattig en moedig van Jenny dat ze eerst aan Callie dacht, en daarna pas aan zichzelf. Ze dacht terug aan de goede ouwe tijd, toen er nog geen Jenny was, en Brett, Callie en zij ook zo goed voor elkaar zorgden. Eigenlijk was het niet eens zolang geleden, maar het voelde als uit een andere eeuw. Sinds ze van school was gestuurd vanwege dat gedoe met de xtc, was hun groepje langzaamaan uit elkaar gegroeid. Kon ze de laatste paar maanden maar terugdraaien, en teruggaan naar de tijd toen het nog gewoon Brett, Callie en Tinsley was... Zij waren de grote leiders van de school geweest, en iedereen was jaloers. Precies zoals het hoorde.

De lichten in de auto gingen uit, en ze hoorden een harde klik. Tinsley zag paniek in Jenny's ogen. Het was wel duidelijk dat de motor het nu echt had begeven. En ze hadden geen extra kleding bij zich, of iets anders om zich tegen de kou te beschermen.

Jenny draaide zich om en zocht naar iets op de achterbank. 'Hij moet toch wel iets van een trui in de auto hebben liggen...' Even later haalde ze een zacht, wijnkleurig dekentje tevoorschijn.

'Getver,' zei Tinsley. 'Volgens mij vrijt Seb daarop. Daar wil ik niet eens bij in de buurt komen.'

Jenny glimlachte verdrietig. 'Fout. Het is van Drew.'

'Maakt mij niet uit. Het blijft smerig. Misschien zelfs nog smeriger,' zei Tinsley. Ineens moest ze weer denken aan hoe kattig Jenny had gereageerd toen ze haar had geprobeerd te waarschuwen voor Drew. 'Hoe weet je dat eigenlijk? Jullie hebben het hier toch niet op gedaan?'

'Natuurlijk niet!' riep Jenny geschokt uit. Met enige tegenzin spreidde ze het dekentje over zich uit. 'Het is toch ongelooflijk dat...'

Buiten klonk een luide snik, en de twee meisjes keken elkaar geschrokken aan.

'Wat was dat?' vroeg Jenny.

Bijna had Tinsley hetzelfde gevraagd, maar ze wilde Jenny niet laten merken hoe bang ze was. Ze wist zeker dat ze hier zouden sterven. Ze was helemaal hierheen gereden om samen met Jenny Humphrey in een auto dood te vriezen.

'We zouden eigenlijk tegen elkaar aan moeten kruipen om iets aan elkaars warmte te hebben.' Jenny tilde uitnodigend een stukje deken op.

Tinsley had niet erg veel zin, maar ze had het inderdaad ijskoud. Ook wist ze dat Jenny eigenlijk gelijk had. Als ze hier nog levend uit wilden komen, moesten ze samenwerken. Ze pakte een stukje deken en wikkelde het om zich heen terwijl ze dichter bij Jenny kwam zitten. Hun schouders botsten tegen elkaar aan.

'Ik vind je echt een kreng,' zei Jenny met trillende stem.

'Ik jou ook,' reageerde Tinsley.

Buiten klonk nog meer gejank, en de meisjes kropen dichter tegen elkaar aan.

# Een Waverly Owl weet dat de redding altijd nabij is

Callie had het idee dat er een laagje ijs aan haar huid zat vastgevroren. Ze zat in elkaar gedoken in het holletje en wiegde zich in de hoop een beetje warmer te worden. De grond was keihard. Nadat ze het had opgegeven om vuur te maken, was ze even gaan rondlopen totdat ze niet meer kon en languit in de sneeuw was gevallen. Misschien kon ze beter haar energie sparen? Het leek haar het beste om zich onder een boom op te krullen. Haar handen had ze onder haar oksels gestopt, en haar knieën opgetrokken tot onder haar kin, in haar jas.

Haar lege maag rammelde, maar overstemde het lawaai van de wind net niet. Die ijzige wind blies Callies haren om haar hoofd, waardoor ze zich voelde als iemand in een windtunnel. Het gevoel in haar tenen en vingers was ze al uren kwijt. Van alle mogelijke manieren om te sterven, moest ze nou uitgerekend bevriezen ergens in Maine. Liever wilde ze een skydive-ongeluk krijgen, of een vreselijke, exotische ziekte als roodvonk, of als *Thelma & Louise* van de heuvel af storten in een snelle rode auto. Alles behalve doodvriezen. Ze zag de roddelbladen al voor zich. DOCHTER VAN GOUVERNEUR OP MYSTERIEUZE WIJZE DOODGEVROREN IN AFKICKKLINIEK.

De sneeuw bleef maar vallen, en Callie vond het moeilijk om haar ogen open te houden. Haar oogleden voelden zwaar, en dat maakte het extra moeilijk om wakker te blijven. Ineens zag ze een lichtje voor haar ogen dansen. Het was nog ver weg, maar langzaamaan leek het dichterbij te komen. Hier had ze vaak over gelezen, en ze had het ook op tv gezien. Dus het bestond echt, ze moest naar het licht toe gaan. Even dacht ze erover om het tegemoet te lopen, maar zo te zien kwam het toch al snel naar haar toe gevlogen. Nog beter. Nu hoefde zij tenminste niets te doen. Zorg dat het een beetje snel gaat, dacht ze. Ze sloot haar ogen.

Maar toen ze haar ogen weer opende, hallucineerde ze. Dat moest wel. Easy stond voor haar neus, en hij tikte hard op haar schouders. Wat gezellig, dacht ze. Ze voelde zich helemaal warm worden. Het was fijn om Easy in haar eigen licht te hebben, als haar persoonlijke Vergilius. Hoewel ze liever niet terugdacht aan *De goddelijke komedie* van Dante, dat ze als onderbouwer had moeten lezen... Ze keek Easy met het lieve engelengezicht aan en glimlachte, klaar om zich over te geven aan haar droom. Misschien zou hij wel het laatste zijn wat ze zag voordat ze dood zou gaan.

'Ik heb je gevonden,' zei de hallucinatie. Ook hij glimlachte, en Callie wist nu helemaal zeker dat het een droom was. De echte Easy was veel te kwaad op haar om zo naar haar te glimlachen. Maar deze Easy vond ze eigenlijk best leuk. Het voelde een stuk beter om de Easy van vroeger voor zich te zien dan de Easy van nu.

'Daar ben ik blij om,' fluisterde ze. 'Kom je me halen?'

Easy knikte. 'Ja,' zei hij. Zijn stem leek van heel ver te komen. 'Heb je het niet koud?'

'Niet meer,' zei ze. Ze probeerde op te staan, maar het lukte niet. Haar knieën zaten nog veilig onder haar parka. Dus sloot ze haar ogen en hoopte opgezogen te worden door het felle licht. Misschien kon Easy haar er wel in gooien of zoiets. Maar er gebeurde niets. Het hield op met sneeuwen, en opnieuw opende Callie haar ogen. Easy stond nog steeds voor haar, maar hij zag er anders uit. Minder engelachtig. Bovendien rook ze nu de paardengeur die altijd om de echte Easy heen leek te hangen. Toen ze naar zijn groene Patagonia-fleecetrui keek, zag ze zelfs sprietjes hooi.

'O mijn god!' riep ze uit. 'Je bent het echt!' Met moeite kwam e een stukje overeind, en viel toen om in de sneeuw.

'Het is al goed,' zei Easy. Hij bukte om Callie te helpen zich-elf uit haar parka te bevrijden.

Callie kon alleen maar langzaam meewerken. Het leek alsof ze iergens meer energie voor had, behalve om haar neus in Easy's ials te stoppen en zijn geur op te snuiven. Hij rook naar paarden, erpentijn en scheerschuim.

Zonder enige moeite tilde Easy haar op. 'Kom mee,' zei hij ter-vijl hij de sneeuw van haar af klopte en haar warm wreef. Callie uiverde. 'Laten we teruggaan. Jij moet even op een warm plekje oij het vuur zitten, met een grote beker warme chocolademelk.' Iij trok zijn sjaal los en wikkelde hem om Callies hals.

'Hoe wist je dat ik hier was?' vroeg ze verbaasd. Ze liet haar gevoelloze vingers over zijn wang dwalen. Hoe vaker ze kon voe-en dat hij echt was, des te beter.

'Lang verhaal,' zei Easy. Hij hield zijn arm stevig om Callie geslagen, alsof hij haar nooit meer wilde laten gaan, en hielp haar o het sneeuwlandschap door. 'Maar in feite... Jenny stuurde me een berichtje over wat er aan de hand was, en waar je uithing. Ook lat van de cheque. Dat was heel eh, lief van je.'

Callie lachte naar hem. Ze was zo gelukkig dat ze wel in tranen ou kunnen uitbarsten. Waarschijnlijk had ze dat ook gedaan als iaar traanbuizen niet bevroren waren. 'Dat wilde ik je op het feest vertellen,' legde ze uit. Ze had nog steeds geen gevoel in haar tong. Maar je gaf me er de kans niet voor.'

Easy trok haar naar zich toe. Zijn warmte leek Callie met nieu-ve energie te vullen. 'Het spijt me,' mompelde Easy. Hij streek over haar haren.

O god, mijn haar, dacht Callie. Door haar verblijf hier in de kliniek was het helemaal raar en klitterig geworden. Bovendien was haar gezicht waarschijnlijk knalrood van de kou.

'Ik wist dat je het in je had,' zei Easy grijnzend.

'Helemaal niet,' zei Callie mokkend. Eigenlijk voelde ze zich alleen maar fijn in zijn omhelzing, en maakte het haar niets meer uit wat hij van haar vond. Zolang ze maar weer bij elkaar kwamen. Wat maakte het uit of ze verslaafd aan hem was? Het voelde goed.

Easy fronste zijn voorhoofd. 'Ik wist het heel goed. Mijn geheugen werkt nog prima, hoor. Ik miste de oude Callie, en ik moest steeds aan haar denken in het vliegtuig hiernaartoe.'

'Welk vliegtuig?' vroeg ze verbaasd. Een ijzige windvlaag blies tegen hen aan, en Easy beschermde Callie tegen de ergste kou.

'Ik regelde een vliegtuig om je te kunnen ophalen.'

'Watte?' Even duizelde het haar. Een vliegtuig? Easy? 'Mijn held. Maar wacht eens, hoe wist je trouwens waar ik was?'

'Dat zei ik toch?' Easy keek haar bezorgd aan. 'Jenny heeft me alles verteld.'

'Nee,' zei Callie. Ze kneep zachtjes in zijn arm. 'Hoe wist je waar je me híér moest vinden?' Ze gebaarde naar het ondergesneeuwde bos waarin ze zich bevonden.

'Ze zeiden dat ze je hier hadden gedropt,' zei Easy, die er niets meer van begreep. Hij wees naar achteren. 'Je kunt de eetzaal zien als je over die heuvel heen loopt.'

Callie ging op haar tenen staan. Kon dat echt waar zijn? Maar meteen herkende ze een van de berken waar ze langs was gekomen toen Natasha haar hiernaartoe had gebracht. Nog nooit had ze zich zo stom gevoeld. Ze was echt bereid geweest te sterven, en waarschijnlijk zaten ze binnen naar haar te gluren, en weddenschappjes af te sluiten over wanneer ze de gekookte aardappelen zou ruiken, en door zou krijgen dat ze heel dicht bij de kliniek was. 'Wat ontzettend vals van ze.'

Easy sloeg zijn armen om Callie heen. Haar lichaampje bibberde hevig in de kou, en hij vroeg zich af wat voor soort beulen hier waren om haar zoiets aan te doen. Ooit had hij gehoord van opvoedkampen in de woestijn waar kinderen gewoon doodgingen. Was dit net zoiets? Wat had die gestoorde gouverneur Vernon bezield om die arme Callie hierheen te sturen? In het vliegtuig was hij nog doodsbang geweest te laat te komen en een bevroren Callie aan te treffen, zo koud dat hij haar nauwelijks durfde aan te raken.

Nog geen minuut nadat hij Jenny's berichtje had ontvangen, was hij in actie gekomen. Eerst had hij een taxi naar het vliegveld genomen. Daar had hij al zijn spaargeld uitgegeven aan een privévliegtuig dat hem regelrecht naar Maine had gebracht. Het was natuurlijk een gestoorde actie om zo halsoverkop in het holst van de nacht van het schoolterrein af te gaan. Als hij werd gesnapt, zou zelfs mevrouw Horniman hem niet meer kunnen redden.

Maar hij hield van Callie. Eindelijk kon hij het toegeven. Het deed hem denken aan een van die dingen die zo'n sullige nachtelijke priester had gezegd die hij weleens op tv zag wanneer hij zich thuis in Lexington verveelde: Vergeving is een gift aan jezelf. Dat klopte. Het was fijn om die woede los te laten en Callie haar fouten te vergeven. En zodra hij haar gezicht had gezien, had hij beseft dat ze zelf ook spijt had van alles wat ze had gedaan. Diep vanbinnen was ze een aardig persoon. Misschien was hij de enige op het Waverly die dat wist, want Callie deed niet bepaald haar best om haar goede kanten te laten zien, maar híj was er zich van bewust.

Hij steunde Callie toen ze terugliepen naar de kliniek. Een eindje verderop wachtte een taxi op hen, klaar om terug naar het vliegveld te rijden. 'We moeten nu echt terug. Kun je regelen dat ze je spullen opsturen?'

Callie haalde haar schouders op en keek glimlachend naar hem op. Haar haren waren één grote klittenboel, en hoewel ze zelf misschien een rolberoerte zou krijgen als ze nu in de spiegel keek, vond Easy haar mooier dan ooit. 'Ik heb alles wat ik nodig heb hier bij me.'

Easy keek haar aan. Zo voelde hij het ook.

# 35

# Een Waverly Owl snapt dat het allerbeste nooit ver weg is

Huiverend opende Jenny haar ogen. Toen ze het zwarte dashboard zag, wist ze even niet waar ze was. Totdat ze de metalen *S* met diamantjes aan de achteruitkijkspiegel zag bungelen, en de gebeurtenissen van die vorige avond haar te binnen schoten. Dat ze erop had gestaan mee te gaan met Tinsley, dat ze Sebs auto hadden geleend, en toen die nachtmerrie van een sneeuwstorm waardoor ze hier waren komen vast te zitten. Door het raampje zag ze de zon al opkomen, waardoor de sneeuw lila en geel kleurde.

Ineens snoof ze een sterke aardbeiengeur op, en plotsklaps drong het tot haar door dat Tinsleys hoofd op haar schouder lag. Ze hadden het gered. Ze hadden de nacht overleefd. Voorzichtig bewoog ze haar voeten. Gisteravond waren haar roze Keds zo doorweekt geweest en had ze zulke ijskoude voeten gehad dat ze geen gevoel meer in haar tenen had. Maar nu voelde ze alles weer. Een goed teken.

Tinsley snurkte zacht, en Jenny bekeek haar eens goed. Haar huid was echt helemaal gaaf. Van zo ongelofelijk dichtbij kon ze niet één mee-etertje ontdekken. Wat voor spul zou ze daarvoor gebruiken? Waarschijnlijk een of andere mysterieuze, peperdure crème uit een exotisch land. Grappig, maar zo goed had ze Tinsley nog nooit bekeken. Meestal keek ze liever de andere kant op wanneer Tinsley voorbijliep. Of ze maakte snel dat ze wegkwam. Het was vreemd om zo dicht bij Tinsley te zijn, een beetje als het bestuderen van een zeldzame vogel. Nu ze sliep, leek ze heel schattig, helemaal niet de feeks die ze overdag kon zijn.

Moest ze haar nu wakker maken? Ze waren al pratend in slaap gevallen. Nadat Jenny de pijnlijke stilte had doorbroken door Tinsley het hele Drew-verhaal te vertellen, waren ze over van alles en nog wat blijven praten. Het was misschien dom van haar geweest om zoveel los te laten. Waarschijnlijk wist binnenkort iedereen op school dat ze zich had laten inpakken door die slijmbal van een Drew. Maar dat kon haar op dit moment niet schelen. Verrassend genoeg had Tinsley haar niet uitgelachen, of een preek afgestoken met als thema: ik heb het je toch gezegd? Ze had juist begrijpend gereageerd en het over haar eigen ervaringen gehad. Ze had dan wel de namen een beetje veranderd uit het oogpunt van anonimiteit, maar toch was het... gezellig geweest.

Uiteindelijk wurmde ze zich dan toch onder Tinsley vandaan. Haar nek deed pijn na een hele nacht in een vreemde positie te hebben gelegen, en ze moest zich even uitrekken.

Meteen opende Tinsley haar ogen en staarde met een lege blik voor zich uit, alsof ze niet goed wist waar ze was. Na een poosje keek ze Jenny aan. Even leek het alsof ze glimlachte, maar Jenny kon zich vergissen.

'Goeiemorgen,' zei Jenny terwijl ze haar nek masseerde.

Tinsley strekte haar armen uit over het stuur en kreunde luid. 'Goeiemorgen,' zei ze. Nu keek ze eens goed om zich heen naar het verlaten sneeuwlandschap. 'Ongelooflijk, we zijn nog steeds hier.'

'Als ik had geweten dat we die sneeuwstorm zouden overleven, had ik wel een tandenborstel meegenomen,' zei Jenny. Meteen daarna streek ze haar haren naar achteren en bond ze in een staart met het elastiekje dat altijd om haar pols zat.

Tinsley gniffelde. 'Ja, ik kan ook wel een tandenborstel gebruiken.' Ze zocht in haar tas en haalde er een gekreukt pakje Pall Mall uit tevoorschijn. Ze trok er een sigaret uit en hield het pakje toen voor Jenny's neus. 'Maar dit werkt ook wel.' Ze draaide het sleuteltje weer om in het contact.

Zo over het stuur gebogen met een sigaret in haar mond geklemd leek ze op zo'n stoer meisjes uit zo'n zwartwitfilm di 's avonds laat werden uitgezonden.

De auto maakte een pruttelend geluid en hield er toen wee mee op. Zuchtend opende Tinsley het portier van de auto en sta haar sigaret aan. Het was eigenlijk niets voor Tinsley om te voor komen dat het interieur van andermans auto naar rook ging stin ken.

De frisse lucht stroomde de benauwde auto in. Jenny stak oo maar een sigaret op. Niet dat ze ooit eerder had gerookt, maar z wilde dit gebaar van Tinsley niet afslaan.

'Denk je dat ze al naar ons op zoek zijn?' vroeg Jenny. Ze zoo zachtjes aan de brandende sigaret, om maar niet te veel rook bin nen te krijgen. Snel daarna opende ze ook haar portier en blies d rook weer uit.

'Nou ja, de drie opvallendste leerlingen van school zijn ineen verdwenen.' Tinsley leunde ontspannen achterover in haar stoel 'Waarschijnlijk staat de hele school op z'n kop.'

De drie opvallendste leerlingen? Bedoelde ze nou ook Jenny of had ze het over Easy? Hoe dan ook, het was fijn om een com pliment van Tinsley Carmichael te krijgen. 'Nou, we zijn no steeds niet dood,' zei ze vrolijk. Zo erg was het nou ook weer nie om de wiskundeles te kunnen laten schieten. Ze stapte uit de auto 'Ik ga even mijn benen strekken.'

'Misschien heb ik eindelijk ontvangst,' zei Tinsley. Ze trok d kraag van haar coltrui over haar mond.

Jenny moest haar ogen beschermen tegen het felle zonlicht De sneeuwvlokjes glinsterden in het licht, alsof er diamantjes op hen neerdaalden. 'Nou, dat zal dan wel het oosten zijn.'

'Dan staat de auto alvast de goede kant op,' zei Tinsley. 'Ee probleem minder.'

Allebei moesten ze lachen. Zo langzamerhand begon Jenny een smerige smaak in haar mond te krijgen van die sigaret, du gooide ze hem weg. Hij belandde in de sneeuw en siste even. Maar toen ze het spoor van rook volgde, viel haar ineens iets op. Ze keek nog eens, maar dit keer was er niets. Toch bleef ze kijken in de hoop weer iets te zien.

'Wat is er?' vroeg Tinsley.

'Er is daar iets,' zei Jenny, en ze wees. De ijzige kou prikte. Waarom had ze geen handschoenen meegenomen? Ze liep een paar passen verder en sprong op om over de sneeuw heen te kunnen kijken.

'Wat zie je?' vroeg Tinsley, die stilletjes bij haar was komen staan. Ze strompelde over de helling, op de voet gevolgd door Jenny. Met open mond bleven ze staan. Voor hen wapperde een Amerikaanse vlag. Niet dat de vlag zelf nou zo bijzonder was, maar eronder stond een enorm houten hek. In elegante groene letters stond erop: CHELMSFORD COUNTRY CLUB. Zelfs van deze afstand zagen ze de rijen auto's die op een enorm parkeerterrein stonden.

'Dat meen je niet,' zei Jenny. 'We hebben de hele nacht bijna in hun voortuintje gestaan.'

'Laten we dan niet nog langer wachten,' reageerde Tinsley. Ze stormde terug naar de auto, trok de sleutels eruit en smeet het portier dicht. Het voelde een beetje alsof ze de dood weer te slim af was geweest. Net als die keer in Guatemala, toen ze een taxi had genomen en ze door allemaal onbekende, donkere steegjes hadden gereden. Ze had gedacht dat de bestuurder haar mee naar zijn huis had willen nemen, of het huis van een van zijn vrienden, om daar door haar tas te zoeken, of wie weet wat hij met haar voorhad. Hysterisch had ze zich vastgeklampt aan het portier, klaar om uit de auto te springen zodra die iets langzamer zou gaan rijden. Toen ze doorkreeg dat de bestuurder weer op de snelweg reed en iets over een kortere route mompelde, had ze zich ongelofelijk stom gevoeld.

Ze stampte door de sneeuw met Jenny achter zich aan. Een

keer zette ze een verkeerde stap en zonk ze tot haar middel weg in de sneeuw. Maar het maakte haar niets uit. Ze kreeg zelfs de slappe lach toen Jenny haar eruit probeerde te trekken. Even daarna greep ze Jenny's hand en trok ze zichzelf los. De meeste sneeuw viel van haar af, alsof ze aan het vervellen was.

Jenny klopte de rest van de koude, witte troep van haar af. 'Zolang het niet smelt, gaat het wel,' zei ze.

Tinsley keek eens goed naar Jenny. Ze had knalrode wangetjes, en haar lip was opengesprongen van een lange nacht in de kou. Goed, Jenny kon af en toe behoorlijk irritant zijn, maar ze was niet zo vreselijk als Tinsley altijd had gedacht. In haar korte rode caban, met die roze Keds die nu onder de sneeuw zaten, en haar loszittende paardenstaartje, zag ze er allesbehalve bedreigend uit. Eerder lief en schattig. Had ze zich echt zo'n zorgen gemaakt om dit meisje? Wat maakte het uit dat Jenny de koningin van het Halloween-feest was geworden? En wat maakte het uit dat Julian haar leuker vond dan Tinsley? Julian was per slot van rekening een onderbouwer. Wat wist hij er nou van?

'Vroeger waren mijn ouders lid van de een of andere countryclub waar ze enorme bubbelbaden hadden,' zei Tinsley. Ze tilde haar voeten extra hoog op, in de hoop zo sneller vooruit te komen. 'En heel leuke masseurs.'

Jenny giechelde. 'Ik zou ze best allebei kunnen gebruiken,' zei ze. 'En een enorme beker warme chocolademelk.'

'En een bord wafels met siroop.' Tinsleys maag begon al te rammelen. Op het Waverly had de vorige avond kippenragout op het menu gestaan. Ze had het niet genomen en in plaats daarvan een kom cornflakes met stukjes felgekleurde marshmallows verorberd. De hele nacht had haar maag al zitten rommelen. Jenny had onderweg nog een Twix gekocht bij een tankstation, maar Tinsley had toen niets willen kopen. Nu had ze er spijt van.

'Of chocoladepannenkoeken met een toefje slagroom,' zei Jenny dromerig.

'Wie er het eerste is,' zei Tinsley uitdagend.

'De verliezer moet een plan bedenken om Drew en alle ande-
e rotjochies op het Waverly klein te krijgen,' zei Jenny.

'Ik heb wel een paar ideetjes,' reageerde Tinsley. Meteen
printte ze naar de countryclub. De ijskoude wind deed pijn in
aar longen, maar ze kon alleen maar denken aan de warmte
innen.

Misschien was die Jenny Humphrey zo gek nog niet. Maar toch
einsde Tinsley er niet over haar de race naar het bubbelbad te
aten winnen.

## 36

*Een Waverly Owl neemt haar
verantwoordelijkheid serieus, zelfs als ze
liever in huilen wil uitbarsten*

Dinsdagochtend stormde Brett door de dubbele deuren van de bibliotheek. Haar canvas Strand-schoudertas bungelde aan haar arm. Ze beende door de bibliotheek alsof ze op weg was een klus te klaren waar de toekomst van de hele mensheid vanaf hing, maar in werkelijkheid wist ze niet eens zeker of Sebastian wel zou komen opdagen.

Vanuit een van de studiezalen zwaaide Benny naar haar. Soms gebruikte de redactie van *Absinthe*, het krantje van het Waverly, die ruimte als hoofdkwartier. Benny maakte een gebaar alsof ze zichzelf door de kop schoot, en Brett vermoedde dat dat iets te maken had met de kwaliteit van de stapel manuscripten die voor haar lag.

Buitenschoolse activiteiten. Ze kon die hele mevrouw Horniman en de rest van het Waverly-bestuur wel iets aandoen... Het was toch niet eerlijk om iets van haar te vragen wat ze toch niet had kunnen weigeren? Ze was al klassenprefect, ze moest elke week met de disciplinaire commissie vergaderen, en ze moest overleggen met rector Marymount en mevrouw Rose, de mentor van die commissie. Ook had ze dat verdomde Vrouwen van Waverly opgericht. Telde dat dan niet? Haar sociale leven lag overhoop, en alsnog wist ze goede cijfers te halen. Relatief gezien was ze de perfecte leerling. Tenminste, dat vond ze zelf.

Verveeld voelde ze aan het insigne op haar Waverly-blazer. Die had ze aangetrokken om nog iets van gezag over Sebastian te kunnen uitstralen. Ze liep het hoekje om en verwachtte een verlaten en donkere studiezaal aan te treffen. Maar in plaats daarvan lag Sebastian met zijn hoofd op tafel. Ondanks de felle lichten was hij in een diepe slaap verzonken. De sterke geur van aftershave kwam haar tegemoet toen ze de deur opende.

'Klop klop,' zei Brett terwijl ze de deur achter zich sloot. Meteen ergerde ze zich aan haar eigen stem. Moest ze nou echt als een leraar klinken? En dan nog wel een heel suffe leraar. Ze trok de pijpen van haar zwarte Habitual-skinnyjeans goed. Het was verdraaid moeilijk geweest om iets te vinden om aan te trekken. Die ochtend had ze zich nog erg rot gevoeld over wat er de vorige avond was gebeurd, en ze wilde er niet nog stommer uitzien dan ze zich voelde. Dus had ze uiteindelijk besloten om haar superstrakke zwarte spijkerbroek aan te trekken, samen met haar zwarte Taryn Rose-knielaarzen en een donkergrijze coltrui met ribbelsteek van Design History. Daarin kwam haar vuurrode haar altijd beter uit.

Sebastian hief zijn hoofd en keek Brett slaperig aan. Nu kon Brett hem eindelijk eens goed bekijken. Hij had heel erg donkerbruin haar en een olijfkleurige huid. Zelfs nu hij zat, kon ze zien dat hij erg lang was. Hij had enorme zwarte wimpers, waarvan zijn bruine ogen iets bijna vrouwelijks kregen.

'Hoi,' zei hij zacht. In zijn effen witte T-shirt en met een gouden ketting om zijn nek zag hij er net zo uit als de jongens met wie ze in Jersey was opgegroeid. Maar deze was een stuk knapper om te zien. Had mevrouw Horniman dat bedoeld toen ze zei dat ze dezelfde achtergrond hadden? Vond ze Brett dan ook ordinair?

'Fijn dat je er bent,' merkte ze spottend op, om niet te laten merken hoe verrast ze was. 'Ik ben, eh... Brett.' Alsof dat niet vanzelfsprekend was. Ze liet haar schoudertas op de grond vallen en ging geeuwend op een stoel zitten. Na die afschuwelijke bijeenkomst van Heren van Waverly gisteravond was ze uitgeput in bed gekropen. Het was eindelijk echt tot haar doorgedrongen dat het nooit meer goed zou komen met Jeremiah, en Tinsley was die nacht niet eens thuisgekomen. Zelfs met de kamer voor zich alleen had ze niet kunnen slapen. Het bleef maar door haar hoofd spoken dat Jeremiah haar een leugenaar had genoemd. Ze maakte zich er niet eens druk om dat een groep jongens haar op de foto had zien zoenen met Kara. Dat maakte nu toch niets meer uit.

'Geen probleem,' zei Seb. Hij keek haar langdurig aan en zakte vervolgens onderuit. 'Die twee meiden hebben m'n auto gejat, en ik heb toch niks beters te doen.' Hij lachte. 'En zelfs al had ik iets beters te doen, dan nog kon ik er zonder auto niet komen.'

'Waarom doe je geen aangifte bij de politie?' vroeg Brett afwezig. Ze zocht in haar tas naar de kaartjes die ze had gemaakt. De vorige avond had ze een uur lang zitten zwoegen aan die dingen, in de hoop er met Seb doorheen te bladeren en dus niet zelf iets te hoeven zeggen. Het was wel duidelijk dat Seb geen zin had om naar haar te luisteren, maar hij moest wel aan het eind van de week examen doen. Mevrouw Horniman had duidelijk gezegd dat hij absoluut geen onvoldoende mocht halen.

'De politie?' vroeg Seb verbaasd. Hij staarde Brett aan alsof ze had gezegd dat hij zijn moeder moest bellen of zoiets. 'Wat moeten die dan doen?'

'Nou... Waar ze voor betaald worden, bijvoorbeeld?' Waarom moest hij nou zo vervelend doen? Ze probeerde alleen maar een gesprek te voeren. Eindelijk vond ze de kaartjes in haar tas. Ze trok het stapeltje eruit en legde het voor zich neer.

'Waar ik vandaan kom, doet nooit iemand aangifte,' zei Seb theatraal.

'Waar kom je dan vandaan?' vroeg Brett ongeïnteresseerd. Het beeld van Jeremiah die kwaad de trap op stormde, wilde maar niet uit haar hoofd. Zijn mobieltje stond uit, en elke keer dat ze hem belde, kreeg ze de voicemail. Wat nou als hij... Als hij weer bij die slet van een Elizabeth was?

'Paterson,' antwoordde Seb. Hij haalde zijn hand door zijn
lanzende haar.

'Daar ben ik wel eens geweest,' zei Brett. Ze probeerde haar
hoofd bij het gesprek te houden. 'Zo erg is het daar niet.' Dus hij
kwam ook uit Jersey. Nou ja, hij zag er inderdaad uit alsof hij alleen
daar vandaan zou kunnen komen. Ze haalde een pen tevoorschijn.
Niet zozeer omdat ze aantekeningen wilde gaan maken, maar om
iets in haar handen hebben. Dan had ze het idee dat ze gezag uit-
straalde. Net zoals Bob Dole, die altijd redevoeringen afstak met
een pen in zijn hand.

'Ze hebben de Hurricane in Paterson naar beneden gehaald,'
zei Seb.

Brett keek hem aan. Dus hij was zo'n vervelende jongen die
altijd maar cryptische dingen zei, en nooit eens iets recht voor zijn
raap kon zeggen. Als hij zich ook zo tegen leraren gedroeg, was het
geen wonder dat hij slechte cijfers haalde. 'Waar heb je het over?'
vroeg ze.

Seb zuchtte diep, alsof híj degene was die met een hopeloos
figuur was opgescheept. 'Wat moet dat voorstellen?' vroeg hij, wijzend op de kaartjes. Er zat een zilveren ring om de wijsvinger van
zijn rechterhand. Blijkbaar maakte het hem niet uit dat zilver
totaal niet stond bij een gouden ketting.

'Ik dacht dat je wel wat hulp met je Latijnse woordjes kon
gebruiken.' Ze bladerde door de kaartjes om te zien of ze niet
ondersteboven lagen. Ze hield er eentje omhoog. In Bretts nette
handschrift stond erop geschreven: *aedificium*.

'Volgens mij had mijn kamergenoot dat eens een keer,' zei Seb
glimlachend.

'Dat betwijfel ik.' Met een frons ging Brett rechtop zitten.
'Kijk, ik ben hier ook niet voor mijn lol,' zei ze. Meteen ergerde
ze zich weer aan zichzelf. Dit keer had ze een van haar moeders
favoriete gezegdes gebruikt. Bovendien had Brett zich verheugd
op een beetje afleiding. Als ze nog langer aan Jeremiah zou den-

ken, werd ze vast gek. 'Laten we deze snel doornemen, zodat we weten wat je niveau is.'

Ze werkte de kaartjes door en lette niet op wat Seb eigenlijk antwoordde. Het lukte haar gewoon niet om zich op het hier en nu te concentreren. Jeremiah bleef maar door haar hoofd spoken. Misschien kon ze hem een keertje rustig uitleggen dat ze hem echt niet voor de gek had willen houden, en dat ze hem alleen maar had willen beschermen. Bovendien was het helemaal niet zo idioot dat ze met Kara had gezoend. Hij had het met Elizabeth gedáán, en zij had hem vergeven. Ze dacht terug aan alle goede en slechte momenten van de afgelopen maanden. Het leek wel alsof ze elkaar alleen maar hadden zitten bedriegen.

Brett huiverde.

'Heb je het koud?' vroeg Seb. 'Ze doen hier erg zuinig met warmte. Wil je mijn jasje soms?' Hij knikte opzij naar het zwart leren jasje dat over een stoel gedrapeerd hing.

Dat vond Brett zo'n lief gebaar dat ze bijna in tranen uitbarstte. Haar lip beefde terwijl ze haar best deed niet te gaan janken. 'Het gaat wel,' zei ze. Verlegen frunnikte ze aan de vlinderhaarspeld die ze in haar rode haren had gestoken. 'Maar dank je wel.'

'Waar zat je aan te denken?' vroeg Seb. Hij leunde voorover en keek haar met een flauwe glimlach aan. 'Daarnet, bedoel ik.'

'Hoe bedoel je?' vroeg Brett verbaasd. Ze legde de kaartjes voor zich neer.

Sebs glimlach verbreedde zich, waardoor Brett zich stiekem afvroeg hoeveel harten hij daarmee al had gebroken. Met zijn leren jasje en zijn gedragsproblemen was hij een typische rebel. Maar hij had ook een heel lieve glimlach, waardoor ze zich vreemd genoeg veilig begon te voelen.

'Ik bedoel dat je totaal niet bij de les was,' zei hij speels. 'Je hield een kaartje omhoog waar *omnibus* op stond, en ik zei: Mustang. En je ging gewoon door naar het volgende kaartje alsof ik het goed had of zo.'

Brett lachte onzeker. Ze voelde haar hoofd rood worden. 'Sorry,' mompelde ze terwijl ze met haar koperen armbanden speelde. 'Zullen we opnieuw beginnen?'

'Het is al goed,' reageerde Seb hoofdschuddend. 'Ik ken de meeste woordjes wel. Ik zat je gewoon een beetje te plagen.' Hij legde zijn voeten op tafel, en toen wist Brett zeker dat er van leren niets meer zou komen. Hij keek haar verwachtingsvol aan. Maar... Waar wachtte hij op?

'Wil je het echt weten? Waaraan ik zat te denken?' vroeg Brett. Ze kneep haar handen samen onder de tafel. Was het wel een goed idee om Seb als een soort therapeut te gebruiken, in plaats van hem eindelijk eens les te geven?

'Ik kan niet wachten.'

'Goed dan.' Brett roffelde met haar roze nagels op tafel. 'Mijn vriendje heeft het uitgemaakt.' Seb keek haar aan, alsof hij zich afvroeg wat daar nou zo erg aan was. Nu vond Brett het nodig om te laten merken dat zij ook best choquerend kon zijn. 'Omdat hij erachter kwam dat ik met een meisje had gezoend toen we uit elkaar waren.'

Sebs mond viel open. 'Wauw, rooie.' Hij wreef over zijn kin, klaar om hier meer over te horen.

Dus vertelde ze hem het hele verhaal. Alles over Kara en Vrouwen van Waverly, de overstroming, Jeremiah die eerder was teruggekomen van de wedstrijd, en die stomme foto's die ze aan Heath hadden gegeven om hem zijn mond te laten houden. Het kwam er allemaal uit, hoewel ze een schok door haar lichaam voelde gaan toen ze Seb vertelde wat er de afgelopen avond was gebeurd. Haar handen flapperden om haar heen als vogeltjes in een kooi. Een uur later leunde ze uitgeput achterover en vroeg ze zich af hoe de tijd zo snel had kunnen gaan.

'Wauw,' zei Seb zacht. 'Dat is behoorlijk wat.' Hij keek haar meelevend aan.

Brett had verwacht dat het zou opluchten om het hele verhaal aan iemand te vertellen, maar nu leek het alsof alles alleen maar erger was geworden. Ze had Jeremiah nog nooit zo vreselijk gemist.

'Je hebt het goed verneukt, he?' zei Seb.

Ondanks alles moest Brett lachen. 'Dat is je briljante analyse? Ik vertel je alles wat er in mijn hoofd omgaat, en je kunt alleen maar concluderen dat ik het heb verneukt?'

'Wat had je dan verwacht?' vroeg Seb. Hij keek haar met fonkelende ogen aan terwijl ze haar spullen in haar tas propte. Wat dacht hij nu wel niet van haar? Dat ze gek was? Idioot? Een grote grap? Maar nee, het zag er niet naar uit dat hij op zo'n manier naar haar keek. Het leek eerder alsof hij haar nu pas voor het eerst zag. 'Ik word van school getrapt,' zei hij uiteindelijk.

'Hier.' Brett overhandigde hem de stapel kaartjes. 'Wil je deze alsjeblieft gebruiken?'

Hij salueerde. 'Ja, baas!' Voordat hij wegging, keek hij haar weer langdurig aan en mompelde iets over een volgende afspraak deze week.

Maar Brett was nog zo overstuur dat ze helemaal niet op Seb lette, of op de manier waarop hij naar haar keek.

Tot later die dag, toen ze in haar kamer op bed lag. Toen kon ze aan niets anders denken.

# Een Waverly Owl moet altijd uit de droom worden geholpen, ook al is die droom nog zo fijn

Het vliegtuig vloog door de grijze stapelwolken terug naar het Waverly. Callie hield Easy's hand stevig vast. Het vliegtuig zag er vanbinnen behoorlijk ouderwets uit met die wanden bekleed met een soort beige tapijt, maar voor Callie was het de zevende hemel. Ze lag opgekruld in haar stoel naast Easy, met een dekentje over zich heen dat ze in de bagageruimte hadden gevonden. Dolgelukkig keek ze op naar Easy, die ondertussen over haar wang en haar haren streek. Zijn hand voelde heerlijk warm tegen haar huid.

Ze had gedacht dat ze nooit meer enige warmte zou kunnen voelen, maar gelukkig had Easy haar van bevriezing weten te redden. Dus dat stomme gebouw had ongeveer vijftien meter verderop gestaan... Wat dan nog? Zíj wist toch niet dat het daar was? En Natasha was zeker van plan om precies op het juiste moment naar buiten te komen rennen om Callie te redden van de bevriezingsdood? Ze waren daar allemaal gestoord. Haar moeder zou hen voor de rechter moeten slepen.

'Heb je het warm genoeg?' fluisterde Easy in Callies oor.

Ze verborg haar gezicht in zijn hals. 'Ja hoor,' antwoordde ze. 'Maar ik heb razende honger.' Haar leven was in elk geval weer perfect. Het zachte geruis van de vliegtuigmotor klonk als een tijdmachine die hen had teruggebracht naar de dag van hun eerste ontmoeting, tijdens het feest van *Absinthe* in de bibliotheek. Ze kon

Benny bijna weer horen zeuren over een of ander gedicht dat z
had geschreven, over dat de maan onze onwetendheid symboli
seert en dat die mysterieus boven de hoofden van alle mense
hangt. Easy, die al de hele avond naar haar had zitten kijken, ha
op dat moment luid gezucht en op hetzelfde moment Callies bli
gevangen. Die blik waarmee hij naar haar had gekeken, stond no
in haar geheugen gegrift, alsof hij die avond voor het eerst ee
meisje had gezien, en zij iets in hem had doen ontwaken. Zo vaa
had ze aan die avond teruggedacht dat die was opgegaan in ande
re herinneringen en ze hem niet meer goed voor de geest had kun
nen halen. Maar nu ze zo dicht bij Easy zat dat ze hem zachtjes i
zijn hals kon kussen, overspoelde de herinnering haar opnieuw
Ze kon nauwelijks geloven dat het al een jaar geleden was. Stilletje
beloofde ze zichzelf dat ze nooit meer iets zou doen om Easy we
te jagen, en dat alles anders zou worden. Anders, maar wel bete
Eigenlijk was ze nooit eerder ergens zo zeker van geweest.

Easy doorzocht de verweerde tas die aan zijn voeten lag en haal
de er een geplette Snickers uit. 'Ik heb niets beters dan dit. Volgen
mij hebben ze hier ook geen pakjes pinda's.'

'Dat maakt me niets uit,' zei Callie. Ze opende de Snickers
reep en stopte bijna de hele reep in één keer in haar mond. He
smaakte heerlijk naar karamel en chocola, en het maakte haar nie
uit hoeveel calorieën erin zaten. 'Mmm,' zei ze met volle mond.

Easy gaf haar nog een zoen op haar hoofd. Haar huid voelde a
heerlijk warm. Niet dat hij het ooit zou toegeven, maar hij was e
bijna zeker van geweest dat hij Callies levenloze lichaam in d
sneeuw zou aantreffen. Hij zou het zichzelf nooit kunnen verge
ven dat zijn laatste woorden zo verschrikkelijk waren geweest, e
dat ze juist door die woorden ver van school in een of ander bo
in Maine was beland. Toen hij Callie op haar knieën had zien zit
ten, had hij eerst gedacht dat het een waanvoorstelling was, en da
hij zich voor de rest van zijn leven zou verbeelden dat hij haa
ergens zag. In restaurantjes, in de trein, of midden in een voll

kamer. Altijd net even buiten bereik, net weg als hij eraan kwam.

Maar niet deze keer, dacht hij terwijl hij zijn handen door Callies blonde haren liet glijden. Nadat hij haar van de koude grond had opgeraapt, wist hij zeker dat hij voortaan alles zou doen om haar gelukkig te maken. Haar verontschuldigingen klonken erg warrig en gedesoriënteerd, maar hij wist dat ze het meende. Hij had altijd geweten dat ze geen vlieg kon kwaaddoen als Tinsley maar niet bij haar in de buurt was. Misschien dat de andere meisjes op het Waverly niets liever deden dan anderen het leven zuur maken, Callie was niet zo. Hij kende haar, en hij schaamde zich omdat hij had kunnen vergeten hoe speciaal ze eigenlijk was, en hoe goed ze bij elkaar pasten.

'Stom dat ik zo'n eikel was op het feest.' Easy aaide over het dekentje dat over haar armen lag. 'Je zag er beeldschoon uit. Het spijt me dat ik dat toen niet tegen je zei.' Buiten werd het steeds lichter. Ze vlogen nu over de bekende gebouwen van Rhinecliff, en Easy deed zijn best om niet aan het proefwerk scheikunde te denken dat hij over een uurtje zou moeten maken.

Callie straalde. Om haar mond zaten kleine stukjes chocolade. 'Het is nooit te laat om zoiets te zeggen.'

Opnieuw boog Easy zich voorover en zoende Callie. Ze smaakte naar snoepjes.

Het vliegtuig streek neer op het vliegveld van Rhinecliff, net op tijd om de zon te zien opkomen. Easy kneep zacht in Callies hand, een belofte dat alles nu beter zouden worden.

'Ik hou van je,' zei hij. Stiekem genoot hij van die verraste blik in haar ogen, net zoals de eerste keer dat hij dat had gezegd.

Callie greep Easy's das vast en trok hem naar zich toe. 'Dat weet ik toch.'

Ze hadden de hele dag wel kunnen blijven zitten als het vliegtuig niet ineens tot stilstand was gekomen en de piloot de motor had uitgezet. Ineens drongen de gewone geluiden van het dagelijks leven de cabine binnen.

Hand in hand liepen ze de metalen trap af, de koude buitenlucht tegemoet. Nog niet eens zo lang geleden was Easy klaar geweest om het Waverly en Callie Vernon voorgoed te verlaten. Als hij wist dat hij ergens anders terecht kon dan op die militaire academie, had hij waarschijnlijk allang zijn spullen gepakt. Maar toch was hij gebleven, en hij had beseft dat Callie helemaal niet hoefde te veranderen om het soort meisje te zijn dat hij wilde dat ze was. Misschien konden ze deze winter samen naar Parijs gaan, gewoon met zijn tweetjes. Sigaretten roken bij hun koffie en croissantjes, laat naar bed, in de boekenkraampjes langs de Seine snuffelen. Hij zou zich zelfs door Callie laten meesleuren naar een van die modieuze kledingwinkeltjes op de Champs-Élysées.

Maar halverwege de trap werden zijn dromen over Frankrijk ruw verstoord. Rector Marymount en mevrouw Horniman stonden midden op de landingsbaan, en ze keken niet bepaald blij. Mevrouw Horniman had een enorme metalen koffiekan in haar hand, en een gigantische wollen muts op haar hoofd, tot over haar oren.

'Shit,' mompelde Easy. Alle energie leek uit zijn lichaam te worden gezogen.

Callie hield zijn hand steviger vast en keek hem vragend aan. Haar golvende blonde haren zaten nog steeds door de war. 'Je kunt niet in de problemen zitten, toch? Je hebt mijn leven gered!'

'Jawel, maar...' Easy speelde met de rits van zijn fleecetrui en liep daarna langzaam naar de twee mensen toe. 'Horniman heeft me, zeg maar, een proefperiode gegeven,' legde hij uit. 'En als ik het schoolterrein zou verlaten...' Hij durfde Callie niet aan te kijken.

'Meneer Marymount, ik kan het allemaal uitleggen,' zei Callie angstig, zodra ze dichterbij waren gekomen. Ze schopte een steentje weg met een stevige wandelschoen die Easy nog nooit eerder had gezien.

Maar het zag er niet naar uit dat Marymount haar uitleg wilde anhoren. Hij keek niet eens naar Callie, in plaats daarvan hield hij zijn blik strak op Easy gericht. In zijn lange regenjas en met die vallen onder zijn ogen zag hij er nog enger uit dan gewoonlijk.

De rector kuchte. 'Meneer Walsh,' zei hij, wijzend op het vliegtuig. 'Drie keer raden of dit binnen de regels van jouw proeftijd valt.'

Easy probeerde de prop in zijn keel door te slikken. 'Ik denk niet dat ik hoef te raden, meneer,' antwoordde hij uiteindelijk. Hij negeerde Marymounts kwade blik en keek naar de grond. Eventjes gluurde hij naar Callie, die eruitzag alsof ze elk moment in tranen zou kunnen uitbarsten.

Misschien kregen ze toch geen tweede kans.

## Owlnet Instant Message Inbox

**AlisonQuentin:** O mijn god! Die arme Brett! Alan zei dat Jeremiah helemaal flipte.

**BennyCunningham:** Zei hij iets over die foto's van haar en Kara? Ik wist wel dat ze niet bij Heath zou blijven. Heath is veel te mannelijk.

**AlisonQuentin:** Ik geloof dat Brandon ze allemaal heeft gedeletet. Arme Brett!

**BennyCunningham:** Volgens mij valt het wel mee. Zag haar in de bieb met die slijmerige boven- bouwer. Ze gingen helemaal op in het gesprek.

**AlisonQuentin:** Seb? Serieus? Hij is echt sexy. Hebben ze iets met elkaar?

**BennyCunningham:** Een klassenprefect en die ordinaire slijmbal? Dacht het niet.

## Owlnet Instant Message Inbox

| | |
|---|---|
| **HeathFerro:** | Heeft Easy Callie echt uit de sneeuw gered? Wat romantisch. Dat heb jij nog nooit gedaan. |
| **BrandonBuchanan:** | Ik ben blij dat jij je weer wat beter voelt. |
| **HeathFerro:** | Heath komt overal overheen. Denk je dat Walsh nu van school wordt getrapt? |
| **BrandonBuchanan:** | Dacht het wel. Marymount was woe-dend. |
| **HeathFerro:** | Laat je Sage dan zitten om Callie te troosten? Denk je dat je ze allebei tegelijk kunt krijgen? |
| **BrandonBuchanan:** | Wauw, je bent echt weer net als vroeger. Fijn dat je er weer bent. |

## Owlnet Instant Message Inbox

| | |
|---|---|
| **CelineColista:** | Maar als Easy er niet meer is, naar wie moet ik dan steeds gluren? |
| **RifatJones:** | Je kunt Heath proberen. Ik hoor dat hij tegenwoordig gevoelens heeft. |
| **CelineColista:** | Tuurlijk. Dat kan nooit lang duren. |

## Owlnet Instant Message Inbox

**BrettMesserschmitt:** Heb je het al gehoord? Jenny is met Tinsley naar Maine gereden om Callie te redden.

**KaraWhalen:** Ja, ik hoorde dat Tinsley haar nog aan een beer wilde voeren.

**BrettMesserschmitt:** Klinkt geloofwaardig. Maar toen ze eenmaal terug waren, leken ze elkaar wel aardig te vinden.

**KaraWhalen:** Is dit soms het einde van de wereld?

**BrettMesserschmitt:** Misschien is het gewoon een deel van Tinsleys plannetje. Eerst vriendjes worden en dan Jenny voorgoed vernietigen.

**KaraWhalen:** Dat klinkt al beter. =)

**JennyHumphrey:** Hé, heb je soms een van mijn roze wanten gevonden?

**TinsleyCarmichael:** Dacht dat je die aan een van die obers had gegeven, als aandenken. Hij vond je echt geweldig.

**JennyHumphrey:** Ja, omdat ik hem aan jouw nummer kon helpen. Ik zei dat je herpes had... Hoop dat je dat niet erg vindt.

**TinsleyCarmichael:** Nah, hij was toch te klein voor me. Meer jouw type, ukkie?

**JennyHumphrey:** Dank je wel, ijskoningin. Heel aardig.

**TinsleyCarmichael:** Ik probeer gewoon mijn vijanden te vriend te houden.

# Genoten van *De it-girl*?

# Dan mag je ook *de VIP\*lijst*-serie niet missen!

Anna Percy is mooi, rijk en intelligent, en ze heeft een kleding-
kast om jaloers op te zijn. Ze is net van New York naar Los Angeles
verhuisd, maar daar staan de populaire meiden niet bepaald te
wachten op de concurrentie van Anna…